डर

(कहानी-संग्रह)

डर

विमल चन्द्र पाण्डेय

वाणी प्रकाशन ग्रुप
भारतीय ज्ञानपीठ
वाणी प्रकाशन : भारतीय ज्ञानपीठ की पुस्तकों के एकमात्र प्रकाशक एवं वितरक

अनुक्रम

रंगमंच	9
स्वेटर	19
मन्नन राय गजब आदमी हैं	26
चश्मे	37
डर	45
सोमनाथ का टाइम-टेबल	51
सिगरेट	76
सफ़र	83
एक शून्य शाश्वत	89
उसके बादल	120
वह जो नहीं	129
जैक, जैक, जैक रूदाद-ए-नीरस प्रेम कहानी च	134

रंगमंच

पाँच बजे ही वह श्रीराम सेंटर पहुँच गया। हालाँकि शो साढ़े दस बजे से था, पर उसे चैन नहीं था। आज के दिन का वह बड़ी बेसब्री से पिछले एक हफ़्ते से इन्तज़ार कर रहा था। कैसे उसने ये सौ रुपये बचाए थे, यह वही जानता था। पाँच बजे आ गया था कि अगर भीड़ ज़्यादा भी हो, तो टिकट आराम से मिल जाए। मलिक भाई को बोल दिया था कि आज नाटक देखने जाना है, जल्दी जा रहा हूँ।

यहाँ पहुँचकर बिल्कुल ऐसा लगता है, जैसे सपनों की दुनिया में आ गया हो। हर तरफ़ नाटक के पोस्टर और वही लोग, वही माहौल। उधर एन.एस.डी. चले जाओ या इधर श्रीराम सेंटर में आ जाओ—हर तरफ़ वही लोग दिखायी देते हैं, जिनसे उसे प्रेरणा मिलती है। हर वक्त नाटकों में डूबे हुए, रंगमंच की बातें करते हुए। यही माहौल वह चाहता था, जो अपने छोटे-से शहर में उसे नहीं मिल पाता था। जिसके लिए वह अपने घर से इतनी दूर दिल्ली आया था।

हाँ, वहाँ भी कभी-कभी नाटक होते थे, जब कोई संस्था कई जगहों की नाटक कम्पनियों को आमन्त्रित कर, नाटक मंचित कर अपने संस्थापक को या कोई उद्योगपति अपने पिता को श्रद्धांजलि देना चाहता था। उनमें टिकट नहीं लगते थे। वह हर रात देर तक बैठकर सारे मंचन देखा करता था। टिकट न लगने के बावजूद हॉल लगभग ख़ाली ही रहता था। रात को जब घरों में खाना-वाना बनने का समय होता, तो हॉल में लोगों की संख्या थोड़ी बढ़ जाती, जिनमें बच्चे ज़्यादा होते। कारण उसे यही समझ में आता था कि खाना बनाने में जब बच्चे माँ को परेशान करते होंगे, तो माँ कहती होगी, "जा बेटा चुन्नू, नागरी नाटक मंडली में एक नाटक देखकर आ, तब तक मैं खाना बना लूँगी। यहाँ रहेगा, तो मुन्नी से झगड़ा करता रहेगा।" पत्नियाँ अपने पतियों को पुचकारती होंगी, "अरे, आप मुझे आराम से खाना बनाने दीजिए न! तब तक जाइए, शर्माजी को लेकर थोड़ी देर नाटक देख आइए। खाना बनाकर मैं गोलू को भेजकर आपको बुलवा लूँगी।" नाटक चलने के दौरान गेट खुला रहता। जिसका जब मन करता, जाता, जब मन करता, चला आता। पहली और दूसरी पंक्ति के दर्शकों को छोड़कर, जिनमें ज़्यादातर नाटकों और निर्णायक मंडल से जुड़े लोग होते, कोई लगातार पाँच मिनट मुँह

बन्द करके न बैठता। बीच-बीच में लोग सीटियाँ भी मार देते, ख़ासतौर पर जब मंच पर कोई सुन्दर लड़की आती और तालियाँ न बजानेवाली जगह पर भी अपने शहर की प्रसिद्ध मस्ती का उदाहरण देते हुए इतनी एकता से इतनी देर तक तालियाँ बजाते कि अगली दो-तीन लाइनें सुनायी ही न देतीं।

दर्शकों में किशोर लड़कियों के होने की भी सम्भावना होती है। इस सम्भावना को नजरअन्दाज़ न करते हुए कुछ स्थानीय स्कूलों के किशोर भी सम्भावनाएँ तलाश करने थियेटर में आ जाते। नयी सुन्दर शर्टें और टमाटर कट जाने लायक क्रीज लगी पैंटें पहनकर।

कुछ गिनती के ही दर्शक होते, जो नाटक को नाटक की तरह देखते। बाकी सिर्फ वहाँ टाइम पास करने आते और उजड्डई करते रहते। उसे बहुत गुस्सा आता। ये नाट्य संस्थाएँ, जो इतनी दूर से आयी हैं, क्या सोचेंगी हमारे शहर के बारे में? क्या यह वही शहर है जिसने देश के बड़े-बड़े नाटककारों भारतेन्दु और प्रसाद को जन्म दिया है जिनके नाटकों के मंचन आज भी देश के हर कोने में होते हैं।

कुछ देर में लोगों की भीड़ इकट्ठी होने लगी थी। हर तरफ़ पढ़े-लिखे और सम्भ्रान्त लोगों के झुंड दिखायी देने लगे थे। सुन्दर-सुन्दर कारों में बैठकर आये आदमी-औरतें और ख़ूबसूरत युवा जिनके सामने सम्भावनाओं के असीम सागर लहरा रहे थे, सिर्फ़ नाटक देखने के लिए अपना समय निकाल कर आये थे। सबकी ओर देखकर यही लग रहा था कि सभी सिर्फ़ नाटकों और नसीरजी के विषय में बातें कर रहे हैं।

एक सपने के सच होने जैसा है सब कुछ उसके लिए। रंगमंच का बेताज बादशाह, उसका प्रिय अभिनेता आज उसके सामने अभिनय करेगा। यहाँ वास्तविक कद्र है नाटकों और अभिनेताओं की। वरना वहाँ उसके शहर में एक बार दोस्तों ने सिर्फ़ इस बात पर उसका मज़ाक उड़ाया था कि वह अन्धे लड़कों द्वारा प्रस्तुत नाटक देखने चला गया था।

"तो क्या तुम लोग सिर्फ़ लड़कियाँ देखने जाते हो? नाटक अच्छा हो बुरा, अभिनय किस स्तर का है, प्रकाश, मंच, संगीत कैसा है, इससे तुम्हें कुछ भी फ़र्क नहीं पड़ता?" पूरी बहस के बाद उसे वाकई चौंकानेवाली यह बात पता चली थी।

बदले में सब सिर्फ़ हँसे थे। उसे अपनी संगति पर तरस आया था। स्नातक की परीक्षा ख़त्म होते ही उसने दिल्ली की ओर कूच कर लिया। वहाँ वैसे भी उसके लिए कुछ ख़ास नहीं बचा था। पिता से उसका अल्प संवाद, जो शुरू से ही औपचारिक रहा था, अब नाटकों में उसके बढ़ते शौक से ख़त्म-सा हो गया था। माँ बड़े भाइयों की तनख़्वाह, उनकी शादी जैसे गम्भीर मसलों से जूझने लगी थी। उसे किसी ने रोकने की कोशिश नहीं की।

यहाँ उम्मीदों के जहाज़ पर बैठकर आया वह उस समय बिल्कुल निराश हो गया जब उसने छोटे-बड़े, अमीर-ग़रीब सबको भागते देखा। एक अन्धी दौड़ में, जहां उन्हें ख़ुद ही नहीं पता कि किस क़ीमत पर क्या पाने के लिए दौड़ रहे हैं। उसने एक गोल परिधि में भागते हुए लोगों को देखा, जो भागकर हर शाम उसी बिन्दु पर आ जाते हैं, जहाँ से सुबह भागना शुरू किया था। ज़िन्दगी का एक दिन निकल जाने का उन्हें एहसास भी नहीं होता और वे अगली बार भागना शुरू कर चुके होते हैं। वह समझ गया कि यहाँ जगह बनाना उतना आसान नहीं है, जितना उसने समझ रखा था।

नाटकों का आनन्द उठाने के लिए ज़िन्दा रहना ज़रूरी था, ज़िन्दा रहने के लिए कुछ खाना और कुछ खाने के लिए कुछ कमाना। उसने एक कूरियर कम्पनी में काम करना शुरू कर दिया। हालाँकि बिना बाइक के काम मिलने में दिक्कत हुई और करने में भी दिक्कत होती थी, पर अन्दर एक जुनून उसे हर वक्त सक्रिय रखता था। चाहता, तो दिल्ली में कई रिश्तेदारों और दोस्तों से उधार या कुछ मदद ले सकता था पर अपनी अन्दरूनी आग और जुनून ने उसे अकेला ही अपने सपनों के घरौंदों की दीवार पर अपने पसीने का प्लास्टर करने में लगाये रखा।

कुछ समय के बाद उसने एक नाट्य संस्था ज्वाइन कर ली जहाँ शाम को दो-ढाई घंटे रिहर्सल में देने पड़ते थे। निर्देशक ने जो उस नाट्य-संस्था का मालिक था, उससे आठ सौ रुपये फ़ीस भी ली जो बाद में उसे व्यर्थ जान पड़ने लगी। तीन नाटकों का अनुभव बताने पर भी निर्देशक ने उसे बैकस्टेज के काम में लगाया था और इतने दिन बीत जाने पर भी वह अब तक वही कर रहा था। लेकिन पात्रों के संवाद बोलने के ढंग से ही उसे संस्था का पूरा स्तर समझ में आ गया था। सदस्य कई राज्यों और ज़िले से थे। उनकी संवाद बोलने की अदा इतनी क़ातिल थी कि वह आँख बन्द करके उनके राज्यों के नाम और उनकी मातृभाषा बता सकता था। धीरे-धीरे उसने वहाँ जाना छोड़ दिया और किसी योग्य निर्देशक और नाट्य-संस्था की खोज करने लगा।

अब दिन भर वह अपना काम करता और शाम को ऑफ़िस में रिपोर्टिंग कर सीधा मंडी हाउस की बस पकड़ता। एन.एस.डी. और श्रीराम सेंटर में लगे बुलेटिनों से संस्थाओं के पते और निर्देशकों का फोन नम्बर नोट करता। फिर प्लान करता कि काम का बोझ थोड़ा कम होने और पैसों की आवक थोड़ी बढ़ जाने पर वह किसी अच्छी नाट्य-संस्था से जुड़कर अभिनय करेगा। तब तक नाटकों से जुड़े रहने का तरीका उनका मंचन देखना और उनसे जुड़ा साहित्य पढ़ना था।

धीरे-धीरे काफी लोग इकट्ठा हो चुके थे। वे अपने मित्रों के साथ छोटे-छोटे झुंड बनाये बातचीत कर रहे थे। उसे महसूस हुआ, कितनी तन्मयता से वे नाटक के पोस्टरों को देख रहे हैं और कितने भक्ति-भाव से नाटकों के विषय में बातें कर रहे हैं वरना वहाँ तो पिता यह कहते थे कि यह भान्डों के काम दो-चार छिछोरे ही करते हैं,

कोई शरीफ़ घर का थोड़े ही...।

हालाँकि इतनी कम तनख़्वाह में हर नाटक देख पाना सम्भव नहीं था, पर वे नाटक वह ज़रूर देखता जिनके टिकटों के मूल्य कम होते। दस, पच्चीस या ज़्यादा-से-ज़्यादा पचास। पैसों की कमी की वजह से उसे कई पसन्दीदा निर्देशकों के नाटक छोड़ देने पड़ते जिसकी पूर्ति वह उनकी समीक्षा पढ़कर किया करता था।

ज़िन्दगी अभी काफी कठिनाई से चल रही थी। यह सौ रुपये जुटाने के लिए उसने पिछले एक हफ़्ते से एक भी चाय नहीं पी थी और पिछले चार दिनों से सिर्फ़ दोपहर का खाना खाया था। एकदम बीच दोपहरी में खाओ तो वह सुबह के खाने की पूर्ति भी करता है और रात को भी उतनी ज़रूरत महसूस नहीं होती। फिर एक टाइम खाकर यदि दिल और दिमाग़ को इतनी अच्छी ख़ुराक मिले तो और क्या चाहिए। और चाय तो वैसे भी कोई पौष्टिक चीज़ नहीं है। जितनी जल्दी इसकी आदत छूट जाय, उतना अच्छा है। हालाँकि हल्की-हल्की भूख लग रही थी पर इतने अच्छे माहौल में इतने अच्छे अभिनेता का नाटक देखने का उत्साह उस भूख पर हावी था।

वह ख़ुश था और पहली बार सौ रुपये का टिकट ख़रीदने को लेकर एकदम गम्भीर था। जेब में कुछ खुले पैसे थे जो बस के टिकट के काम आनेवाले थे। टिकट अगर पचास का हुआ तब तो मज़ा आ जाएगा। नाटक भी देख लेगा और आज फुल प्लेट सब्ज़ी भी खा लेगा। पचास रुपये चार-पाँच दिन तो चल ही जाएँगे, उसके बाद तनख़्वाह भी मिल जाएगी। यही तो सोचा था कि यह नाटक देख लेगा फिर अगर पैसे बच गये तो रात को खाएगा। मलिक भाई को बोल दिया है कि इस बार तनख़्वाह एकदम टाइम पर चाहिए।

मलिक भाई उस कूरियर कम्पनी का मालिक था जिसमें वह काम करता था। उसे देखने पर लगता था कि वह कूरियर कम्पनी चलाने के लिए ही धरती पर पैदा हुआ है। छोटा कद, दूर तक निकला हुआ पेट, ख़ूब बड़ा-सा सिर जिस पर बचे बालों को रँगने के चक्कर में वह अक़्सर अपनी चाँद भी रँग लेता था। ढीले-ढाले लबादे जैसे कपड़ों में वह ख़ुद एक इंटरस्टेट पार्सल लगता था। लेकिन वह दिल का अच्छा इन्सान था और उसके नाटक प्रेम के कारण ऑफिस से थोड़ा जल्दी निकल जाने की इजाज़त दे दिया करता था, क्योंकि उसके अनुसार वह बिज़नेसमैन होने के बावजूद एक कलाप्रेमी था और अपने कॉलेज के दिनों में नाटकों में 'हीरो' बना करता था। उसने मलिक भाई से भी एकाध बार, मज़ाक में ही सही, नाटक देखने चलने के लिए कहा था लेकिन उसका ख़्याल था कि पूरी दुनिया ही एक रंगमंच है और हम सब कठपुतलियाँ। वह चूँकि इस दुनिया के नाटकों को बहुत क़रीब से देख चुका है, इसलिए इन नाटकों में उसका उतना मन नहीं लगता। उसके नाटकों की बातें करने पर मलिक भाई अक़्सर यह बात दोहराता था और बाद में यह भी ज़रूर जोड़ता था कि जवानी में वह बहुत

रसिक और कलाप्रेमी था। आज उसके द्वारा नसीरुद्दीन शाह का ज़िक्र करने पर उसने उसे तुरन्त छुट्टी दे दी और इस राज़ का खुलासा किया कि वह जवानी में नसीरुद्दीन शाह का बहुत बड़ा फ़ैन रह चुका है और उसकी 'काग़ज़ के फूल' उसने चार बार देखी है।

वह टिकट खिड़की खुलने का इन्तज़ार कर रहा था। अब तक तो खुल जानी चाहिए थी। अमूमन साढ़े छह के शो के लिए पौने छह तक खिड़की खुल जाती है, पर छह से ऊपर हो रहे हैं और खिड़की अब तक नहीं खुली। उसने बन्द खिड़की के अन्दर एक आदमी को कुछ काग़ज़ात सँभालकर ले जाते देखा।

"सुनिए भाई साहब...।"

"हाँ, बोलो।"

"यह विंडो अब तक बन्द क्यों है? टिकट कब से मिलेंगे?"

"टिकट...? काहे के टिकट?"

"अरे, इस नाटक के और काहे के...।"

"टिकट नहीं है।"

"तो फिर...?" वह आश्चर्यचकित था।

"पास से एंट्री है।"

"पास से...? वह कैसे मिलेंगे?" वह भौंचक्क था। उसे पता ही नहीं चला।

"मिलेंगे क्या। जिसको मिलने थे मिल गये।" वह आदमी खीज रहा था।

"पर यहाँ होर्डिंग पर तो लिखा होना चाहिए था कि पास से एंट्री होगी।" वह थोड़ा रुआँसा हो आया था।

"तो होर्डिंग पर लिखा है क्या कि टिकट से एंट्री होगी? हुँह!" वह आदमी भुनभुनाता हुआ वहाँ से चला गया।

इसके बारे में तो सोचा ही नहीं था। उसने ध्यान दिया कि जितने भी लोग अन्दर जा रहे हैं सबके हाथ में सफ़ेद कार्ड हैं। तो इसलिए विंडो अब तक नहीं खुली। वह बाहर आकर चबूतरे पर बैठ गया। पूरा शरीर अन्दर से एक अप्रत्याशित झटके से काँप रहा था। एक सुनहरा ख़्वाब पूरा होते-होते रह गया। नसीर को क़रीब से देखने का इतना सुलभ मौका हाथ से जा रहा है। एक इतना बड़ा ख़्वाब जो इतनी आसानी से पूरा होने वाला था, टूट रहा है।

एक पल के लिए उसे लगा चलो कोई बात नहीं। यहाँ तो बड़े-बड़े कलाकार आते ही रहते हैं। आज नहीं किसी और दिन सही। लेकिन फिर एक साधारण महानगरीय कलाप्रेमी पर एक छोटे शहर का असाधारण कला-प्रेमी हावी हो गया जिसके लिए अपने आदर्श अभिनेता को साक्षात् अभिनय करते देखना एक साधारण घटना क़तई नहीं थी।

एक अन्तिम प्रयास करते हैं। वह गेट पर खड़ा हो गया और प्रवेश करते लोगों से पूछने लगा, "हेलो सर, क्या आपके पास एक अतिरिक्त पास है?"

"नो, सॉरी।"

"हलो सर, डू यू हैव एनी एक्स्ट्रा पास?"

"सॉरी यंग मैन।"

"सर क्या आपके पास...?"

"सॉरी।"

"सर, आई नीड अ...।"

"सॉरी।"

"सर, इफ़ यू...।"

"सॉरी, आइ डोंट हैव...।"

हर जवाब के साथ वह और निराश होता चला गया। एक अट्ठारह-उन्नीस साल का लड़का उसकी गतिविधियों को ध्यान से देख रहा था। वह उदास और निराश टहलता एक समूह के पास जाकर खड़ा हो गया जिसमें तीन ख़ूबसूरत लड़कियाँ और दो स्मार्ट दिखते लड़के आपस में बातें कर रहे थे। वह बोझिल मन के साथ खड़ा उस बोर्ड को देख रहा था जिस पर नाटक का परिचय लिखा हुआ था। लड़के-लड़कियाँ बातों में मशगूल थे। वह उनकी बातों को भी सुनने की कोशिश कर रहा था, शायद नसीर साहब के आगे के प्रोग्राम के बारे में कुछ पता चल जाए।

"ह्वाट दिस प्ले इज़ ऑल अबाउट?" लम्बे बालों और कान में बाली पहने लड़के ने पूछा।

"आइ डोंट नो एक्ज़ैक्टली, थिंक बेस्ड ऑन सम स्टोरीज़।" सफ़ेद कुरते वाली लड़की ने बताया।

"पर यार अक्षय, इतनी भीड़ क्यों है आज?" लाल टी-शर्ट वाली लड़की ने पूछा जिसके टी-शर्ट का फैलाव उसके जिस्म के फैलाव के सामने कम क्षमता वाला साबित हो रहा था।

"यार, नसीर हैज़ कम फॉर दिस शो।" सफ़ेद कुरतेवाली लड़की बोली।

"हू नसीर?" लड़की की जिज्ञासा और बढ़ी।

"नसीरुद्दीन शाह, द फ़ेमस एक्टर ऑफ आर्ट सिनेमा।" बाली और लम्बे बालोंवाले लड़के ने फटाक् से नसीरुद्दीन शाह का उपयुक्त वर्गीकरण कर अपने ज्ञान और प्रेजेंस ऑव माइंड से लड़की को प्रभावित करने की चेष्टा की।

"आइ डोंट लाइक आर्ट सिनेमा एंड नसीरुद्दीन शाह।" लड़की ने उसकी चेष्टा पर पानी फेरते हुए अपने दोनों हाथ ऊपर किये, अंगड़ाई ली और अपनी नाभि का दर्शन उपस्थित लोगों के लिए और सुलभ कर दिया।

"देन हूम डू यू लाइक।" लड़का झेंप मिटाने के लिए इस प्रश्न का उपयोग रबर की तरह कर रहा था कि लड़की के जवाब पर उसे लाजवाब कर सके।

"टॉम क्रूज़।" लड़का ख़ुद लाजवाब हो गया।

वह इन बातों को सुनकर आश्चर्य में डूबा जा रहा था। बाप रे, इनके बारे में वह क्या-क्या सोच रहा था। ये इतने कला-प्रेमी हैं, समर्पित हैं और ना जाने क्या-क्या...। इन्हें तो यहाँ क्या हो रहा है, यह भी नहीं मालूम।

"आइ ऑल्सो डोंट लाइक दिस आर्ट सिनेमा एंड दीज़ बोरिंग हिन्दी प्लेज़ ऑल्सो...।" नीले टॉपवाली लड़की ने उस लड़की से दो क़दम आगे बढ़कर उसका समर्थन किया जिससे वह बहुमत में आ गयी। इस ख़ुशी में वे दोनों अपने बाकी दोस्तों से चार क़दम आगे जाकर सिगरेट पीने लगीं। लम्बे बालोंवाला लड़का अपने बालों और बाली की वजह से लड़कियों के समूह में जा मिला और सिगरेट पीने के कार्यक्रम में उनका सहयोग करने लगा। बाकी बचे दोस्त आपस में बातें करने लगे।

"यार अमित, तू अकेला कैसे? रश्मि कहाँ है?" सफ़ेद कुरते में थोड़ी शालीन लगती लड़की ने शालीन भाषा में पूछा।

"शी इज़ अबाउट टु कम।" गोरे लड़के ने गम्भीरता से जवाब दिया।

"श्योर...?" प्रश्न में शायद कोई व्यंग्य छिपा था।

"श्योर। और अगर नहीं आयी तो ये दोनों पास फाड़ दूँगा एंड विल नेवर मीट हर।" लड़का थोड़ा गुस्से में आ गया था।

उसने तिरछी निगाहें करके उस लड़के को देखा जिसके लिए इस नाटक से ज़रूरी एक लड़की का यहाँ पहुँचना था। काश, वह लड़की न आये और वह उस लड़के से एक पास माँगकर यह नाटक देख सके।

"और प्ले नहीं देखोगे?" सफ़ेद कुरतेवाली लड़की ने पूछा।

"बुलशिट प्ले।"

लड़की चुप हो गयी। थोड़ी देर चुप रहकर फिर उसे समझाने लगी, "यू नो, यू ऑल गाइज़ हैव सेम प्रॉब्लम। रश्मि विकी के साथ थोड़ा घूमने क्या चली गयी, तुम...।"

उसने आगे नहीं सुना। वहाँ से हट गया। इस प्रांगण में खड़े होकर भी लोग ये सब बातें सोच सकते हैं। उनका छोटी-छोटी समस्याओं को इस नाटक पर तरज़ीह देना रास नहीं आया। एक वह है जो खाने जैसी बुनियादी चीज़ क़ुर्बान करके आया है, फिर भी उसे देखने की अनुमति नहीं है। और एक ये हैं जो सिर्फ़ घूमने के मक़सद से यहाँ आये हैं। उसने एक बार पूरी भीड़ की तरफ़ देखा। न...कोई नहीं, कोई नाटक देखने नहीं आया, सब सिर्फ़ टाइम पास करने आये हैं। उसे लगा जैसे वह नसीर को देखने के लिए उतावला हो रहा है, उसका शतांश भी कोई नहीं है। सभी अपनी शाम को थोड़ा

ख़ुशनुमा बनाने चले आये हैं।

लड़का अब भी उसकी ओर देख रहा था। वह उसकी ओर चलने लगा तो लड़का भी उसकी ओर आने लगा।

"क्या बात है?" लड़का पास आकर धीरे-से बोला।

"कहाँ क्या बात है?" उसे प्रश्न ही समझ में नहीं आया।

"पास नहीं है?"

"नहीं...।"

"चाहिए?"

उसके कान खड़े हो गये। लड़का उसे देवदूत नज़र आने लगा। लोग अन्दर घुसना शुरू कर चुके थे। नाटक शुरू होने में अभी भी पन्द्रह-बीस मिनट की देरी थी। वह उतावला हो उठा।

"हाँ...चाहिए। प्लीज़ आप दिला सकते हैं?"

"हाँ, मैं दिला सकता हूँ।" लड़के ने उसका हाथ पकड़कर सड़क के एक किनारे खींच लिया और सावधानी से इधर-उधर देखता हुआ बोला।

"डेढ़ सौ लगेंगे।"

"डेढ़ सौ...? पर मेरे पास तो...।" वह फिर से नाउम्मीद होने लगा।

"कितना है...कितना?" लड़का जल्दी में लग रहा था।

"सौ रुपये।" उसके मुँह से निकल गया।

"जल्दी दो।"

उसने थोड़ा हिचकिचाते हुए जेब से सौ का नोट निकाला ही था कि लड़के ने फटाक से नोट छीनकर जेब से हवाले कर दिया। पलक झपकते ही पास उसके हाथ में था और लड़का सड़क के दूसरी ओर से जा रहा था।

अब वह भी उस भीड़ का एक हिस्सा था जिनके पास अन्दर घुसने के लिए पास थे। पास मिल जाने का उत्साह और ख़ुशी दिल में छा गयी थी। कभी वह पास को जेब में रखता और कभी निकालकर हाथ में ले लेता। उस लड़के के लिए शायद सौ रुपये बड़ी चीज़ थी। उसे पता नहीं था कि जेब में पैसे न होने पर भी उसके लिए इस पास के आगे सौ रुपये की कोई क़ीमत नहीं थी। मन में एक ख़लिश ज़रूर थी कि आगे के चार-पाँच दिन कैसे बीतेंगे। शायद एक बार ज़ोर देता तो लड़का बीस रुपये कम में भी मान जाता और एकाध बार के खाने का इन्तज़ाम हो जाता। यह वह क्या सोच रहा है। भला यहाँ खड़ा होकर, वह भी पास के साथ, यह सब सोचना चाहिए? पास मिल गया, यही क्या कम है? इसमें भी ईश्वर का चमत्कार है। वह खाने और भूख की ओर से ध्यान हटाने की कोशिश करने लगा मगर दिमाग़ था कि बार-बार इन्हीं समस्याओं की ओर जाने लगा था। दिन में एक बार खाने का भी क्रम टूट जाएगा शायद...। फिर वह

ज़िन्दा कैसे रहेगा? वह काम तो करेगा नहीं जो अब तक नहीं किया यानि परिचितों से उधार माँगना। फिर...? नाटक देखना तो बहुत ज़रूरी है। उसी के लिए तो यहाँ आया है। पर खाना भी तो...। वह अन्दर से थोड़ा बेचैन महसूस करने लगा।

"यार, दिस इवनिंग इज़ सो रोमांटिक।" उसकी बगल में खड़े समूह में से एक सम्भ्रान्त दिखते आदमी ने अपने दोस्त से कहा।

"देन व्हाय आर यू वेस्टिंग योर ब्यूटिफुल इवनिंग हियर विदाउट बॉटल?" सिगरेट की राख झाड़ते उसके दोस्त ने पूछा।

"नथिंग, माय बॉस इज़ कमिंग हियर टुडे। इट्स अ ग्रेट चांस टु इम्प्रेस हिम।" और वह हँसने लगा।

वह वहाँ से भी हट गया। इतनी भीड़ में है कोई जो वाक़ई नाटक ही देखने आया है और इस नाटक के न देखने पर उसे कोई फ़र्क़ पड़ेगा या सिर्फ़ वही...। वह थोड़ा और आगे बढ़कर गेट के पास खड़ा हो गया। उसे याद आया कि कल उसने साबुन ख़रीदने के बारे में सोचा था पर पैसे नहीं थे। पिछले दस दिनों से साबुन बिना ही काम चला रहा है। शरीर से गंध तो नहीं आ रही? उसने धीरे से गर्दन घुमाकर कन्धे के नीचे सूँघने की कोशिश की। मगर आसपास के जिस्मों से इतनी अच्छी ख़ुशबू आ रही थी कि अपने जिस्म से भी उसे ख़ुशबू-सी उठती महसूस हुई।

सामने की दुकान पर कुछ लोग छोले-भटूरे और पेटीज़ खा रहे थे। आज उसने भूख की वजह से खाना दोपहर में जल्दी ही खा लिया था इसलिए भूख जग आयी थी। क्या करे, कुछ खा ही ले। वह थोड़ा हिचकिचाकर दुकान की ओर बढ़ गया।

"छोले-भटूरे कैसे प्लेट है भइया?"

"बारह रुपये।" उसका मन बुझ गया।

"और पैटी?"

"आठ रुपये।"

उसने चेंज निकाली। बस के किराये के बाद पाँच रुपये ही बचते थे। गरम-गरम भटूरे उसके पेट की आग में घी डाल रहे थे। कभी उसके मन में नसीर की उतार-चढ़ाव युक्त संवाद शैली गूँजने लगती और कभी गरम छोले-भटूरे और पेटीज़ का स्वाद ज़बान पर आते-आते रह जाता। वह बेचैन-सा होने के कारण इधर-उधर टहलने लगा था।

इसी बीच एक आदमी बाइक रोककर अपने दोस्त के साथ उतरा और जल्दी से झुंड में खड़े लोगों के पास जाकर कुछ पूछने लगा। सब तरफ़ पूछ लेने के बाद वे दोनों उसकी ओर बढ़े।

"हेलो बॉस, एक्स्ट्रा पास है क्या?"

"नहीं, केवल एक ही है।" उसने जवाब दिया।

"तुम अकेले ही हो न? यार हमें दे दो पास। मेरे दोस्त के पास पास नहीं है।"

उसने हँसते हुए मज़ाक में प्रस्ताव रखा और यह सोचकर कि यह माना नहीं जाएगा, थोड़ा आगे निकल गया। उसके दोस्त ने भी पलटकर मज़ाक में कहा, ''दे दो यार, सौ-डेढ़ सौ ले लो। इसे अकेले जाना पड़ेगा।''

वह सकते में खड़ा था। एक कठिन फ़ैसला तुरन्त लेना था। दोनों गेट के अन्दर जा चुके थे। दुकान में अभी-अभी राजमा भी बनकर तैयार हुआ था। लोग थालियों में राजमा-चावल लेकर खा रहे थे। राजमे से ख़ुशबूदार भाप उठ रही थी। वह कुछ सोच ही रहा था कि उसके अन्दर से एक तेज़ आवाज़ निकली, ''हैलो सर, दो सौ।''

दोनों कुछ आगे निकल चुके थे। आवाज़ सुनकर वे पलटे और उसकी ओर आने लगे। उनमें से एक ने पर्स निकाल लिया। वह आश्चर्यचकित था कि वह तो बोला ही नहीं फिर उसके मुँह से आवाज़ कैसे निकली। वह पास उनको नहीं देगा। आख़िर नसीर का नाटक है। पता नहीं फिर कब हो। नहीं, वह ख़ुद नाटक देखेगा। किसी क़ीमत पर पास उसको नहीं देगा। पैसे क्या इन सब चीज़ों की क़ीमत चुका सकते हैं? एक दोस्त ने सौ-सौ के दो नोट निकाल लिये थे। उसने एक हाथ से रुपये पकड़े और दूसरे हाथ से पास उसको थमा दिया। दोनों गेट के अन्दर चले गये। वह वहीं खड़ा रहा। उसे मलिक भाई की बात याद आयी—'पूरी दुनिया एक रंगमंच है और हम सभी उसकी कठपुतलियाँ।' वह ज़बरदस्ती एक फ़ीकी मुस्कान मुस्कराया। हाथ में सौ-सौ के दो नोट फँसे थे। थोड़ी देर तक वह खड़ा होर्डिंग की तरफ़ देखता रहा। एक सौ का नोट जेब में डाला, अगले दिन होनेवाले नाटक की टाइमिंग को मन में दोहराता हुआ एक सौ का नोट हाथ में लेकर दुकान की ओर बढ़ गया।

छोले-भटूरे और राजमा चावल की प्लेटों से धुँआ उठ रहा था।

स्वेटर

बाहर अभी उजाला है। हल्का-हल्का उजाला जो अभी थोड़ी देर में अँधेरे की शक्ल लेना शुरू कर देगा। माँ रसोई में अब भी कुछ खटपट कर रही है जबकि उसे अच्छी तरह पता है कि दोनों सूटकेस और बैग पैक हो चुके हैं और अब कोई चीज़ रखने की जगह नहीं।

वह कुर्सी पर आराम की मुद्रा में बैठा है। सामने अभिजीत पलँग पर बैठा है। पापा दरवाज़े पर टहल रहे हैं और पता नहीं किस चीज़ का इन्तज़ार कर रहे हैं। वह कभी बाहर की तरफ देखता है, कभी अभिजीत की तरफ़ और कभी किचेन की तरफ़। सभी मानो किसी चीज़ का इन्तज़ार कर रहे हों। घड़ी की सुइयों का एक जगह से दूसरी जगह जाकर एक निश्चित जगह पहुँच जाना भी कितनी उदास घटना है, और कितना थका देनेवाला है यह इन्तज़ार। पापा बाहर टहलते-टहलते ही उसे बीच-बीच में देख ले रहे हैं जैसे उन्हें यक़ीन ही न हो कि वह इसी घर में उसी हत्थे टूटी कुर्सी पर बैठा है। थोड़ी-थोड़ी देर पर अन्दर आ-जा रहे हैं।

"विक्रान्त का पता और फोन नम्बर कहाँ रखा है?"

"डायरी में।" वह जैकेट की जेब थपथपाता है।

"कहीं दूसरी जगह भी लिख लो, अगर ये डायरी खो गयी तो... ?" थोड़ी देर खड़े रहते हैं फिर बाहर जाकर टहलने लगते हैं। माँ एक डब्बे में कुछ लेकर आती है।

"इसे बैग की साइडवाली पॉकेट में जगह बनाकर रख लो।"

"क्या है ये... ?" वह डब्बे को बिना थामे पूछता है।

"रास्ते में खाने के लिए मठरियाँ...।"

"माँ, मैंने बताया था न कि प्लेन में खाना मिलता है।" वह झुँझला जाता है।

"...पर ये खाना थोड़े ही है, थोड़ी-थोड़ी देर पर निकालकर खाते रहना।" माँ थोड़ी सहम जाती है।

"माँ तुम भी...।"

अभिजीत उठकर माँ के हाथ से डब्बा ले लेता है।

"लाओ आंटी, मैं रख देता हूँ। दो-चार अपनी जेब में और बाकी बैग में...।"

"हाँ बेटा, ले रख दे।"

पापा फिर अन्दर आते हैं।

"बेटा, वहाँ जाकर अपना हिसाब-किताब देखकर मुझे फोन करना। और भी पैसों की ज़रूरत होगी तो बताना। पढ़ाई में ध्यान लगाना, पैसों की कोई फ़िकर मत करना...।"

उसे पता है पापा की आदत है ये, जिस चीज़ की सबसे ज़्यादा कमी होती है उसे ही सबसे ज़्यादा उपलब्ध दिखाने की कोशिश करते हैं।

अभिजीत चुपचाप बैठा मठरियाँ खा रहा है। बीच-बीच में उसे देख ले रहा है और मुस्करा दे रहा है। ये इतना चुप तो कभी नहीं रहता। मठरियाँ खाने में ऐसे जुटा है जैसे मठरियाँ खाना दुनिया का सबसे ज़रूरी काम हो और उसका पढ़ाई करने ऑस्ट्रेलिया जाना एक मामूली बात हो।

अभी तीन घंटे बाद वह फ्लाइट में होगा। सभी से दूर...माँ-पापा से, दोस्तों से, इस मुहल्ले से, इस शहर से, इस देश से...।

थोड़ी देर में अनुज भी आ जाता है।

"सब तैयार है न?" वह अभिजीत से पूछता है।

"हाँ, हाँ सब तैयार है। बस...निकलते हैं।" अभिजीत इत्मीनान से एक मठरी निकालकर अनुज की ओर बढ़ा देता है।

रोज़ का दिन होता तो अनुज इतनी शान्ति से एक मठरी लेकर खाने लगता? अभिजीत के हाथ से दूसरी भी छीन लेता और अभिजीत उसे छीनने के लिए उसकी टाँगों में हाथ डालकर गिरा देता और मठरियाँ छीनने लगता। माँ हमेशा की तरह दोनों की तरफ़ देखकर कहती, "अरे लड़ो मत बेटा। अभी और भी मठरियाँ बची हुई हैं।"

मगर अनुज एक मठरी आराम से खा रहा है। माँ सोफ़े पर बैठकर एकटक उसकी ओर देख रही है। वह मुस्करा देता है।

"क्या है माँ? ऐसे क्यों देख रही हो?"

"अं हाँ, अपने खाने-पीने का बहुत ख़याल रखना। रात को दूध ज़रूर पीना और...और फोन करते रहना। पढ़ाई पर ध्यान देना और चिट्ठी ज़रूर डालते रहना।"

"अरे आंटी, अब कौन चिट्ठी-विट्ठी लिखता है। यह हर दो-तीन दिन पर ई-मेल करता रहेगा और हम आकर इसका हाल-चाल आपको बता दिया करेंगे।" अनुज कहता है।

"जुग-जुग जीओ बेटा।"

वह अनुज की ओर प्रश्नवाचक निगाहों से देखता है। अनुज भी कुछ बताने के लिए उसकी तरफ़ देख रहा है पर माँ की उपस्थिति से दोनों ख़ामोश हैं। वह अभिजीत की ओर देखता है। अभिजीत उसकी आँखों का इशारा समझ जाता है। वह उठकर माँ

के पास चला जाता है।

"आंटी, वह नमकीनवाली गुझिया दो न एक।"

"जा बेटा, उस सफ़ेद डब्बे में है, निकाल ले।" माँ वहाँ से बिल्कुल नहीं उठना चाहती।

"नहीं आंटी, प्लीज़ आप निकाल लाओ न।"

"अच्छा रुको, लाती हूँ।" माँ धीरे से उठकर रसोई की तरफ़ चली जाती है।

अनुज लपककर उसके पास पहुँचता है।

"क्या हुआ?" वह बेचैन दिख रहा है।

"वह सीधा एयरपोर्ट आएगी।" अनुज बताता है।

"यार, यहाँ आ जाती तो मैं नीचे जाकर मिल आता। एयरपोर्ट पर तो पापा भी होंगे। क्या बोलकर परिचय कराऊँगा उसका...?"

"बोल देना दोस्त है।" अनुज राय देता है।

"हाँ पर...फेयरवेल किस नहीं ले पाएगा पापा के सामने।" अभिजीत मुस्कराता हुआ कहता है।

"अरे यार वो बात नहीं...अभी तक माँ-पापा को कुछ नहीं बताया तो अब जाते वक़्त...। बाद में बताऊँगा, सीधे फ़ाइनल डिसीजन के समय...।" वह कुछ सोच में पड़ जाता है।

"सुन, तू पापा को एयरपोर्ट चलने के लिए मना कर दे। कुछ भी बोलकर समझा ले। बोल दे कि दो लोग तो जा ही रहे हैं।" अभिजीत आइडिया देता है।

"हाँ, शायद यही ठीक रहेगा।" वह सोचते हुए बुदबुदाता है।

माँ गुझिया रखकर पापा के पास चली गयी है। दोनों आपस में बातें कर रहे हैं। या अब अकेले सिर्फ़ एक-दूसरे के साथ रहने का अभ्यास..?"

पापा फिर अन्दर आते हैं।

"ठंड से बचकर रहना। वहाँ ठंड ज़्यादा पड़ती है। हमेशा मफ़लर लगाकर रहना। ठंड कानों पर ही सबसे पहले आक्रमण करती है। कान हमेशा ढके होने चाहिए। ये नहीं कि फ़ैशन में बाल न बिगड़ें, इसलिए मफ़लर ही न लगाओ। स्वविवेक से काम लेना। वहाँ कोई देखने नहीं आएगा। वह तुम्हारा घर नहीं, मेलबर्न है।"

पापा पिछले कुछ दिनों से हर बात में घुमा-फिराकर मेलबर्न का ज़िक्र ज़रूर ले आते हैं जैसे पूरी तस्दीक कर लेना चाहते हों कि वह वाक़ई इतनी दूर जा रहा है।

पापा बाहर जाकर फिर टहलने लगते हैं। मां बाहर कुर्सी पर बैठी है।

"जी...।" इतनी बातों के जवाब में वह सिर्फ़ एक शब्द बोलता है जो बाहर पसर रहे अँधेरे में गुम हो जाता है।

"आज रोज़ इतनी ठंड नहीं है।" अनुज कहता है।

"हाँ, बल्कि मुझे तो गर्मी लग रही है।" वह कहता है।

"वह तो लगेगी ही, तूने स्वेटर और जैकेट दोनों पहन रखी हैं। मुझे देख...।" अभिजीत उसे अपना हाफ़ स्वेटर दिखाता है।

"अरे यार, पापा ने ज़बरदस्ती...।"

"तो पापा के सपूत, अब तो उतार दे। पापा बाहर हैं। उतारकर जैकेट की चेन बन्द कर ले। उन्हें क्या पता चलेगा।" अभिजीत राय देता है।

वह जैकेट उतारकर स्वेटर उतार देता है। फिर जैकेट पहनकर उसकी चेन बन्द कर देता है।

"मैं सोच रहा था, ये स्वेटर न ले जाऊँ।" वह स्वेटर को तह करते हुए कहता है।

"सही सोच रहा है। इस पुराने स्वेटर को ले जाकर क्या करेगा? तीन-तीन अच्छे स्वेटर तो हैं तेरे पास...।" अनुज समझाता है।

"मगर पापा देख लेंगे तो उन्हें बुरा लगेगा। वह खुद यह स्वेटर मेरे लिए नेपाल से लाये थे।" वह हिचकिचाता है।

"अभी नहीं देखेंगे ना? बाद में देखेंगे तो सोचेंगे गलती से छूट गया।" अनुज स्वेटर तह करके तकिये के नीचे रख देता है।

फिर तीनों अचानक चुप हो जाते हैं। अनुज व अभिजीत दोनों उसकी तरफ़ देखकर मुस्कराते हैं।

"कुछ कह रही थी?" वह भी मुस्कराता है।

"नहीं, कुछ ख़ास नहीं। बस यही कि पहुँचते ही अपना पोस्टल एड्रेस उसे मेल कर देना। जो स्वेटर तुम्हारे लिए बुन रही है, बस पूरा होने ही वाला है, उसे कूरियर करेगी। कह रही थी बहुत सारी बातें हैं जो तुमसे एयरपोर्ट पर करेगी। मैंने कहा मुझे बता दे, मैं तुम्हें बता दूँगा तो नाराज़ होने लगी...।" अनुज कुटिल मुस्कान मुस्कराता है।

"साले, तुझसे क्यों बताएगी? वो बातें तू सीमा से क्यों नहीं करता?" वह भी मुस्कराता है।

"यार, वह ना तो मुझे घास डालती है न मेरी डाली घास खाती है। उससे क्या बातें करूँ, मुझे तो तेरी कविता ही पसन्द है।" अनुज ढीठाई से हँसता हुआ कहता है।

वह फिर मुस्कराता है। वह जानता है और कोई दिन रहता तो सीमा का नाम सुनते ही अनुज दिल पर हाथ रखकर सारी बातें धीरे-धीरे नाटकीय अन्दाज़ में कराहते हुए कहता। वह भी उसकी ज़बान से कविता का नाम सुनते ही उस पर लातें चलाने लगता। पर आज की बात दूसरी है। आज उनके पास वक़्त नहीं है। आधे घंटे के भीतर वे एयरपोर्ट के लिए निकल लेंगे। उससे पहले यारों के बीच होनेवाली बेवक़ूफ़ियों को रिवाइंड करना अच्छा लग रहा है।

पापा माँ के साथ फिर अन्दर आते हैं।

''अब निकलते हैं बेटा, कहीं पहुँचने में देर न हो जाए।''

''अरे अंकल, अभी तो टाइम है।'' अनुज कहता है।

''अरे भई ट्रैफ़िक जैम का कोई भरोसा है क्या। कभी भी लेट करा सकता है।''

माँ भीगी आँखों से उसे देखती है। ''तेरे जाने के बाद घर एकदम सूना हो जाएगा।'' लगता है, माँ रो देगी।

''कम ऑन आंटी, हम सूना होने देंगे तब ना...।'' अभिजीत माँ के कन्धे पर हाथ रखता है। माँ उसका गाल थपथपा देती है।

''चलो बेटा, चलो, अब निकलते हैं...कहीं देर न हो जाए।'' पापा पास आकर खड़े हो जाते हैं। उसे पापा पर इसी बात से गुस्सा आता है। जिस बात को एक बार मुँह से निकाल देते हैं उसके पीछे ही पड़ जाते हैं।

''चलो बेटा, आओ अनुज...।'' उसके सोचने भर में पापा एक बार और अपनी बात दोहरा देते हैं और एक बैग उठाने का उपक्रम करते हैं।

''अरे अंकल, आप कहाँ परेशान होंगे? हम हैं ना...। आप आराम कीजिए।'' अनुज यह कहता हुआ बैग उठा लेता है। अभिजीत दोनों सूटकेस उठा लेता है।

''अरे नहीं बेटा, मैं भी चलता हूँ।'' पापा परेशान दिखने लगे हैं।

''छोड़िए अंकल, डॉक्टर ने वैसे भी आपको ज़्यादा दौड़ने-धूपने से मना किया है। आप यहीं रहिए। हम हैं ना...।'' कहता हुआ अभिजीत बाहर निकल जाता है। पीछे-पीछे अनुज भी।

''डॉक्टर ने दौड़ने को मना किया है भई। मुझे दौड़ते हुए थोड़े ही चलना है।...चलता हूँ मैं भी...।'' पापा उसके कन्धे पर हाथ रखते हुए एक उदास हँसी हँसते हैं जो इस उदास शाम को और उदास कर जाती है।

''रहने दीजिए पापा, आप बेकार परेशान होंगे।'' वह पापा के पैर छूता है, फिर माँ के।

''बेटा माता के पैर छू लो।'' माँ दुर्गा के शीशे से मढ़ायी गयी तस्वीर की ओर इशारा करती है।

वह आगे बढ़कर दुर्गा की तस्वीर को प्रणाम करता है जिसके शीशे में पापा की उदास खड़ी परछाईं दिखायी देती है। वह बाहर आ जाता है। पापा उम्मीद भरी आँखों से उसे देखते रहते हैं। माँ उसे दही खिलाती है। वह जल्दी से दही खाकर निकल जाता है।

तीनों घर से निकलकर सड़क पर आ जाते हैं। वह ख़ुद को ऐसे मक़ाम पर पा रहा है जहाँ एक वाज़िब ख़ुशी का एहसास दिल में इसलिए नहीं उमड़ पा रहा है क्योंकि कुछ छूट जाने का ग़म उस पर हावी होता जा रहा है। अपने दोस्त, अपनी जगह,

अपना माहौल...। एक नयी दुनिया में जाने की ख़ुशी पता नहीं क्यों इतनी शिद्दत से महसूस नहीं हो पा रही है।

क़रीब सौ मीटर चलने के बाद अनुज सिगरेट जलाकर दोनों को एक-एक थमा देता है। दोनों सिगरेट फूँकते हुए ऑटो स्टैंड की तरफ़ जाने लगते हैं।

"आज सुबह मनु के घर पुलिस की रेड पड़ी थी।" अनुज सिगरेट का धुँआ छोड़ता हुआ बताता है।

"हाँ, उसके डैडी बिजनेस की आड़ में कुछ ग़लत धन्धा करते थे।" अभिजीत कहता है।

उसका मन सुबह से भारी हो रहा है। वह अपनी बीती ज़िन्दगी और आनेवाली ज़िन्दगी के बारे में सोच रहा है। इन दोनों की बातें सुनकर उसका मन डूबता हुआ-सा लग रहा है। वे भी तो उसके बिना अकेले हो जाएँगे। वह कितना मिस करेगा इनको...।"

"अच्छा सुन, वहाँ की लड़कियाँ बड़ी फ्रैंक होती हैं। दो-चार पट जाएँ तो बताना, हम भी आय ई एल टी एस ट्राई कर लेंगे। क्यों अभि?" अनुज खी-खी करके हँसने लगता है।

वह भी मुस्करा देता है। अभिजीत एक बार उसकी तरफ़ देख भर लेता है। वे कितनी सफ़ाई से दिल दुखाने वाली बातें नहीं करना चाहते।

"मैं वहाँ तुम लोगों को बहुत मिस करूँगा...।" वह भरी-भरी आवाज़ में कहता है। अभिजीत उसकी हथेली अपनी हथेली में पकड़कर दबा देता है।

"अरे कभी-कभी उसे भी मिस कर लेना जो अपना प्यार स्वेटर की शक्ल में भेजनेवाली है...।" अनुज अपनी आदत के अनुसार भावुक होने के बावज़ूद बात को हँसी में उड़ा देता है।

"अंकल आ रहे हैं। पीछे पलटने से पहले सिगरेट फेंक दो।" अभिजीत धीरे-से फुसफुसाता है। वह सिगरेट फेंककर पलटता है। पापा लगभग दौड़ते हुए आ रहे हैं। वह आगे बढ़कर सड़क पार करता है और उनके पास पहुँचता है।

"क्या बात है पापा? आपके लिए दौड़ना नुक़सानदायक है, आप जानते हैं फिर भी...?" वह हल्का गुस्सा दिखाता है। उसे पहली बार याद आता है कि उसके जाने के बाद पापा का उतावलापन नियन्त्रित करनेवाला कोई नहीं रहेगा और वह उतावली में अपना नुक़सान करते रहेंगे।

"अरे तुम ये स्वेटर भूल आये थे तकिये के नीचे...। तुम्हारी मम्मी ने कहा कि तुम्हें दे आऊँ...इसलिए थोड़ा दौड़ना पड़ा।...लो, बैग में रख लो...।" पापा अटकती साँसों के बीच बोलते हैं और उसे देखते रहते हैं।

उसे अचानक पापा के ऊपर तरस आने लगता है, फिर अपने ऊपर। फिर पापा के ऊपर प्यार आने लगता है और अपने ऊपर गुस्सा। स्थिर, गम्भीर आँखों और लम्बी

साँसों के बीच पापा ने कितनी चिन्ताएँ छिपा रखी हैं। उसका मन करता है कि अपने दिल में पापा के लिए छिपा सारा प्यार ज़ाहिर कर दे। क्या पता फिर पापा भी जाते समय उससे पैर छुआने की जगह उसे गले लगा लें।

वह डूबती आँखों और काँपते हाथों से स्वेटर हाथ में लिये थोड़ी देर खड़ा रहता है और पापा को देखता रहता है।

''सारी ज़रूरी चीज़ें रख ली हैं न? ये याद रखना कि हमेशा अपनी मेहनत पर विश्वास रखना। सही रास्ता कठिन हो या लम्बा, हमेशा उसे ही चुनना। शरीर और पढ़ाई दोनों पर ध्यान देना। पैसों की चिन्ता मत करना। चलो, अब जाओ, देखो अनुज ने ऑटो तय कर लिया है।...बुला रहा है तुम्हें।'' पापा सामान्य दिखने की पूरी कोशिश कर रहे हैं।

''जी...।'' वह भरी आँखों के साथ पलटता है। दो-तीन क़दम चलने पर पापा की आवाज़ सुनायी देती है।

''कहो तो मैं भी चल ही चलूँ...। वैसे भी घर पर बैठा ही रहूँगा...।'' पापा की धीमी आवाज़ जैसे कहूँ और न कहूँ के संशय के बीच से निकलकर आ रही है। ज़माने भर का दर्द और निवेदन समेटे अपनी आवाज़ को उन्होंने इस तरह ज़ाहिर करना चाहा है जैसे उन्होंने बहुत सामान्य और छोटी-सी बात कही है और इसके न माने जाने पर भी उन्हें कोई ख़ास फ़र्क़ नहीं पड़ेगा।

मन्नन राय गजब आदमी हैं

नाम—मन्नन राय
क़द—छह फीट एक इंच
वज़न—सौ किलो के आसपास
आयु—पचपन साल के ऊपर
रंग—गेहुँआ
स्वभाव—शान्त व विनोदप्रिय

ये किसी भगोड़े अपराधी का हुलिया नहीं है बल्कि एक गुमशुदा की सूचना है। यह पांडेयपुर के मन्नन राय का परिचय है जिन पर कहानी लिखना भारी अपराध है क्योंकि ये उपन्यास के पात्र थे। फिर भी यह कहानी, यदि इसे कहानी मानें, तो लिखी जा रही है। वास्तव में यह कोई कहानी नहीं, एक समस्या का कहानीकरण है जो कि लेखक मन्नन राय का प्रशंसक होने के नाते कर रहा है। जब लेखक बहुत छोटा था तब भी यह कहानी दुनियावी भँवर में पूरी रौ में बहती जा रही थी भले लेखक उससे अनभिज्ञ था। तो इस समस्या को कहानी का जामा पहनाने के लिए लेखक ने अपने अवचेतन के साथ-साथ बड़े-बुजुर्गों से भी राय-मशवरा किया है और भरसक तथ्य जुटाने की कोशिश की है। हो सकता है ब्यौरेवार तफ़सील से कहानी रिपोर्ताज लगने लगे या फिर संस्मरण का बाना पहन ले। पर लेखक का ध्यान और चिन्ता इसे लेकर नहीं है क्योंकि उसका ध्यान सिर्फ़ समस्या की गम्भीरता की तरफ़ है।

पूरे बनारस को पांडेयपुर हिलाये रखता था और पांडेयपुर को मन्नन राय। ये न तो कोई बाहुबली थे न ही पुलिस के आदमी, फिर भी शोहदे उस एरिये से कई-कई दिनों तक नहीं गुज़रते थे जिधर किसी दिन वह दिखायी पड़ जाते थे। वह रेलवे के कर्मचारी थे पर उनका व्यक्तित्व ऐसा था कि यदि सड़क पर झगड़ा हो रहा हो और वह उधर से गुज़र जाएँ तो लोग उन्हें पकड़कर झगड़ा सलटवाने लगते थे। पांडेयपुर के अलावा भी, कभी भी, कोई भी उनकी मदद लेने आ जाय, वह तुरन्त उसके साथ जाकर उसकी समस्या का समाधान करते थे। किसी-किसी झगड़े में ख़ुद पड़ जाते और

पीड़ित का पक्ष लेकर एक-दो पंक्तियों में ही झगड़ा निबटा देते। झगड़ा फरियाने में उनके एक-दो अतिप्रचलित संवाद सहायक होते—

"मान जा गुरु, फलाने के परसान मत कराऽऽऽ।"

"कहो हाय-हाय मचउले हउवा राजा? खलिये मुट्ठी लेके जइबा उपर।"

"हमें सब सच्चाई मालूम हौ। छटका मत। समझउले से समझ जा।"

और आश्चर्य की बात, 99.99 प्रतिशत मामलों में लोग वाक़ई समझाने से समझ जाते। ऐसे साहसी, दबंग और बेफ़िक्र मन्नन राय अचानक बनारस की धरती को छोड़कर कहाँ चले गये जिसके बारे में उनका विचार था कि गंगा-किनारे मर के कुत्ता भी तर जाता है। उनकी गुमशुदगी पूरे बनारस के लिए चिन्ता का विषय है। इसके विषय में किसी निष्कर्ष पर पहुँचने से पहले उनके विषय में ठीक से जानना होगा। उनके जीवन के उस मोड़ पर जाना होगा जब वह तड़तड़ जवान थे।

बनारस को उस समय ज़्यादातर लोग काशी कहा करते थे। बनारस की गलियाँ उतनी ही पतली थीं जितनी आज हैं पर सड़कें काफ़ी चौड़ी थीं। क़दम-क़दम पर पान की दुकानें थीं, जैसी आज हैं। जगह-जगह लस्सी के ठीये थे। गली-गली में अखाड़े थे जहाँ बच्चे किशोरावस्था से युवावस्था में क़दम सेहत बनाते हुए रखते थे। जगह-जगह आज की ही तरह मन्दिर थे और बहुत से मन्दिरों में वाकई सिर्फ़ पूजा ही होती थी। विदेशी पर्यटक तब भी बहुत आया करते थे और 'अतिथि देवो भव:' की परम्परा के अनुसार उन्हें पलकों पर बिठाया जाता। कुछ नाववाले और गाइड उनसे पैसे ज़रूर ठगते पर पर्यटकों की सुरक्षा को लेकर वे भी अपने देश की छवि अच्छी बनाने के लिए चिन्तित रहते।

कुछ गुंडे भी हुआ करते थे पर वे अच्छे-ख़ासे सेठों को ही लूटते थे और भरसक उन्हें जान से नहीं मारते थे। लड़कियों को पूरा मुहल्ला बहन और बेटी मानता था और कोई ऐसी-वैसी बात सबके लिए बराबर चिन्ता का विषय होती। लोगों की सुबह जलेबी-दूध के नाश्ते से शुरू होती और रात का खाना खाने के बाद मीठा पान खाने से ख़त्म होती। बड़े-से-बड़े धनिक भी रात का खाना खाने के बाद सपरिवार बाहर आकर मीठा पान खाते और टहलते। ऐसे ही माहौल में मन्नन राय का पटना से काशी आगमन हुआ। उन्हें बनारस इसलिए आना पड़ा क्योंकि यहाँ रेलवे में उनकी नौकरी लग गयी थी, पर जब एक बार उन्होंने नौकरी और बनारस को पकड़ा तो दोनों ने उलटे उन्हें ऐसा जकड़ लिया कि वह वहीं के होकर रह गये। वह रांड़, सांड़, सीढ़ी और संन्यासी से बचते हुए काशी का सेवन करने लगे और ऐसा रमे कि मित्रों ने चाचा का चच्चा, मामा का मम्मा की परम्परा के अनुसार मनन का मन्नन कर दिया। उनका रंग वहाँ जल्दी ही जम गया। पांडेयपुर का वह कमरा जिसमें वह रहते थे, एक नाटकीय घटनाक्रम में पूरे घर समेत उनके नाम लिख दिया गया।

घर एक पंडित का था जिसके परिवार में सिर्फ़ वह और उसकी पत्नी ही बचे थे। उसके सब बच्चे बचपन में ही एक-एक करके स्वर्ग सिधार गये थे और पंडित-पंडिताइन काफ़ी हद तक विरक्त हो चुके थे। इस विरक्ति पर थोड़ी आसक्ति तब हावी हुई जब पंडित का भतीजा घर अपने नाम लिखवाने के लिए दबाव डालने लगा। पहले उसने चाचा-चाची को प्यार से समझाया। जब वह नहीं माने तो डराने-धमकाने पर उतर आया। एक दिन वह अपने साथ तीन-चार मुस्टंडों को लेकर आया और घर का सामान निकालकर फेंकने लगा। मन्नन राय बहुत दिनों से यह तमाशा देखकर तंग आ चुके थे। वह बाहर निकले और उन सभी को बुरी तरह से पीटने लगे। उनका गुस्सा और आवेग बदमाशों के लालच पर भारी पड़ा और वह मुहल्ले के हीरो बन गये।

पंडित-पंडिताइन उसके बाद से उन्हें बेटा मानने लगे और मरते समय घर उनके नाम लिख गये।

मन्नन राय ने जिस बहादुरी से चारों-पाँचों को लथार-लथारकर मारा, वह सबको चकित कर गया था। पूरे मुहल्ले में यही कहा-सुना जा रहा था, "मन्नन राय गजब आदमी हैं।" जो उम्र में उनसे छोटे थे, वे बातें कर रहे थे, "मन्नन भइया गजब आदमी हैं।" जो बड़े थे, वे बतिया रहे थे, "मन्नन रयवा गजब आदमी है यार।" इस बात पर पूरा क्षेत्र एकमत हो गया था कि मन्नन राय ग़ज़ब के हिम्मती और ताक़तवर इन्सान हैं। वह चलते तो लोग उनकी गरिमापूर्ण चाल को मुग्ध होकर देखते रहते। लोगों ने साफ़ देखा था कि उनके सिर पर एक आभामंडल दिखायी देता है। बहुत-से लोग उनके चेले बन गये जिनमें से कुछ उनकी भक्ति भी करने लगे। वह सुबह सेर भर जलेबी और आधा लीटर दूध का सेवन करके स्टेशन जाते। शाम को मोछू हलवाई के यहाँ पाव भर रबड़ी खाते और फिर सभी मित्रों के साथ अखाड़े में भाँग घोंटने बैठ जाते।

बनारस को ज़माने की हवा बहुत धीरे-धीरे लग रही थी। ऐसे कि असर न दिखायी दे, न पता चले पर परिवर्तन हो रहे थे। टी.वी. का प्रादुर्भाव हो रहा था और शहर चमत्कृत था। कुछ अति सम्पन्न लोगों के घरों में वह रंगीन चेहरा लिये आया था और कुछ सम्पन्नों के घर श्वेत-श्याम। जिसने श्वेत-श्याम टी.वी. भी ख़रीद लिया था वह अचानक ऊँची नज़रों से देखा जाने लगा था। जिनके घरों में टी.वी. नहीं थे उनके बच्चे अपने टी.वी. वाले पड़ोसियों के यहाँ छिछियाए फिरते। मन्नन राय को किसी ने समाचार सुनने के लिए टी.वी. ख़रीदने की सलाह दी तो वह हँस पड़े, "चलऽला हऽऽ चूतिया बनावे, हम देखले हई टी.वी. पर समाचार। एक ठे मेहरारू बोलऽऽले। हम तऽऽ ओनकर मुँहवे देखत रह गइली, समाचार कइसे सुनायी देईऽऽ?"

पर काफ़ी सालों बाद टी.वी. का थोड़ा बहुत प्रभाव मन्नन राय पर भी पड़ा था। रविवार की सुबह जलेबी-दूध का सेवन करके वह सरबजीत सरदार के घर ज़रूर जाते और 'रामायण' नाम का वह चमत्कार पूरे एक घंटे तक देखते और नतमस्तक होकर

लौट आते। उन्हें टी.वी. का यही एक प्रयोग सही लगता।

मगर टी.वी. का यही एक प्रयोग नहीं था। उस पर फ़िल्में भी आ रही थीं। फ़िल्मी गाने भी आ रहे थे। जो गाने पति-पत्नी बच्चों के बिना हॉल में जाकर देखते सुनते थे, अब बच्चे घर में बैठे-बैठे देख-सुन रहे थे। बच्चे जल्दी-जल्दी किशोर, किशोर बड़ी तेज़ी से युवा और युवा बड़ी तेज़ी से अवसादग्रस्त हो रहे थे। बनारस पूरे देश में हो रहे बदलावों को अपने में दिखा रहा था। पर ऊपर से कुछ दिखायी नहीं पड़ता था। सब पहले के जैसा शान्त था। बच्चे गाना सुनते और गुनगुनाते फिरते—

"एक आँख मारूँ तो लड़की पट जाए...।"

"दे-दे प्यार दे...।"

"सात सहेलियाँ खड़ी-खड़ी...।"

"सुन साहिबा सुन...।"

माँ-बाप बच्चों के मुँह से ऐसे गाने सुनकर कभी गौरवान्वित महसूस करते और कभी ऐसे गन्दे गाने न गाने की चेतावनी देते। जो इन्हें गन्दा गाना कहते, वे ख़ुद एक-दो साल बाद इन्हें गुनगुनाते क्योंकि गन्दगी की परिभाषा बड़ी तेज़ी से हर पल बदल रही थी।

दिल, प्यार, आशिक़ी आदि रोज़मर्रा की बातचीत के शब्द बन रहे थे। युवा लड़के दिल टूटने पर गीत गाने लगे थे। लड़कियाँ अपनी तारीफ़ गाने में सुनना पसन्द करने लगी थीं पर ऊपर से सब शान्त दिखायी पड़ता था।

वी.सी.आर. नाम के उपकरण ने वर्षों हल्ला मचाये रखा। पति-पत्नी रात को बच्चों के सो जाने के बाद प्राय: इसका उपयोग करते। बच्चे कभी भी आधी नींद से जागते तो सोने का बहाना किये पूरा तमाशा देख जाते। उनके सामने उत्सुकताओं के कई द्वार खुल रहे थे।

मन्नन राय की उम्र शादी के बॉर्डर को पार कर रही थी। घर से पड़ता दबाव भी उनकी उदासीनता को देखकर कम होता जा रहा था। वह हनुमानजी के परम भक्त थे और आजीवन ब्रह्मचारी रहने का व्रत ले चुके थे। हर शनिवार और मंगलवार को संकटमोचन जाने पर यह व्रत और दृढ़ होता जाता। पर-स्त्रियों की वह बहुत इज़्ज़त करते थे और उनसे की गयी बदसलूकी अपने सामने नहीं देख सकते थे।

उधर बीच वह रात को पान खाकर अक़्सर सरबजीत सरदार के चबूतरे पर देर तक बैठा करते थे। मोछू भी दुकान बन्द करने के बाद वहीं आ जाते और तीनों देर तक दुनिया जहान की बातें करते रहते।

एक रात जब वह सरबजीत को राम-राम कहकर उठने ही वाले थे कि शीतला प्रसाद के घर के किनारे उन्हें अँधेरे में कुछ परछाइयाँ दिखीं। वह कुछ देर वहीं से भाँपते रहे फिर लपककर उस ओर बढ़ चले।

वहाँ का नज़ारा उनके तन-बदन में आग लगाने के लिए काफ़ी था। जनार्दन तिवारी का लड़का चुन्नू त्रिलोकी ओझा की लड़की सविता को बाँहों में भींचे खड़ा था और बार-बार उसे चूमने की कोशिश कर रहा था। लड़की शर्म के मारे चिल्ला नहीं पा रही थी पर छूटने की भरसक कोशिश कर रही थी। उन्होंने चुन्नू को एक हाथ दिया और वह दूर जा गिरा। उठा तो सामने मन्नन राय को देखकर उसकी रूह फ़ना हो गयी।

"तू घरे जोऽऽऽ।" मन्नन राय ने लड़की को डपटकर कहा और चुन्नू पर पिल पड़े। चुन्नू ने गिड़गिड़ाते हुए उनके पैर पकड़ लिये। मोछू और सरबजीत भी आ गये और पूरा मामला जानकर उन्होंने भी चुन्नू का कान पकड़कर दो करारे हाथ रखे। उसने कसम खायी कि वह मुहल्ले की सभी लड़कियों को बहन मानेगा, उसके बाद उसे छोड़ा गया। उस घटना के बाद चुन्नू दो महीने तक दिखा नहीं। वह अपनी नानी के यहाँ छुट्टियाँ बिताने चला गया था, शायद शर्मिंदा होकर।

समय धीरे-धीरे बीतते हुए कठिन और गाढ़ा होता गया। परिवर्तन ऐसे मोड़ पर पहुँच गये थे कि उन्हें देखा जा सकता था। किशोर और युवा टी.वी. के ग़ुलाम नहीं रह गये थे। उनके लिए इंटरनेट पर उच्छृंखलताओं का अथाह समुद्र था जिसमें वे जितनी चाहे डुबकी मार सकते थे। वी.सी.आर. जा चुका था। वी.सी.डी. प्लेयर पर पति-पत्नी रात को अपनी पसन्द देखते तो बच्चे दरवाज़ा बन्द कर दिन में देखते। हमारा देश अचानक दुनिया के सबसे ख़ूबसूरत चेहरे पैदा कर रहा था। हर बात के लिए औसत आयु कम हो रही थी, चाहे बूढ़ों के मरने की बात हो या लड़कियों के ऋतुचक्र के शुरुआत की। किशोर खुलेआम सिगरेट पीने लगे थे और कुछ किशोर दशाश्वमेध पर घूमनेवाले दलालों से हेरोइन लेकर भी स्वादने लगे थे। बाप न जाने क्यों ज़्यादा-से-ज़्यादा पैसे कमाने में लगे जा रहे थे और माँएँ टी.वी. सीरियलों में जीवन जीने लगी थीं। औसत लड़कियाँ किसी ख़ास साबुन या क्रीम की कल्पना कर ख़ुद को जीवनपर्यंत चलनेवाले भ्रम में डाल रही थीं तो लड़के अनाप-शनाप पाउडर खाकर सुडौल शरीर बनाने के सपने देख रहे थे। अखाड़े सभ्यता की निशानियों की तरह जीवित थे। गली-गली कुकुरमुत्तों की तरह कम्प्यूटर इंस्टीट्यूट और जिम खुल गये थे। एक नयी सदी शुरू हो गयी थी और यह सदी सच्चाई की नहीं, झूठ, आतंक और दिखावे की थी।

सांस्कृतिक नगरी काशी में एक और परिवर्तन हुआ था। आज़मगढ़, मऊ, गोरखपुर और आस-पास के अपराधी अपनी गतिविधियों का केन्द्र काशी को भी बना रहे थे। काशी बड़ी तेज़ी से सांस्कृतिक राजधानी से आपराधिक राजधानी बनती जा रही थी। इन शातिरों ने अपना ध्यान शिक्षित लोगों को अपराधी बनाने में लगाया। पढ़े-लिखे बेरोज़गार नौजवान गैंग बना रहे थे। चोरी, छिनैती की घटनाओं में सिर्फ़ नौजवान ही मोर्चा सँभाल रहे थे। इन पढ़े-लिखे अपराधियों ने कई प्रशिक्षित अपराधियों और मँजे हुए गुंडों का बोरिया-बिस्तर बँधवा दिया था। इन्हीं शिक्षित अपराधियों ने रंगदारी यानि

गुंडा टैक्स वसूलने का नियम आम किया था। रंगदारी यानि हमें पैसा इसलिए दीजिए क्योंकि हम आपकी जान नहीं ले रहे हैं। पैसा दीजिए और हमारी गोलियों से सुरक्षित रहिए। इन्होंने बड़े-बड़े रसूख़वाले व्यापारियों को निशाना बनाया। इसमें ख़तरा था जो ये उठा रहे थे और सफल भी हो रहे थे।

बनारस में बहुस्तरीय परिवर्तनों से मन्नन राय जैसे लोग बहुत परेशान थे। लस्सी और ठंडई की दुकानें कम हो गयी थीं। शराब की दुकानों के लाइसेंस दोनों हाथों से बाँटे जा रहे थे। गाइड पर्यटकों को घुमाते-घुमाते उनका पर्स, कैमरा आदि पार कर देते और महिला पर्यटकों से बदसलूकी करने में उन्हें कोई डर नहीं था। कुछ गाइड महिला पर्यटकों से बलात्कार भी कर रहे थे तो कुछ ने एकाध विदेशियों का क़त्ल भी कर डाला था। सबको पुलिस का संरक्षण प्राप्त था जो पूरी तरह से हरे और सफेद रंग की ग़ुलाम बन गयी थी।

अधेड़ से वृद्ध हो चुके मन्नन राय सुबह-सुबह जलेबी दूध का नाश्ता करने के बाद मुहल्ले में टहल रहे थे। उस दिन रविवार था। उनका विचार था कि झुनझुन के यहाँ दाढ़ी बनवा लेते। वहाँ गये तो कुछ लड़के पहले से नम्बर लगाये हुए थे। वह कुछ भुनभुनाते हुए बाहर निकल आये और डॉक्टर साहब के चबूतरे पर बैठकर अख़बार पढ़ने लगे। डॉक्टर साहब भी आवाज़ सुनकर बाहर आये और मन्नन राय को प्रणाम कर वहीं बैठ गये।

"क्या भुनभुना रहे हैं बाऊ साहब?"

"अरे आजकल के लौंडे डाक्टर साहब। का बताएँ? दाढ़ी के साथ-साथ मोछ भी साफ़ करा देते हैं और झोंटा अइसा रखते हैं कि पते न चले कि जनाना है कि आदमी। अउर त अउर सरीर अइसा कि फूँक दो तो...।"

मन्नन राय ने बात ख़त्म भी नहीं की थी कि दो मोटरसाइकिलों पर सवार चार हथियारबन्द नौजवान तेज़ रफ्तार में गाड़ी धड़धड़ाते हुए उनके सामने से निकल गये और कन्हैया सुनार के घर के सामने गाड़ी लगा दी। तीन नौजवान बाहर टहलने लगे और एक अन्दर चला गया। बाहर के तीनों नौजवान आगे बढ़नेवाले को तमंचा दिखाकर पीछे रख रहे थे। तभी अन्दर वाला नौजवान कन्हैया सुनार को लगभग घसीटते हुए बाहर लाया और चारों उनकी लात-घूँसों से पिटायी करने लगे। कन्हैया हलाल होते सूअर की तरह डुकर रहे थे। कन्हैया की पत्नी और बारह वर्षीय बेटा दरवाज़े पर खड़े होकर रो रहे थे और मदद की गुहार कर रहे थे। मगर चार तमंचों के आगे हिम्मत कौन करे। चारों लात-घूँसों के साथ गालियों की भी बौछार कर रहे थे।

"पहचान नहीं रहे थे हम लोगों को मादर...।"

"दो पहले ही दे दिये होते तो ये नौबत क्यों आती हरामज़ादे?"

"हमारी बात न मानने का अन्जाम बता दो साले को...।"

मन्नन राय मामला भाँप चुके थे। कन्हैया सुनार बड़ा अच्छा आदमी था। उनके सामने इतना अँधेर। वह लपककर उन सबके पास पहुँच गये और पूरे मुहल्ले की धड़कनें रुक गयीं।

"छोड़ दे एनके...।"

"तू कौन है बे मादर...।"

एक चिकने दिखते लड़के का तमंचा लहराकर यह कहना ही था कि मन्नन राय का माथा घूम गया। उनके सामने पैदा हुए लौंडों की ये हिम्मत? उनकी एक भरपूर लात लड़के की जाँघों के बीच पड़ी। दोनों हाथों से उन्होंने बाकी दोनों के सिर पकड़कर लड़ा दिये और फ़िल्मी स्टाइल में चौथे के एक लात मारी। वह नीचे गिर पड़ा। अब चारों निहत्थे ही मन्नन राय पर टूट पड़े। पहले तो चारों भारी पड़े पर जब एक चिकने लड़के ने मन्नन राय के मुँह पर मारकर ख़ून निकाल दिया तो मन्नन राय अचानक सुन्न हो गये। क्षण भर उसके चिकने चेहरे को देखते रहे और अगले ही पल 'जय बजरंग बली' का उद्घोष करते हुए चारों को पलक झपकते ही धराशायी कर डाला। लड़ाई को अन्तिम घूँसे से फ़ाइनल टच देते हुए बोले, "लोहा उठावल सरीर ना हौ बेटा अखाड़े कऽऽ मट्टी हौऽऽऽ।" उनके सिर का आभामंडल चमक रहा था।

तभी गेट के बाहर खड़े कुछ अति उत्साही नवयुवक अन्दर घुस आये और चारों को पीटने लगे। काफी भीड़ जमा हो गयी और वे इस अफ़रा-तफ़री का लाभ उठाकर फ़रार हो गये।

इस घटना के बाद पूरे मुहल्ले ने मन्नन राय को ज़बरदस्ती अपने-अपने घर बुलाकर उनका पसन्दीदा खाद्य-पदार्थ जैसे दही-बड़ा, मालपुआ, गुलाबजामुन वगैरह खिलाया। मूल्य क्षरण के इस युग में भी खुले मन से यह स्वीकार किया गया कि, "मन्नन राय गजब आदमी हैं।"

मन्नन राय की ग़ज़बनेस तब तक पूरे रौ में बरक़रार थी। वह पूरे मुहल्ले के सरपरस्त, रखवाले और अब बुज़ुर्ग थे। हर घर पर उनके कुछ-न-कुछ अहसान थे। किसी की ज़मीन का झगड़ा सुलझाया था, किसी के पैसों का लेन-देन निपटाया था तो किसी को धमका रहे बदमाशों से छुटकारा दिलाया था। पांडेयपुर से कैंट और मलदहिया से लंका तक लोग श्रद्धा से उनका नाम लेते थे।

पहले के नौजवान जिन्होंने मन्नन राय की परम शौर्यता का दौर देखा था, उन्हें बड़ा भाई मानते थे। उनके समौरिया जो लंका जैसे दूर क्षेत्रों में रहते थे, अपने घरों में खुद को उनका क़रीबी दोस्त घोषित करते थे भले ही उनकी आपस में एकाध मुलाक़ातें ही हुई हों।

हालाँकि जो वर्तमान पीढ़ी थी, वह मन्नन राय के बारे में क्या सोचती थी, ये मन्नन राय को पता नहीं था। यह वह पीढ़ी थी जो अपने बाप को इसलिए सम्मान देती

थी क्योंकि वह पैसे देता था। यह पीढ़ी बड़ी तार्किक थी। इसके पास ईश्वर को न मानने के तर्क थे, पोर्नोग्राफी को वैधानिक कर देने के तर्क थे, शराब को जायज़ मानने के तर्क थे और आश्चर्य कि सभी तर्क दमदार थे।

मन्नन राय इस पीढ़ी की इस ताक़त से अनभिज्ञ थे। शायद इसलिए कि उनका वास्ता शुरू से ही इसके पहलेवाली पीढ़ी से पड़ा था। वर्तमान पीढ़ी को उन्होंने सड़कों पर नंगा खेलते-भागते देखा था और वह इसी रूप में उनके दिमाग़ में दर्ज़ थी। मगर यह पीढ़ी अपना शिशु रूप पैदा होते ही छोड़ चुकी थी। यह पीढ़ी, जैसा कि होता है, अपनी सभी पिछली पीढ़ियों से तेज़ और बहुत आगे थी।

रात का समय था। बिल्कुल वही दृश्य था जिसे बीते दो दशक से भी ज़्यादा का समय हो गया था। मन्नन राय सरबजीत सरदार के चबूतरे पर मोछू, लल्लन, बजरंगी और एकाध स्थानीय लोगों के साथ बैठे बातें कर रहे थे कि शीतला प्रसाद के घर के किनारे अँधेरे में उन्हें कुछ परछाइयाँ दिखीं। उनके सामने दशकों पहले का दृश्य घूम गया और वह लपककर उस ओर बढ़ चले। उन्हें उठता देख सरबजीत भी उठकर पीछे लग गये और उन्हें देख उपस्थित सभी पाँचों-छहों उनके पीछे चल दिये। सभी को अच्छी तरह पता था कि मन्नन राय गजब आदमी हैं, क्या पता कोई गजबनेस दिखा ही दें।

गजबनेस (मुहल्ले के मनचलों द्वारा दिया गया शब्द) दिखी भी। मन्नन राय ने देखा कि रामजीत पांडेय का लड़का सुनील परमेश्वर सिंह की बेटी अंशु को भींचकर खड़ा है और उसके नाज़ुक अंगों पर हाथ फेरने के साथ उसे चूम भी रहा है। लड़की के मुँह को उसने हाथ के पंजे से बन्द कर रखा है और लड़की आज़ाद होने के लिए छटपटा रही है। मन्नन राय ने एक ज़ोरदार थप्पड़ सुनील को मारा और वह छिटककर दूर जा गिरा। लोग ख़ुश हो गये। उन्हें मुँह-माँगी मुराद मिल गयी। मन्नन राय इस लड़के को अभी ठीक कर देंगे। ये आजकल के लौंडे...। मन्नन राय गुस्से से लाल हो रहे थे। लड़की छूटते ही घर की ओर भागी।

"काहे बे, पढ़े-लिखेवाली उमर में हरामीपना करत हउवे, वहू खुलेआम...?"

सुनील उठा, एक नज़र मन्नन राय की ओर देखा, एक नज़र भागकर जाती अंशु की तरफ़ और ज़मीन पर पड़ा अपना बैग उठाने लगा। उसकी आँखों में शर्म, पछतावा,संकोच जैसा कोई भाव दूर-दूर तक नहीं था। उसने बैग उठाया और चलने से पहले जली आँखों से मन्नन राय को घूरा। कल के लौंडे को अपनी ओर इस तरह घूरते देखकर मन्नन राय का पारा गरम हो गया। उन्होंने उसे हड़काते हुए थप्पड़ उठाया—

"अइसे का देखत हउवे। तोर तरे माइ बाप कऽ पइसा बरबाद करे वालन कऽ इलाज हम बढ़िया से जानिलाऽऽऽ...।"

उनकी बात बीच में अधूरी रह गयी क्योंकि सुनील ने उनका तना हुआ थप्पड़

बीच में पकड़ लिया और झटक दिया। वहाँ उपस्थित सबकी साँसें रुक गयीं। मन्नन राय आपे से बाहर हो गये और दूसरे हाथ से एक करारा थप्पड़ जड़ दिया। वह सँभल भी नहीं पाया था कि दूसरा थप्पड़। फिर उस सत्रह साल के लड़के ने ऐसी हरक़त की कि वहाँ सबको साँप सूँघ गया।

उसने तेज़ी से अपना बैग निकाला और बिजली की फुर्ती से किताबों के बीच से एक तमंचा निकालकर मन्नन राय की कनपटी पर सटा दिया। वह बुरी तरह से हाँफ रहा था। गुर्राता हुआ बोला—

"नेता बनने की आदत छोड़ दे बुड्ढे वरना यहीं ठोंक दूँगा। जब देखो, दूसरों के काम में टाँग अड़ाना...। राम-राम करो नहीं तो ऊपर पहुँचा दूँगा...।"

सभी लोग अवाक् खड़े थे। मन्नन राय की आँखें जैसे अचानक भावशून्य हो गयी थीं। लोगों ने मन्नन राय के चेहरे की ओर देखा। वहाँ क्रोध का नामोनिशान नहीं था। फिर भी उन्हें लग रहा था कि वह फुर्ती से सुनील के हाथ से तमंचा छीन लेंगे और उसे पीटते हुए घर ले जाएँगे। जो व्यक्ति चार-चार तमंचों को काबू कर सकता हो, उसके लिए एक सत्रह साल का दुबला-पतला लड़का और तमंचा क्या मायने रखते हैं। पर मन्नन राय जैसे शून्य में कहीं खो गये थे। उनके चेहरे पर पता नहीं कैसे अनजान भाव थे जिसे मुहल्लेवाले पहचान नहीं पा रहे थे।

सुनील बैग लेकर चल पड़ा तब भी मन्नन राय वैसे ही खड़े थे। लोगों ने स्पष्ट देखा था कि सुनील ने जब उनके ऊपर तमंचा ताना था तो तमंचे की नली उनकी कनपटी की तरफ़ सीधी नहीं थी बल्कि उनके सिर के इर्द-गिर्द रहनेवाला आभामंडल उसकी ज़द में था। अब वह आभामंडल बिल्कुल विलुप्त हो गया था और वह लुटे-पिटे बड़े निरीह बुड्ढे लग रहे थे। रात अचानक और काली हो गयी थी और मन्नन राय के चेहरे पर उतर आयी थी। वह भौंचक खड़े उस रास्ते को देख रहे थे जिस पर सुनील गया था। कुछ लोग उनके कन्धे पर हाथ रखकर सहला रहे थे, कुछ पीठ। उन्हें पकड़कर लोग चबूतरे पर वापस ले आये। वह कुछ बोल नहीं रहे थे। कुछ लोगों को उम्मीद थी कि अभी वह नीम गुस्से में हैं इसलिए कुछ बोल नहीं रहे हैं। गुस्सा सँभलने के बाद ज़बरदस्त बनारसी गालियाँ देंगे और उस बद्तमीज़ लड़के के घर जाएँगे और...।

अचानक मन्नन राय उठ खड़े हुए। उनका रुख अपने घर की ओर था। लोग समझाने लगे।

"आप झूठे परेसान हो रहे हैं बाऊ साहब...।"

"कल सबेरे सुनीलवा के घर सब लोग चला जाएगा। रामजीत से बात किया जाएगा...।"

"बइठिए मन्नन भइया...।"

"बइठा यार मन्नन...।"

मगर वह न बैठे, न रुके। धीमी चाल से वह अपने घर में घुसे और दरवाज़ा बन्द कर लिया। लोग उनका यह रुख देखकर दुखी हुए। सबने चर्चा की कि मन्नन राय को बहुत दुख पहुँचा है और इसका निवारण यही है कि सुनील उनसे काफ़ी माँगे।

अगली सुबह जब सुनील के माँ-बाप को यह घटना बतायी गयी तो वे आगबबूला हो उठे। लड़के की बेशर्मी से ज़्यादा दुख उन्हें मन्नन राय के अपमान का था। सुनील की बहुत लानत-मलानत हुई और मुहल्ले के सभी बुज़ुर्ग लोग उसे लेकर माफ़ी मँगवाने मन्नन राय के घर पहुँचे। मुहल्ले में अफ़रा-तफ़री मच गयी थी। जो सुनता, ज़माने को दोष देता।

मन्नन राय की दिनचर्या के अनुसार यह समय उनके नाश्ता कर चुकने के बाद डॉक्टर साहब के यहाँ अख़बार पढ़ने का था पर वह अभी तक दिखायी नहीं दिये थे। लोगों ने दरवाज़ा खटखटाया तो वह अपने आप खुल गया। लोग एक अनजानी आशंका से भर उठे। हर कमरे की तलाशी ली गयी। मन्नन राय नहीं थे। हर सामान पहले की तरह व्यवस्थित था। मन्नन राय कहाँ चले गये? किसी रिश्तेदार के यहाँ जाते तो कपड़े वगैरह लेकर जाते। सारे कपड़े, यहाँ तक कि उनका धारीदार जाँघिया भी वहीं टँगा था। बिना कुछ लिये वह कहाँ जा सकते हैं...खाली हाथ? कुछ के दिमाग़ में आशंकाएँ उभर रही थीं पर बोला कोई कुछ नहीं। सबको पता था कि बोलते ही बाकी सब काँव-काँव करने लगेंगे, "मन्नन राय कोई कायर कमज़ोर थोड़े ही हैं।"

फिर वह गये कहाँ? उनके जो थोड़े-बहुत रिश्तेदार थे उनके यहाँ पता किया गया। वह वहाँ भी नहीं थे। उनके घर पर ताला लगा दिया गया है और पूरा मुहल्ला आँखें बिछाये इन्तज़ार कर रहा है कि वह कब आते हैं। कुछ छंटइल बदमाश हैं जो ख़ाली मकान को हड़पने की फ़िराक़ में हैं पर हिम्मत नहीं जुटा पा रहे हैं। उन्हें डर है कि मन्नन राय आ गये तो हड्डी-पसली ढूँढ़े नहीं मिलेगी। उन्हें अभी भी याद है कि 'मन्नन राय गजब आदमी हैं।' है किसी की मज़ाल जो 'थे' का प्रयोग कर दे।

लेखक मन्नन राय का बहुत बड़ा भक्त रहा है और उनकी बहुत-सी आदतें न पसन्द होने के बावजूद उनकी गुमशुदगी पर चिन्तित है। आप उनकी आदतों और उनके व्यक्तित्व की चीरफाड़ में तो नहीं उलझ गये? उनका ज़बरदस्ती हर किसी के काम में नेता बनने की आदत और दकियानूसी और पिछड़ी सोच... ? आप किसी दूसरे रास्ते तो नहीं जा रहे? इसीलिए लेखक ने शुरू में ही कहा था कि सबसे बड़ी समस्या मन्नन राय की गुमशुदगी है, यह वक़्त उनके आग्रहों पर सोचने का नहीं है। लेखक ने भले उनकी जवानी न देखी हो, उनका गर्व से भरा माथा और तनी हुई रोबीली चाल देखी है। हालाँकि उस दिन से लेखक को यह अनुभव हुआ है कि हर मन्नन राय बुढ़ापे में ज़्यादा दिनों तक तना नहीं रहने दिया जाता। लेखक सड़कों पर घूमते समय सिर झुकाए किसी

हताश और निरीह बूढ़े को देखता है तो दौड़कर पास जाकर देखता है कि कहीं यह मन्नन राय तो नहीं। पर वह मन्नन राय अब तक नहीं मिले, हालाँकि दूर से ज़्यादातर बूढ़े मन्नन राय ही लगते हैं, उस रात के बादवाले मन्नन राय। लेखक ने पहचान के लिए कहानी के साथ मन्नन राय की तस्वीर भी संलग्न की है। इसके साथ सम्पादक से व्यक्तिगत रूप से निवेदन भी किया है कि यदि इस समस्या को ख़ालिस कहानी के रूप में छापें और चित्र छापना सम्भव न हो, तो उनका एक रेखाचित्र ज़रूर छापें। वैसे आपकी सुविधा के लिए मैंने पूरा हुलिया दे ही दिया है और अब तक तो आप मन्नन राय को पहचान ही गये होंगे। यदि किसी को भी मन्नन राय के विषय में कोई भी सूचना मिले तो कृपया लेखक के पते पर अविलम्ब सम्पर्क करें। उचित पारिश्रमिक भी दिया जाएगा।

चश्मे

जब उसकी टैक्सी बाहर आकर रुकी तो सवेरा हो जाने के बावजूद अभी शक्ल दूर से न पहचाने जाने लायक अँधेरा था। उसने अपने घर के गेट के सामने टैक्सी रुकवायी और सामान उतारकर उसका बिल अदा किया।

टैक्सी जाने के कुछ देर बाद तक वह अपना सामान लिये वहीं खड़ा रहा। उसके घरवाली पंक्ति में तीन नये मकान और बन गये थे। दो मकानों के बनने की ख़बर तो उसने सुनी थी पर यह तीसरा प्लॉट कब बिका और मकान भी तैयार हो गया? उसने कॉलबेल बजायी।

माँ गेट खोलने के बाद आश्चर्य से उसे घूरने लगी। क्या माँ उसे पहचानने की कोशिश कर रही है? पहचान का ऐसा संकट? वह डर गया। क्या डेढ़ सालों में वह इतना बदल गया है? बाल कुछ ज़्यादा सफ़ेद हो गये हैं पर वह तो असमय ही...। शायद मोटा ज़्यादा हो गया है। पर फिर डर जाता रहा।

"आ...अन्दर आ।"

"प्रणाम माँ।" उसने पैर छुए।

घुसते ही पहली नज़र बिस्तर पर पड़ी। पिताजी मौजूद नहीं थे।

"पिताजी क्या इतनी ठंड में भी...?"

"और क्या, नियम-धरम के पक्के हैं...।" माँ मुस्करायी।

माँ रज़ाई में पैर डालकर बैठ गयी। वह भी कुर्सी खींचकर वहीं बैठ गया। माँ उसकी ओर देखकर मुस्करा रही थी। वह माँ को ध्यान से देखने लगा। पिछली बार एक बार भी फ़ुरसत से माँ के पास नहीं बैठ पाया था। माँ कितनी बदलती जा रही है। हर बार वह दूसरी माँ को पाता है। चेहरे पर झुर्रियाँ बढ़ती जा रही हैं।

"माँ, तुम बूढ़ी होती जा रही हो!" उसने मुस्कराकर कहा।

"जब मेरा जाया बूढ़ा होने लगा तो मैं तो बूढ़ी होऊँगी ही।" माँ उसके निकलते जा रहे पेट की ओर देखकर मुस्करायी।

वह शरमा गया और नज़रें हटाकर कमरे की ओर देखने लगा। अलमारियों में नये शीशे लगे थे। ऊपरवाले खाने से गुलदस्ते हटा दिये गये थे और वहाँ भगवान की कुछ

तस्वीरें और मूर्तियाँ रखी हुई थीं। नीचेवाले खाने पर कुछ किताबें और बीचवाले खाने पर दो मढ़ी हुई तस्वीरें रखी हुई थीं। एक तस्वीर माँ और पिताजी की थी। जवानी के दिनों की, जब पिताजी थोड़ी मोटी मूँछें रखते थे जो ऊपर की ओर तनी रहती थीं। दूसरी फोटो परिवार की थी जिसमें माँ और पिताजी आगे कुर्सियों पर बैठे थे और वह और छोटे पीछे कुर्सियों की पीठ पर हाथ रखे खड़े थे। "ये भगवान की तस्वीरें और मूर्तियाँ यहाँ ड्राइंगरूम में क्यों रखी हैं?" उसने आलमारी की ओर देखते हुए पूछा।

"तेरे पिताजी रोज़ पूजा करते हैं सुबह।" माँ बताती हुई हँसने लगी।

"क्या...? पिताजी और पूजा?" उसे सुनकर एक अजीब-सा गाढ़ा आश्चर्य हुआ जिसमें वह देर तक डूबा रहा। पिताजी तो शुरू से ही महानास्तिक किस्म के आदमी रहे हैं जो माँ के पूजा-पाठ और व्रतों के विरोध में अक़्सर लम्बे-लम्बे लेक्चर पिलाया करते थे। और अब ख़ुद पूजा...?

"और सुन, माँस-मछली भी खाना छोड़ दिया है। कहते हैं, तुम नहीं खाती हो तो मुझे भी नहीं खाना चाहिए। माँसवाले सारे बर्तनों को स्टोर में रख दिया है।" माँ उसी रौ में बता रही थी।

उसकी समझ में पिताजी का कायान्तरण बिल्कुल नहीं आया। उन्हें क्या हो गया है? उसके सामने पिताजी का रोबदार चेहरा घूम गया। उसे अपने बचपन के, पुराने दिन याद आने लगे, जब पिताजी घर में तानाशाह की हैसियत रखते थे। इतने कड़क कि सामने जाने में डर लगे और इतने अनुशासनवाले कि घर के पेड़-पौधे भी हिलने से पहले उनकी इजाज़त लें। पुरुष होने का दम्भ उन्हें विरासत में मिला था। दादाजी गाँव के खाँटी ज़मींदार थे और उन्होंने पूरी ज़िन्दगी में दादी से एक बार भी प्रेम से बात नहीं की। पिताजी उनसे भी दो क़दम आगे थे। वे माँ की हर बात, चाहे वह सही हो या ग़लत, इतनी तेज़ी से डपटकर काटते कि माँ सहम जाती।

कारण शायद रहे होंगे अवचेतन में, बैठ गयीं कुछ बातें और कुछ संस्कार। दादाजी और उनकी मंडली आपस में बैठकर बातें करती तो तेज़ आवाज़ में कुछ शिक्षाएँ निकलतीं जो अप्रत्यक्ष रूप से पिताजी के लिए होती थीं। जनानियाँ पाँव की जूती होती हैं, उन्हें ज़्यादा सिर पर नहीं चढ़ाना चाहिए। मरदों को औरतों की कोई बात नहीं माननी चाहिए। लुगाइयों को खाना पकाने और बच्चा जनने से ज़्यादा कुछ नहीं सोचना चाहिए। इत्यादि-इत्यादि।

माँ ने सारी बातें दादी से सुनकर और फिर अपने अनुभवों से सबक प्राप्त कर अपने लिए एक सीमा खींच ली थी। माँ बताती थी कि पिताजी शादी के बाद कई-कई दिनों तक माँ से बोलते ही नहीं थे। माँ शाकाहारी थी और वे उन्हीं बरतनों में मछलियाँ और अंडे वग़ैरह खाते। कभी बाज़ार से ख़रीदकर लाते और कभी लाकर माँ को बनाने का हुक़्म देते। माँ नाक बन्द करके रोती हुई बनाती। उस समय उसे मांसाहार बनाना भी

नहीं आता था हालाँकि बाद में वह बहुत अच्छा बनाने लगी थी, बल्कि उसके थोड़ा बड़ा होने के बाद तो माँ ख़ुद कभी-कभी बाज़ार से अंडे लाकर बनाकर उसको और पिताजी को प्रेमपूर्वक खिलाती।

चूँकि पिताजी पढ़े-लिखे थे और शादी के डेढ़-दो साल बाद ही शहर में नौकरी के लिए आ गये थे, इसीलिए किसी की सीखों ने ज़्यादा दिनों तक काम नहीं किया। कुछ समय बाद वह माँ से ठीक से बर्ताव करने लगे थे। ठीक से बर्ताव का मतलब क़तई यह नहीं था कि वह माँ के कामों में हाथ बँटाने लगे थे या माँ के कहने पर फ़ैसले लेने लगे थे। हाँ, माँ को बात-बेबात डपटना छोड़ दिया था और उसकी बातें एक बार सुन ज़रूर लेते थे, भले ही आखिरी फ़ैसला ख़ुद ही लेते थे। माँ बताती थी कि सुनने में भले ही ये परिवर्तन छोटे लगें पर उन जैसे इन्सान के लिए बहुत क्रान्तिकारी थे।

"चाय पिएगा?" माँ ने बिस्तर से उतरते हुए पूछा।

"अं...हाँ...बनाओ।" उसकी तन्द्रा टूटी। माँ किचन में चली गयी और वह टहलने लगा।

"परसों रात टी.वी. पर तेरा कार्यक्रम देखा था। बहुत अच्छा लगा।" माँ किचन में से बोली।

"अच्छा...। पिताजी ने भी देखा?" उसने आवाज़ थोड़ी ऊँची करके पूछा।

"हाँ, हाँ, उन्होंने भी देखा।"

उसका जी चाहा कि वह पूछे कि पिताजी को कार्यक्रम कैसा लगा मगर चुप रहा। माँ को ख़ुद बताना चाहिए। वह जानती तो है इस रिश्ते के बारे में। पिताजी कभी उसकी तारीफ़ नहीं करेंगे और वह कभी यह दिखाने की कोशिश नहीं करेगा कि पिताजी उसके बारे में जो भी सोचते हैं, उसे जानने की उसके अन्दर कोई इच्छा या उत्कंठा है।

माँ चाय लेकर बिस्तर पर आ गयी। वह बहुत प्रफुल्लित दिख रही थी। हाल के घटनाक्रमों का जैसे उस पर कोई असर ही न हुआ हो। क्या माँ छोटे की वजह से बिल्कुल भी दुखी नहीं है? जब उसने बिरादरी के बाहर शादी की थी तो सुना था कि माँ ने हफ़्तों अन्न-जल त्याग रखा था। छोटे ने तो दूसरी धर्मवाली से शादी कर ली है। फिर माँ इतनी ख़ुश कैसे दिख सकती है, वह भी सिर्फ़ सात-आठ महीनों में ही...?

"बहू कैसी है? और रिंकी...?" माँ ने चाय पीते हुए पूछा।

यही विषय है जिस पर माँ या पिताजी के बात करते ही वह ख़ुद को अपराधी समझने लगता है। पिताजी ने तो ख़ैर इस मुद्दे पर एक-दो बार के बाद बात ही नहीं की पर माँ...? उसने भी जैसे अपने आपको सँभाल लिया है।

"ठीक हैं दोनों।" उसने खिड़की की ओर देखते हुए जवाब दिया।

"रिंकी तो अब बड़ी हो गयी होगी?" माँ ने वात्सल्य से मुस्कराते हुए पूछा।

"हाँ, अब स्कूल भी जाने लगी है।"

"अच्छा...। मुझे उसे देखने का मन करता है पर...।" माँ कुछ-कुछ कहती-कहती रुक गयी।

"सच... ? तो चलो न मेरे साथ। जब मन करे फिर यहाँ छोड़ दूँगा।" वह चहक उठा।

"अरे...पिताजी अकेले हो जाएँगे यहाँ।" माँ ने ठंडी साँस ली।

"माँ, कुछ दिन के लिए चलो न...। पिताजी से कहो वह भी चल चलें।" उसने माँ के घुटने पर हाथ रख बात का भावनात्मक वज़न बढ़ाते हुए कहा पर तुरन्त अहसास हुआ कि उसने एक असम्भव बात कह दी है और फिर उसने एक सम्भव विकल्प रखा।

"तुम चलो माँ। पिताजी अकेले रह सकते हैं कुछ दिन। मैं उनसे बात करूँगा।"

"अरे नहीं, वह मुझे भी नहीं...।"

"क्यों, तुम्हें क्यों नहीं जाने देंगे? क्या मेरा इतना भी हक नहीं बचा... ?"

माँ परेशान होकर कुछ सोचने लगी। फिर अचानक मुसकराती हुई बोली, "अरे उनका कुछ पता नहीं। मुझे नहीं जाने देंगे। पता है क्या कहते हैं? पहले कहते थे जब हमारे बच्चों को हमारी परवाह नहीं तो हम उनकी क्यों करें और अब...।"

"अब क्या कहते हैं?" वह जानने को उत्सुक हो उठा क्योंकि ये पहलेवाली बातें तो वह जानता था पर अब पिताजी क्या सोचने लगे हैं?

"अब... ? अब बच्चों पर कोई गुस्सा नहीं। कहते हैं, बच्चों को अपनी ज़िन्दगी जीने दो सुमन। हमने अपना फ़र्ज़ पूरा कर दिया बस। हमें अब उनसे कोई उम्मीद नहीं रखनी चाहिए। हम कोई व्यापारी हैं जो हर बात का बदला खोजें? अरे वो कुछ करते हैं हमारे लिए तो ठीक, हमें याद करते हैं, हमारे पास आते हैं तो ठीक वरना हम एक-दूसरे का अकेलापन बाँट सकते हैं। हमें ज़्यादा मोह-माया नहीं बढ़ानी चाहिए। और तो और मुझे गीता के पता नहीं क्या-क्या श्लोक सुनाकर उनके अर्थ बताया करते हैं।" माँ मुस्कराती हुई बताती जा रही थी। वह माँ को ख़ुश देखकर ख़ुश था। "अच्छा, ऐसी बातें करने लगे हैं वे... ?" उसे विश्वास नहीं हो रहा था। अपनी ज़िद को हमेशा सही समझनेवाले और ज़िन्दगी में कभी हार न माननेवाले इन्सान के बारे में सुनकर भी उसका दिल इन बातों के सच होने पर विश्वास नहीं कर पा रहा था।

"अरे बहुत बदल गये हैं...।" माँ को, ज़ाहिर है, ख़ुशी हुई थी। ख़ुश वह भी था, हालाँकि इसके पीछे की ठोस वजह नहीं समझ पा रहा था।

"ऐसा परिवर्तन कब से आया है उनके भीतर... ? क्या छोटे के शादी कर लेने के बाद से... ?" उसके मन में जो सन्देह था, वह उसने सामने रख दिया।

माँ थोड़ी देर के लिए ख़ामोश हो गयी। फिर अचानक ही जैसे उसे कुछ याद आया हो। "हाँ, पर एकदम से उसी के बाद नहीं...। परिवर्तन तो तेरी शादी के बाद से

ही आने शुरू हो गये थे।

"कैसा है छोटे...?" उसने पूछा।

"अच्छा है। हर दो-तीन दिन पर फोन करके हाल-चाल पूछता रहता है। महीने-डेढ़ महीने में घर भी आ जाता है। इस बार तो अपनी पत्नी को भी लेकर आया था। वह भी अच्छी है। बहुत जल्दी सारे हिन्दू संस्कार सीख लिये हैं उसने। तेरे पिताजी से ख़ूब बातें करती है। तेरे पिताजी भी उसकी बड़ी तारीफ़ कर रहे थे।"

उसे घोर झटका लगा। पिताजी बातें करते हैं अपनी बहू से, वह भी वह बहू जो दूसरे धर्म की है, जिसके लिए बेटे ने घर का विरोध करके शादी की। उनका नज़रिया इतना विस्तृत हो गया है। उसे पिताजी से मिलने की उत्कंठा बढ़ती जा रही थी।

"तूने तो जैसे सारे सम्बन्ध ही ख़त्म कर लिये हैं। आता है साल-साल भर पर और चला जाता है दो दिन में। बहू और बच्ची को भी नहीं लाता। कितनी बार कहा तुझसे कि बहू और बच्ची को गर्मियों की छुट्टियों में यहाँ पहुँचा दे, दस दिनों के लिए ही सही। लेकिन नहीं, तेरी तो अपने पिताजी से ही ठनी रहती है।" माँ ने जैसे शिकायतों का पुलिन्दा ही खोल लिया था।

"पिताजी ने ही कहा था कि इस औरत को अपने घर में घुसने नहीं देंगे। अब जब तक वह ख़ुद नहीं कहेंगे, तब तक मैं उसे नहीं लाऊँगा।" उसने माँ की आँखों से आँखें मिलाये बिना कहा। यह बात उसने बहुत पहले तय कर ली थी। आख़िर उसका भी तो कोई स्वाभिमान है।

"और तूने मान लिया? अरे उन्होंने गुस्से में कह दिया था। याद नहीं तेरे और छोटे पर कितना गर्व किया करते थे। देखा नहीं था, जब तुम्हारे चाचाओं से झगड़ा हुआ था तो उन्होंने सबके सामने क्या कहा था मुझे किसी भी मतलबी रिश्तेदार की ज़रूरत नहीं, मेरे दो बेटे दो करोड़ के हैं। और तुम लोगों ने आज तक उनकी कोई बात नहीं मानी। कभी उनके मन लायक कोई काम नहीं किया। गुस्सा आना तो स्वाभाविक है।"

सच ही कहती है माँ। पिताजी वाक़ई उसे और छोटे को ग़ज़ब मानते थे। वह शुरू से ही बहुत यारबाश किस्म के आदमी थे और सभी यारों के बीच अपना स्थान बहुत ऊँचा रखना चाहते थे। किसी दोस्त की लगातार तीन लड़कियाँ होने पर उन्होंने उसके दुख को बाँटने के लिए अपने दोनों बेटों की शादी उनकी दो लड़कियों से बचपन में ही तय कर दी थी। एक दोस्त, जो पुलिस में काफी ऊँचे ओहदे पर था, से काफी पहले से उसकी नौकरी के लिए बात कर रखी थी। मकान बनवाते समय छोटे के लिए आगे की जगह दुकान, शोरूम या ऑफ़िस खोलने के लिए सुरक्षित कर रखी थी। एक बेटे को पुलिस की वर्दी में देखने का उनका पुराना सपना था। एक बेटा हमेशा घर में रहना चाहिए, ऐसी उनकी अटल मान्यता थी। लेकिन उनके बेटे उनकी छोटी-छोटी उम्मीदें भी कहाँ पूरी कर पाये। उसने पढ़ाई पूरी करते ही एक दोस्त के साथ मुम्बई का रुख़ कर लिया और स्ट्रगल करते-करते अब अच्छा नाम बना लिया था। वहीं अपनी सहकर्मी के साथ शादी कर ली। छोटे दिल्ली निकल गये और शादियों के कांट्रैक्ट लेने

लगे। काफ़ी पैसा बनाने के बाद उससे भी दो क़दम आगे निकले और एक ग़ैर हिन्दू से शादी कर ली। पिताजी की प्रतिक्रिया तो ठीक ही थी। उनके लड़कों ने लायक होने के बावजूद उनकी बात नहीं मानी। गुस्सा तो आएगा ही। लेकिन उसके और पिताजी के मानसिक संघर्ष में माँ बेकार ही पिस रही है। अबकी वह ज़रूर मीता और रिंकी को ले आएगा। अगर पिताजी एक बार खुद लाने को कह दें तो ज़रूर...।

पिताजी के टहलने जाने का नियम बहुत पुराना था। वह जब काफी छोटा था, तब पिताजी उसे भी टहलने ले जाते थे,पर जैसे-जैसे बड़ा होता गया, पिताजी की लगायी सारी आदतें छूटती गयीं।

थोड़ी देर में कॉलबेल बजी। दरवाज़ा खोलने वही गया।

"अरे तुम...?"

"प्रणाम पिताजी।" उसने पैर छुए।

"ख़ुश रहो, जीते रहो।"

उसे लगा, जैसे पिताजी के चेहरे पर वही भाव आएँगे जो उसे पहले देखकर आते थे पर उनका चेहरा एकदम शान्त था। वह अन्दर जाकर सोफ़े पर बैठते हुए बोले, "आओ बेटा, अन्दर आ जाओ।"

उसे शब्दों पर विश्वास नहीं हुआ। पिताजी ने न जाने कितने अरसे बाद उसे बेटा कहा था। वह जाकर उनके सामने बैठ गया। यह एक साधारण घटना क़तई नहीं थी।

"कब आये?"

"जी, एक-डेढ़ घंटे पहले...।" वह बात करते हुए ख़ुद को असहज पा रहा था।

"पेट कैसा रह रहा है आजकल?"

घोर आश्चर्य! उसे लगा जैसे वह सपना देख रहा हो। पिताजी उसकी सेहत के बारे में पूछ रहे थे। पेट का रोगी वह बचपन से था। वह बहुत सँभलने के बाद बोल पाया, "जी...आजकल ठीक है।"

"चलो बढ़िया है। और सब...?"

"जी, सब अच्छा है।"

"बहू और रिंकी बिटिया?"

"जी...दोनों ठीक हैं।" उसने आँखें फाड़कर इस सच पर विश्वास करने की कोशिश करते हुए कहा।

पिताजी थोड़ी देर के लिए चुप हो गये। माँ नाश्ता बनाकर लायी थी। नाश्ता बीच में रखकर पिताजी की बगल में बैठ गयी। पिताजी चाय उठाते हुए बोले।

"तुम कैसे होते जा रहे हो दिन-प्रतिदिन? जैसे पैंतालीस साल के अधेड़ हो। बाल इतने सफेद होते जा रहे हैं और तोंद...? ऐसा लगता है जैसे हलवाई हो। देख रही हो सुमन? मेरी लगायी टहलने की आदत को इसने अपनाया होता तो आज पैंतीस की

उमर में पचपन का न लगता।...थोड़ा सेहत का ख्याल रखा करो बेटा।''

वह मुस्कराने लगा। पिता भी मुस्करा रहे थे। माँ दोनों को इस तरह बातें करते देख ख़ुश थी। थोड़ी देर में वह उठकर फिर किचन में चली गयी।

''अभी रहोगे न कुछ दिन?'' पिताजी ने मुलायमियत से पूछा।

''जी, सिर्फ़ एक दिन का काम है दूरदर्शन में।...कल शाम को चला जाऊँगा।''

पिताजी थोड़ी देर तक उसे देखते रहे, फिर आवाज़ ऊँची करके माँ से बोले—

''सुमन, मुझे सब्ज़ियाँ दे दो। मैं मंजन करने के बाद सब्ज़ियाँ काट दूँगा और तुम आटा गूँथ लेना।''

वह मंजन करने आँगन में चले गये थे। उसे पिताजी से मिलकर, उनका यह रूप देखकर आश्चर्य मिश्रित ख़ुशी हुई थी पर पता नहीं क्यों, एक और अजब-सी भावना भी मन में घुमड़ रही थी। उदासी, निराशा, क्रोध, आत्मग्लानि या इनमें से कई भावनाओं से मिश्रित कोई नयी भावना ही, जिसे न पहचान सकने के कारण वह कोई भी संज्ञा दे सकने में असमर्थ था। यह भावना उसकी ख़ुशी को रोक रही थी। इसमें इतना ख़ुश होनेवाली भी बात नहीं। सच तो यही है कि पिताजी का जो रूप वह शुरू से देखता आया था, उसमें एक सौ अस्सी अंश का परिवर्तन उसे बहुत ज़्यादा अच्छा नहीं लग रहा था। वह शुरू से ही एक तानाशाह की तरह रहे हैं। उनका इस तरह हँसकर उसके बराबर में बैठकर बात करना उसे अच्छा नहीं लग रहा था। वह माँ के कामों में भी हाथ बँटाने लगे हैं। उनका नज़रिया निश्चित ही बदला है पर क्यों? वह सचमुच माँ की सहायता करना चाहते हैं या उन्हें डर है कि माँ भी उन्हें उनके बेटों की तरह अकेला न छोड़ दे?

पिताजी मंजन करके आ गये। सोफ़े पर बैठकर उन्होंने अख़बार उठाया, कुर्ते की जेब से चश्मा निकालकर लगा लिया और इत्मीनान से अख़बार के पन्ने पलटने लगे।

वह सनाके में था। उसका सिर जैसे चकराने लगा था। पिताजी उसका चश्मा लगाये हुए थे। वही चश्मा, जिस तरह के चश्मों से उन्हें सख़्त चिढ़ थी। जब एक बार वह अपने पॉवर के शीशे उस नये फ्रेम में लगवाकर लाया था तो पिताजी बहुत ग़ुस्सा हुए थे।

''ये फ़िल्मी फ़ैशनवाले चश्मे पहनोगे तुम? इतने छोटे-छोटे शीशे जिनमें से आँखें बाहर झाँकती रहती हैं? उठाकर बाहर फेंको इसे। जाकर बड़े शीशेवाला चश्मा ले आओ जो क़ायदे का लगे, चश्मे जैसा। जैसा विद्यार्थी लगाते हैं...।'' पिताजी दहाड़कर बोले थे। और उसने वाक़ई डरकर उस चश्मे को छिपा दिया था और दूसरा चश्मा ले आया था।

बाद में वह उस तरह के चश्मे पिताजी के सामने नहीं लगाता था। यह चश्मा वह ग़लती से छोड़ गया था जब पिछली बार आया था।

''पिताजी, यह चश्मा...?'' वह कुछ न समझ पाने की स्थिति में था, बहुत परेशान और बहुत कन्फ़्यूज़्ड।

"अरे, यह तुम्हारा ही है।" पिताजी ने चश्मा निकालकर एक बार देखा और फिर लगा लिया।

"आपका वाला... ?"

"वह ? वहाँ आलमारी पर रखा है। मुझे लगता है इससे ज़्यादा साफ़ दिखता है।"

"अच्छा... ।" वह फिर चकित था।

"तुम फ्रेश-व्रेश होना हो तो हो लो। फिर साथ में खाएँगे।" पिताजी फिर अख़बार पढ़ने में मशगूल हो गये।

वह बेचैन हो उठा और उठकर टहलने लगा। पिताजी से इस तरह के मित्रवत् व्यवहार की न उसने कभी उम्मीद की थी और न उसे अच्छा लग रहा था। एक चट्टान का इस तरह से दरकना, एक पर्वत का झुक जाना उसे बहुत अखर रहा था। जो कभी किसी के सामने नहीं झुका, भगवान के सामने भी नहीं, आज वह इतना नरम पड़ गया है। पूरे परिवार का, पूरे अनुशासन और कठोरता से नेतृत्व करनेवाला सुल्तान आज ख़ुद को ही हार गया है। इस समझौते के लिए उन्हें किसने विवश किया, उनकी सन्तानों ने ही तो। इतना असुरक्षित स्वयं को उन्होंने अपने बेटों की ही वजह से तो महसूस किया है। वह लगातार अपराध बोध में धँसता जा रहा था।

टहलता हुआ वह आलमारी के पास गया और पिताजी का पुराना चश्मा उठाकर देखने लगा। वह चश्मा लगाने पर उसे लगा जैसे उसे पहले से ज़्यादा साफ़ दिखायी देने लगा है। उसके ख़ुद के चश्मे से ज़्यादा साफ़। थोड़ी देर तक चश्मे को लगाये घूमता रहा फिर आकर पिताजी के सामने बैठ गया।

"इस बार मीता और रिंकी को भी ले आऊँगा पिताजी।" चश्मा उसको एकदम फ़िट आया था।

"हाँ बेटा, इस बार छुट्टियाँ भी कुछ ज़्यादा दिन की निकालकर आना।" पिताजी ने अख़बार पढ़ते हुए ही कहा।

माँ ने शर्बत बनाया था और पीने के लिए दोनों को अन्दर बुला रही थी।

डर

लड़की कमसिन थी, साँवली थी और डरपोक थी। शरीर का भराव उसे उसकी आयु से अधिक का दिखाता था नहीं तो वैसे वह चौदह पार कर ही रही थी। उसका बाप उसके डर की वजह से अक़्सर उसकी उम्र का उलाहना दिया करता था, ''तेरी उमर में तेरी माँ की शादी हो गयी थी और तू चूहों से डरती है।'' कभी प्यार से समझाता, ''बेटी, गाँव की बिटिहनियाँ मकड़ों और तिलचट्टों से नहीं डरतीं। ये शहर की छोरियों के नख़रे होवे हैं।''

लेकिन लड़की कुछ चीज़ों से हमेशा डरती रही थी। चूहों से, अँधेरे से, तिलचट्टों से, भूतों से...। फ़ेहरिस्त लम्बी थी। इस फ़ेहरिस्त में कुछ ऐसे नाम थे जिनसे वह रोज़ दो-चार होती थी, मसलन चूहे, तिलचट्टे, मकड़े, अँधेरा...। कुछ ऐसे भी नाम थे जिनसे अब तक उसका सामना नहीं हुआ था मसलन, भूत-प्रेत, अजगर, हाज़ी बाबा...। लेकिन उन चीज़ों से उसे ज़्यादा डर लगता था जिन्हें उसने सुना था, देखा नहीं था बनिस्बत उनके जिन्हें रोज़ देखती थी।

अजगर की तस्वीर उसने सरपंच की बेटी की किताब में देखी थी। सरपंच की बेटी उसकी सहेली थी और स्कूल भी जाती थी। वह अक़्सर अपनी किताबें उसे दिखाया करती थी। वह तस्वीर देखकर सहम गयी थी। बाप रे, इतना बड़ा साँप। और जब उसने सुना कि यह साँप काटता नहीं, पूरे आदमी को निगल जाता है तो अजगर कई रातों तक उसके सपने में आकर उसे डराता रहा।

जब बापू ने समझाया कि अजगर बड़े-बड़े जंगलों में होते हैं, इतने छोटे जंगल में नहीं, जितने हमारे गाँव में हैं तब लड़की को कुछ राहत मिली थी। लेकिन सबसे बड़ा डर था हाज़ी बाबा का। कहते थे, क़ब्रिस्तान में हाज़ी बाबा रात को अपनी क़ब्र से निकलकर घूमा करता है। लड़की बाबा से इतना डरती थी कि रात को अपनी झोंपड़ी से बाहर भी नहीं निकलती थी।

आज जब अँधेरी रात में उसे उसी रास्ते से जाना पड़ रहा था तो उसकी टाँगें काँप रही थीं। उसकी साँसें धौंकनी की तरह चल रही थीं और क़दम जैसे तुरन्त मंज़िल पर पहुँच जाना चाह रहे थे। दिमाग़ में हालाँकि डर से अधिक बाप की ख़ून की उल्टियाँ

नाच रही थीं, लेकिन क़ब्रिस्तान तक पहुँचते ही दिमाग़ से हर बात को निकालकर डर ने क़ब्ज़ा जमा लिया।

लड़की बहुत तेज़ क़दमों से चलने लगी। वह जल्दी-से-जल्दी दूसरे गाँव, डॉक्टर के घर पहुँच जाना चाह रही थी। अब तक बाप का इलाज गाँव का वैद्य ही कर रहा था लेकिन ख़ून की उल्टियों के दौरे रुकने की बजाय बढ़ते गये। आज जब दौरा पड़ा तो ख़ून के साथ माँस का टुकड़ा भी आया। उल्टियों ने जब रुकने का नाम न लिया तो वैद्य ने घबराकर दूसरे गाँव से डॉक्टर को बुलाने के लिए लड़की को तुरन्त भेजा। घर में बाप-बेटी के अलावा कोई तीसरा था भी नहीं जो इतनी रात में तीन मील का रास्ता तय करके डॉक्टर को बुलाने जाता।

अचानक उसे लगा जैसे कोई उसके पीछे-पीछे चल रहा है। उसे अपने क़दमों में किसी और के क़दमों की सम्मिलित आवाज़ सुनायी देने लगी। शरीर के भीतर एक ठंडी लहर उठी और पूरा शरीर एक बार कँपकँपा उठा। क़दमों की रफ़्तार उसने तेज़ कर दी। पीछे भी क़दमों की आवाज़ तेज़ हो गयी और ठंडी बयार के बावजूद उसके माथे पर पसीना चुहचुहाने लगा। अभी भी क़ब्रिस्तान का रास्ता पाँच सौ मीटर बचा था। लड़की जल्दी-से-जल्दी क़ब्रिस्तान का रास्ता पार कर जाना चाहती थी लेकिन वह उड़ नहीं सकती थी। पीछे घूमकर देखना भी उसके बस में नहीं था। उसे पक्का विश्वास था कि पीछे क़ब्रिस्तान से निकलकर हाज़ी बाबा ही आ रहा है।

हवाएँ अलग-अलग पेड़ों के पत्तों से टकराकर अलग-अलग आवाज़ें निकाल रही थीं। इन आवाज़ों को भले ही कोई प्रकृति की सुन्दरता और मनोहरता मानता हो, लड़की के लिए ये आवाज़ें उसके डर को कई गुना बढ़ानेवाली थीं। ज़मीन पर पड़े सूखे पत्तों पर जब उसके क़दम पड़ रहे थे तो उनके चरमराने की आवाज़ ऐसी लग रही थी मानो पत्ते पैरों से कुचले जाने के कारण चीत्कार कर रहे हों।

भय का साम्राज्य लड़की के पूरे वजूद पर हावी हो रहा था। उसने एक गीत गाने की कोशिश की जो उसकी माँ गाया करती थी। दो साल पहले जब माँ मरी तो लड़की को गीत पूरा ज़बानी याद हो चुका था। मगर फँसी-फँसी आवाज़ ने विचारों का साथ नहीं दिया। जब गीत की एक पंक्ति लड़की के मुँह से निकली तो रात के सन्नाटे को चीरती हुई दूर तक निकल गयी। लड़की को अपनी ही आवाज़ बिल्कुल पहचान में नहीं आयी और वह उस अजनबी आवाज़ को सुनकर डर गयी। उसके गीत का एक पत्थर सन्नाटे की झील की शान्ति को भंग कर गया। लड़की मन-ही-मन गीत गाने लगी। माँ बहुत अच्छा गाया करती थी। माँ को तो जलाया गया था, उसे दफ़नाया नहीं गया था, क्या इसीलिए माँ से डर नहीं लगता? दफ़नाने और जलाने का फ़र्क़ उसे कभी समझ में नहीं आया। तौहीद चाचा को तो इसी क़ब्रिस्तान में दफ़नाया गया था। यहाँ से गुज़रने पर उनका चेहरा याद आना और डर लगना स्वाभाविक ही है। मान लो, हाज़ी

बाबा के बारे में तो सिर्फ़ सुना है पर तौहीद चाचा तो...। अभी तीन महीना पहले तक उसके घर आया करते थे। उसे लगा जला देना ही ठीक है, किसी को भूत बनने का मौका ही न मिले। नहीं तो क़ब्रिस्तान में रात को अपनी क़ब्र से निकलकर भूत बनकर...।

तौहीद चाचा का चेहरा याद आ जाने पर लड़की मन में भी गीत गाना भूल गयी। कितनी ज़ोर-ज़ोर से ठहाके लगाकर हँसते थे। उसे लगा जैसे वह पीछे पलटी तो तौहीद चाचा उसके ठीक पीछे ठहाके लगाते दिख जाएँगे। वह सिहर उठी। दिमाग़ में तौहीद चाचा की ठहाकेदार हँसी गूँजने लगी।

दिमाग़ में एक साथ कई विचार घूम रहे थे लेकिन सभी विचारों को अचानक विराम मिल गया। लड़की के हाथ पर पानी की एक बूँद गिरी। फिर दूसरी...तीसरी... चौथी...टिप...टिप...टिपटिप...टिपटिप...। पानी से बचने के लिए लड़की ने चारों तरफ़ देखा। इसी बहाने एक झटके में पीछे भी देख लिया। पीछे कोई नहीं था। उसने फिर पीछे देखा। कई बार पीछे देखकर उसने अपने डर पर काबू पाने की पूरी कोशिश की। क़ब्रिस्तान क़रीब सौ मीटर पीछे छूट चुका था। शायद भ्रम रहा हो किसी का चलना...या क़ब्रिस्तान ख़त्म हो गया इसलिए वह भी वापस...?

बारिश तेज़ होने लगी। दूसरे गाँव की सीमा शुरू हो चुकी थी। इस गाँव के दूसरे किनारे से सड़क जाती थी, इसलिए यह गाँव कुछ विकसित था। इसमें कई पक्के घर भी थे जिसमें एक शानदार घर उस डॉक्टर का भी था जिसे कई गाँवों से लोग बुलाने आया करते थे। क़ब्रिस्तान की सीमा समाप्त होने के कुछ देर बाद गाँव शुरू होते थे वरना बीच में सिर्फ़ खेत-ही-खेत थे, या फिर एकाध मड़इयाँ या टीन शेड की छतवाले एकाध कमरे, जिनमें रात रुककर लोग अपने खेतों की रखवाली करते थे या अपने ट्यूबवैल की मशीनें गाड़ रखी थीं।

एक टीन शेडवाले कमरे में हल्की रोशनी आ रही थी। लड़की तेज़ क़दमों से बारिश से बचती हुई जाकर दरवाज़े से सटकर खड़ी हो गयी। कुछ दूरी पर गाँव नज़र आ रहा था और टिमटिमाती रोशनियाँ भी। लड़की का डर अपने आपको गाँव के नज़दीक और क़ब्रिस्तान से दूर पाकर थोड़ा समाप्त हो चुका था।

छींटें हवा के कारण तिरछी पड़ रही थीं। लड़की के मुँह पर बौछारें पड़ने लगीं। वह थोड़ी पीछे खिसकी। दरवाज़ा थोड़ा-सा खुल गया।

''आ जा, दरवाज़ा खुला है।...जल्दी आ।'' अन्दर से एक मर्दाना आवाज़ आयी।

''जी...मैं।''

''जी मैं क्या...जल्दी अन्दर आ। कब से इन्तज़ार कर रहा हूँ।''

आवाज़ में कड़कपन और आदेश था। लड़की सहमकर अन्दर प्रवेश कर गयी।

अन्दर एक मोटा आदमी चारपाई पर बैठा हुआ था। तिपाई पर बोतल, गिलास और नमकीन रखे हुए थे। लड़की ने उसके चेहरे को ध्यान से देखा। मोमबत्ती-सी रोशनी बिखेरता एक पीला बीमार बल्ब आदमी के ख़तरनाक चेहरे को और भी ख़तरनाक बना रहा था। ऐसा लगता था उसके चेहरे पर बाल-ही-बाल हों। लड़की ने उसके चेहरे से नज़रें हटा लीं।

"जी, बाहर पानी बरस रहा था...इसलिए मैं...यहाँ।"

"इसलिए देर से आयी। मैं कब से इन्तज़ार कर रहा हूँ। बारिश आ गयी थी तो क़यामत आ गयी थी क्या...? कमबख़्त, सारा नशा उतार दिया...फिर चढ़ाना पड़ेगा... साली...पैसा इतना ज़्यादा लिया और समय का कुछ ख़्याल...।" आदमी बड़बड़ाता हुआ उठकर गिलास भरने लगा।

"अब वहाँ खड़ी क्या है? यहां आ, चारपाई पर बैठ। माधव तो कह रहा था तू बड़ी मुँहज़ोर है, मगर मुझे तो लगता है तेरे मुँह में जबान ही नहीं है।" आदमी गिलास खाली करने लगा।

लड़की ने उसके आदेश का पालन किया और चारपाई पर बैठ गयी। वह उसके चेहरे की ओर देखने की हिम्मत नहीं जुटा पा रही थी। नज़रें नीची कर अपने नाखून कुतरती रही।

थोड़ी देर में आदमी ने दो गिलास खाली कर दिये और ज़ोर की डकार ली। लड़की ने चिहुँककर आदमी के चेहरे की ओर देखा। बाल-ही-बाल...दाढ़ी...मूँछें। अगले ही पल लड़की की चीख निकल गयी जब उसने वही बाल, दाढ़ी, मूँछें अपने चेहरे से टकराते पाया।

"क्या हुआ?" आदमी रुक गया।

"क...कुछ नहीं।" लड़की काँप रही थी।

"फिर तू चीखी क्यों...?"

"मुझे गाँव जाना है...बापू को ख़ून की उल्टियाँ...डॉक्टर...।" लड़की की आवाज़ के साथ उसका शरीर भी काँप रहा था।

"हर इन्सान की कोई मजबूरी होती है तभी उसे इस काम में...।" आदमी कुछ सोचते हुए बोला, फिर उसे महसूस हुआ कि एक रात के सम्बन्धों में कोई जुड़ाव नहीं होना चाहिए। वह बात पूरी किए बिना लड़की के चेहरे को फिर से सहलाने लगा।

"मुझ जाने दो।" लड़की का पूरा वजूद काँप रहा था।

"क्यों...क्यों जाने दूँ...? माधव को पैसे दिये हैं। फ्री में नहीं बुलाया तुझे।" वह झुँझलाने लगा था।

"क...कौन माधव...? मैं तो बापू के लिए...डॉक्टर को बुलाने जा रही थी कि बारिश होने लगी। ख़ून की...उल्टियाँ हो रही हैं। आज मांस का...टुकड़ा भी आया।

वैद्यजी ने बताया कि यह बीमारी...।'' लड़की काँपती और सुबकती आवाज़ में पूरा इतिहास सुनाने लगी।

''चुप रह...चुप।'' आदमी ने डपटा। उल्टियों की बात सुनकर उसका जी ख़राब हो आया था। नशा भी कम होने लगा था।

''तू झारगाँव की नहीं है?''

''नहीं जी...मैं माहपुर की हूँ।''

''......''

''जी, मैं जाऊँ?'' लड़की उठ खड़ी हुई।

अब आदमी को सारा माजरा समझ में आ चुका था। लड़की किसी दूसरे गाँव की है। किसी ग़रीब की बेटी। ग़लती से यहाँ आ गयी है। शराब का नशा सिर पर नाचने लगा। एकदम अनछुई कली जिस पर जवानी ने अभी-अभी आक्रमण किया है। एकदम नादान, एकदम अनजान...। आदमी ने मुस्कराते हुए ज़ोर की अंगड़ाई ली और दरवाज़े तक पहुँची लड़की को पकड़कर चारपाई पर गिरा दिया। एक अलग तरह का उत्साह और वहशीपन उस पर हावी हो चुका था।

''छोड़ो, छोड़ो मुझे...मुझे डॉक्टर के...।''

आदमी अपने पूरे शरीर का बोझ उसके शरीर पर डालकर उसके होंठ चूमने लगा। लड़की को लगा जैसे उसका पूरा वजूद बालों-ही-बालों से भर गया। उसने आदमी को उठाने के लिए पूरी ताक़त लगा दी पर आदमी टस-से-मस नहीं हुआ।

लड़की को कुछ नहीं सूझा तो उसने अपने नुकीले दाँत आदमी के कन्धे में गड़ा दिये...पूरी ताक़त से। आदमी तड़पकर एक तरफ़ हट गया। लड़की फुर्ती से चारपाई से कूदकर दरवाज़े की तरफ़ लपकी। आदमी अपने कन्धे को सहला रहा था। दरवाज़ा खुलने की आवाज़ सुनकर उसका ध्यान आकृष्ट हुआ। लड़की तब तक बाहर निकल चुकी थी। आदमी एक ही छलाँग में दरवाज़े के पास पहुँच गया। लड़की गाँव के उजालेवाले रास्ते की तरफ़ न भागकर अँधेरे वाले रास्ते की तरफ़ भाग रही थी। आदमी पल भर के लिए ठिठका फिर उसी अँधेरे क़ब्रिस्तान वाले रास्ते की तरफ़ लड़की के पीछे दौड़ पड़ा।

लड़की ने दौड़ते ही अन्दाज़ा लगा लिया था कि वह ग़लत दिशा में दौड़ रही है, उसे उल्टी तरफ़ गाँव की ओर जाना चाहिए था लेकिन अब पीछे जाने का मतलब था एक घिनौना और लिज़लिज़ा एहसास, जो अभी तक उसे अपनी साँसों में अनुभव हो रहा था। वह दौड़ती रही।

शेर और हिरन की दौड़ में अक़्सर हिरन ही जीतता है क्योंकि शेर भोजन के लिए दौड़ता है और हिरन जीवन के लिए। आदमी पूरी ताक़त से दौड़ रहा था पर लड़की अब भी आगे थी। अचानक उसका पाँव कहीं टकराया और वह आगे की ओर गिर पड़ी।

उसने उठने में थोड़ा ही वक़्त लिया पर आदमी इस बीच काफ़ी पास आ चुका था।

सोचने का समय नहीं था। लड़की ने बस क्षणांश के लिए सोचा और क़ब्रिस्तान में घुस गयी। आदमी भी दौड़ता हुआ क़ब्रिस्तान के गेट में प्रवेश कर गया। लड़की एक क़ब्र के पीछे सिमटी हुई थी। आदमी क़ब्र के दूसरी ओर खड़ा था। पानी बरसना कम हो गया था। लड़की का भूतों और क़ब्रोंवाला डर भी कम हो गया था।

लड़की ने अपनी फूलती साँस को काबू कर लिया। आदमी ने एक बीड़ी सुलगा ली थी और हर क़ब्र के पीछे जाकर झाँक रहा था। लड़की इस क़ब्र के पीछे से धीरे-से निकली और दूसरी क़ब्र के पीछे जा छुपी। आदमी जब उसकी वाली क़ब्र के पास आता तो वह दूसरी क़ब्र के पीछे जा छुपती। वह क़ब्रिस्तान और क़ब्रों से खेलने लगी थी।

आदमी ने अब दिमाग़ लगाया। वह माचिस जला-जलाकर हाथ से ओट करके एक क़ब्र के पास से कई क़ब्रों को देखने लगा। लड़की की साँस यथास्थान रुक गयी। आदमी अब लड़की वाली क़ब्र के पास आ चुका था। उसके माचिस जलाने से पहले ही लड़की ने अपने जीवन का सबसे साहसिक निर्णय लिया। वह दबे पाँव उस क़ब्र से निकली और झुकते-झुकते क़ब्रिस्तान की सबसे विराट् क़ब्र के पीछे चली गयी। उस क़ब्र के पास मोटे तनेवाला पेड़ भी था जिसकी विशालकाय डालियाँ अजगर की तरह थीं। पेड़ भी उतना ही चर्चित था जितना हाज़ी बाबा की यह विराट् क़ब्र। दिन में भी उस रास्ते से गुज़रनेवाले इस क़ब्र और पेड़ की ओर देखने में सिहरन महसूस करते थे। लड़की पेड़ और क़ब्र के बीच की जगह में छुप गयी। बारिश बहुत कम हो गयी थी। लड़की का डर भी।

आदमी माचिस की तीलियाँ जलाता हुआ उस विराट् क़ब्र के पास आ रहा था। क़ब्र से थोड़ी दूरी पर उसने तीली जलायी और भक्क से रोशनी में उसकी नज़र क़ब्र के विराट् पत्थर पर पड़ी, फिर उस विशाल पेड़ पर। वह घबराकर पीछे हट गया। क़ब्र और पेड़ से सम्बन्धित सारी कहानियाँ उसे याद आने लगीं। उसने एक बार अपने चारों तरफ़ देखा। एक ठंडी सिहरन पाँवों से दिमाग़ तक दौड़ गयी। वह डरकर सीधा गेट की तरफ़ भागा और एक बार भी पीछे मुड़कर नहीं देखा। गेट से निकलकर भी वह सीधा भागता गया...भागता गया।

बारिश एकदम रुक गयी थी।

सोमनाथ का टाइम-टेबल

या कुन्देन्दु तुषारहार धवला
या शुभ्रवस्त्रावृता
या वीणा वरदंड मंडित करा
या श्वेत पद्मासना
या ब्रह्माच्युत शंकर प्रभृतिर्भिदेवै सदा वंदिता
सामांपातु सरस्वती भगवती निःशेष जाड्यापहा

चार बजे	—	*जागना*
चार से साढ़े चार	—	*फ्रेश होना और नहाना*
साढ़े चार से पाँच	—	*पूजा करना*
पाँच से छह	—	*पढ़ना (याद करना)*
छह से सात	—	*टहलने जाना और व्यायाम करना*
सात से नौ	—	*पढ़ना*
नौ से साढ़े नौ तक	—	*नाश्ता करना*
साढ़े नौ से दस तक	—	*लता मंगेशकर के गाने सुनना*
दस से एक	—	*पढ़ना*
एक से डेढ़ तक	—	*भोजन करना*
डेढ़ से दो तक	—	*आराम करना*
दो से पाँच तक	—	*पढ़ना*
पाँच से छह तक	—	*मनोरंजन (बाहर टहलने जाना)*
छह से नौ तक	—	*पढ़ना*
नौ से दस तक	—	*भोजन करना*
दस बजे	—	*सो जाना*

नोट—"विद्यार्थी के लिए कम-से-कम छह घंटे की नींद बहुत ज़रूरी है।"

विवेकानन्द—"उठो, जागो और तब तक चलते रहो जब तक लक्ष्य को पा न लो।"

टाइम-टेबल पूरा होने पर सोमनाथ को लगा जैसे अब तक इधर-उधर बिखरा बेतरतीब जीवन दोनों हाथों से समेटकर करीने से लगा दिया गया हो।

परीक्षाओं की निकटता से सबसे ज़्यादा डर तब लगने लगता है जब 'प्रिपरेशन लीव' घोषित हो जाती है। और वह भी बोर्ड...बाप रे। कैसी होती है बोर्ड की परीक्षा? डराने के लिए लोगबाग कैसी-कैसी बातें करते रहते हैं। उसे लगा जैसे यह टाइम-टेबल बनाकर उसने अब तक की गयी सारी लापरवाहियों को जीत लिया है। अब कड़ाई से नियमों का पालन होगा। चारों किनारों पर लेई लगाकर काग़ज़ दीवार पर चिपकाते समय उसने चारों कोनों और बीच में (अच्छी तरह चिपक जाने के बावजूद) भी तीन-चार घूँसे मारे। फिर थोड़ी दूर खड़ा होकर यूँ मुग्धता से देखने लगा जैसे कोई महान चित्रकार अपना चित्र पूरा हो जाने पर देखता है। अगर इसका पालन पूरे दो महीने हो जाये तो परीक्षा प्रथम श्रेणी में पास होने से कोई नहीं रोक सकता। कहीं हमेशा के लिए पालन हो गया तब तो इन्सान बन जाएगा, उसने मन में सोचा और विचारों को और पुख़्तगी दी जो उसकी भिंची हुई मुट्ठी से साफ़ दिखायी दी।

इस महीने यह उसका तीसरा टाइम-टेबल था।

अभी कमरे से बाहर निकला ही था कि बरामदे में पिताजी से सामना हो गया। टाइम-टेबल का पालन कल से क्यों, आज से बल्कि अभी से, काल्ह करे सो आज कर, सोचकर पाँच से छह वाले स्लॉट में बाहर, ज़रा यूँ ही तफ़रीह करने निकल रहा था।

"कहाँ साहबजादे!" पिताजी का लहजा उसे देखकर हमेशा एकरेखीय क्यों हो जाता है।

"जरा बाहर जा रहे हैं।" उसने दरवाज़े की तरफ़ देखते हुए कहा मानो ऐसे बोलने से बात तार्किक मानी जाएगी।

"ऊ तो दिखी रहा है। आप भीतर रहबे कितना करते हैं?"

माँ चाय लेकर आयी और पिताजी के बगल में बैठ गयी। वह समझ गया कि आज पाँच से छहवाले स्लॉट में सिर्फ़ भाषणबाज़ी होगी। पिताजी का मूड आज फिर किसी ने दफ़्तर में सनका दिया है।

"इस उमर में हमारे दिमाग में सिर्फ पढ़ाई रहती थी।" पिताजी माँ की तरफ़ देखते, चाय की चुस्की भरते हुए बोले।

उनके भाषण की प्रस्तावना यहीं से शुरू होती थी। बातों में आत्मप्रशंसा की गंध न आए, इसके लिए वह 'हम लोग' से भाषण की गाड़ी का इंजन गरम करते थे हालाँकि इसका सीधा और सरल अर्थ 'मैं' ही होता था।

"जब भी समय मिलता था, हम लोग पढ़ने बैठ जाते थे। और समय मिलता भी कितना था, बारह बिगहे की खेती कम भी नहीं होती। पढ़ाई भी, खेती भी। तब भी

हाईस्कूल में पूरे गाँव जवार में फर्स्ट विद आनर्स।'' पिताजी ने पहला गियर लगा दिया था।

''तब भी क्या उखाड़ लिया आपने? बिजली विभाग में बाबू बने बैठे हैं। आपके साथ के कितने लाखों चीर रहे हैं।'' उसका हमेशा की तरह मन आया कि भइया का डायलॉग दोहरा दे पर वह हमेशा की तरह दबा गया। हूँ, हमेशा हाईस्कूल की दुहाई देते हैं। इंटर, बी.ए. में कितना था, यह कभी नहीं बताते। ऐसा सोचते समय क्षणांश के लिए उसे लगता था कि जब वह हाईस्कूल पास कर इंटर में जाएगा तो राज़ खुलेगा कि पिताजी इंटर में मेरिट में आये थे।

''अरे सुमित्रा, भरी नदी में तैर-तैरकर पढ़ने गये हैं हम लोग। एक हाथ में किताब और एक से तैर रहे हैं।'' पिताजी ने ऐसी भंगिमा बनायी मानो वह तैर रहे हैं और उन्हें साँस लेने में तकलीफ़ हो रही है। ये माँ भी। पिताजी फेंकते रहते हैं और ये ऐसे मुस्कराकर सुनती रहती है मानो अलिफ़ लैला की कहानियाँ सुन रही है।

''और सिनेमा-विनेमा के बारे में तो हमने सुना ही नहीं था कभी। पहली फिल्म नौकरी मिलने पर बरेली में देखी थी 'चम्बल की कसम' छिहत्तर या शायद सतहत्तर में।''

''उस समय कहाँ इतने हॉल-वॉल हुआ करते थे।'' उसके दिमाग़ में और भी ढेर सारी दलीलें कौंधी पर वह चुप ही रहा।

''और इनकी जेब से देखो तो...पिक्चर की टिकट निकलती है। दो महीने हैं बोर्ड की परीक्षा और ये अय्याशी। टकसाल में पिक्चर...?''

वह सन्न रह गया। तो पिताजी इसलिए नाराज़ हैं। एकबारगी तो उसकी जान निकल गयी। कहीं 'जवानी के लुटेरे' की टिकट तो जेब से नहीं निकल आयी। मगर वह तो हॉल से निकलते ही फाड़ दी थी। फिर टकसाल का नाम सुनकर राहत मिली। उसमें तो 'बॉर्डर' चल रही है। देशभक्ति फिल्म है। हालाँकि दिनेश ये सुनकर उसे भी बड़े अरमानों से खींच ले गया था कि एक गाने में बड़े 'हॉट' सीन हैं।

''परसों दिनेश का जन्मदिन था तो वह कई लोगों को 'बॉर्डर' दिखाने ले गया था'' उसने धीरे-से कहा। पता नहीं पिताजी ने उस गाने के बारे में सुना है या नहीं।

पिताजी भड़क गये। ''साले हमारे मित्र तो हमें कभी जन्मदिन पर फिल्म दिखाने नहीं ले जाते जबकि कमा भी रहे हैं। परसों अस्थाना का जन्मदिन था। हरामखोर ने चाय के साथ दो पकौड़ियाँ भर खिलायी थीं।''

''जैसा करेंगे, वैसा ही तो भरेंगे। अपने जन्मदिन पर आप भी तो सबको चाय पर ही टरकाते हैं।'' उसने ईंट का जवाब पत्थर से दिया मगर मन में।

''पढ़ लो बेटा, पढ़ लो। यही साल-दो-साल सबसे कीमती हैं। इनको सँभाल लिया तो आदमी बन जाओगे।''

वह ख़ुश हो गया। यह भाषण का अन्तिम अर्थात् उपसंहार का हिस्सा था। उसे याद आया कि पिताजी पिछले कई वर्षों से यही उपसंहार प्रयोग कर रहे हैं जो ज़्यादा घिसने के कारण अपनी धार खो चुका है। वरना अभी दो साल पहले तक स्थिति यह थी कि भाषण का एक दौर समाप्त होने पर उसे लगता था कि वह सचमुच बहुत अधम और आवारा है। तुरन्त पढ़ने बैठता और कम-से-कम चार घंटे लगातार पढ़ता। तुरन्त एक टाइम-टेबल भी बनाता जिसमें रोज़ आठ से दस घंटे पढ़ने का संकल्प होता।

पिता उसकी तरफ़ से ध्यान हटाकर माँ से बातें करने लगे। वह उल्टे पाँव कमरे में लौट आया। पूरा मूड चौपट हो चुका था। उसने धीरे-से किवाड़ बन्द किये, सिटकनी लगायी और गद्दे के नीचे से रंगीन चित्रोंवाली किताब निकाली। कुछ पन्ने पलटते ही उसकी साँसें तेज़ हो गयीं और ख़ून का प्रवाह दुगुने वेग से होने लगा। लगातार तनती जा रही शिराओं को उसने खुली छूट दे दी और उन्मुक्त कल्पनाओं को दबी इच्छाओं के चाबुक से हाँक दिया। मगर इसका क्या कहें कि बीच-बीच में बड़े अतार्किक ढंग से सलोनी याद आने लगी। उसकी मोहक हँसी, उसकी सुरीली आवाज़। उसने किताब छिपा दी और सलोनी की हँसी याद करने लगा। सभी शिराएँ धीरे-धीरे ढीली होने लगीं और वह अचानक ही हल्का अनुभव करने लगा।

(2)

पिताजी से ज़्यादा डर उसे भइया से लगता था। बहुत ज़्यादा। पिता की स्टाइल जानी-पहचानी थी, संवाद परिचित थे और वह ज़्यादा आक्रामक नहीं थे। जबकि भइया, वह तो जैसे गिद्ध की नज़र और बाज की पकड़ रखता है। और उसके दोस्त, बाप रे बाप।

"किस क्लास में है बे सोमनाथ?" गणेशी भइया ने पूछा था।

"हाईस्कूल फ़ाइनल है।" भइया ने चाय पीते हुए बताया।

"इधर आओ बे।" गणेशी भइया ने बुलाया।

वह डरता-डरता गया।

"परसों संझा समय मलदहिया पे क्या कर रहे थे?" गणेशी भइया के सवाल ने उसे दहला दिया। वह दिनेश और तौफ़ीक़ के साथ जीजीआईसी गया था, सलोनी की झलक पाने।

"मलदहिया पर?" भइया भी चौंक गया। "गये थे बे?"

वह बहुत डर गया। हदस में उसके मुँह से आवाज़ नहीं निकली। वह जानता था कि अचानक कुर्सी से उठकर भइया तड़ाक से उसके गाल पर एक कड़क चाँटा रख देगा और पूरा ब्रह्मांड उसकी आँखों के सामने नाच जाएगा।

अचानक गणेशी भइया उसका हाथ अपने पास खींचकर इधर-उधर देखते हुए

बोले, "लंका से लेकर भोजूबीर तक हमारी पहुँच है। कहीं दिखना मत।"

वह रुआँसा हो गया। गणेशी भइया ने उसे इतने गन्दे लफ़्ज़ों में डाँटा और भइया ने कुछ नहीं कहा। सिर्फ़ हँसता हुआ बोला, "भग बे, जाकर पढ़ाई कर।"

(3)

सलोनी जब से मुहल्ले में आयी है, मुहल्ला सुन्दर लगने लगा है। अब नालियों में मुँह मारती सूअरें देखकर उसे गन्दा नहीं लगता। कहीं भी गोबर-टट्टी पड़ी रहती है तो क्या हुआ, एक इतनी ख़ूबसूरत चीज़ भी तो इसी मुहल्ले में है।

एक अजीब परिवर्तन हुआ था। जब से सलोनी को देखना उसे अच्छा लगने लगा था, तब से 'रेशमा की जवानी' और 'शीला मेरी जान' जैसी फ़िल्में उसे गन्दी लगने लगी थीं। रंगीन चित्रोंवाली किताब उसने तौफ़ीक़ को लौटा दी थी और फ़िल्में जाना बन्द कर दिया था। एक फ़िल्म देखते हुए एक लड़की बिल्कुल सलोनी की तरह लगी थी। वह मुग्ध होकर देख ही रहा था कि लड़की ने अपने सारे कपड़े उतार फेंके। उसने वह फ़िल्म वहीं छोड़ दी और बाहर निकल आया।

"आप नयी किरायेदार आयी हैं क्या?" उसे आश्चर्य हुआ कि इतना साधारण प्रश्न पूछने के लिए उसे दस दिन छत पर टहलकर इन्तज़ार करने की क्या ज़रूरत थी।

"हाँ। आपके बगलवाला प्लॉट हमारा है, पापा ने अभी ख़रीदा है। उस पर हमारा घर बनेगा। इसीलिए हम इस मुहल्ले में आये हैं ताकि पापा मकान में जल्दी से काम लगवा सकें।" सुन्दर लड़की ने जवाब दिया।

"आप बहुत सुन्दर हैं।" उसने मन में कहा और प्रत्यक्षतः पूछा, "इसके पहले आप लोग कहाँ रहते थे?"

"नदेसर।" सुन्दर लड़की ने मुख़्तसर-सा जवाब दिया।

"आपकी छत से होकर जो हवा इधर आ रही है वह बहुत प्यारी सुगन्ध दे रही है।" उसने कहना चाहा पर आवाज़ निकली, "नदेसर में मेरा भी एक दोस्त रहता है।"

"अच्छा कौन?" जलतरंग-सी आवाज़ ने पूछा मानो वह नदेसर के सभी बाशिन्दों का डेटाबेस रखती है।

"अनुज नाम है उसका। क्वीन्स कॉलेज में पढ़ता है। मैं भी। टेंथ, मैथ्स। आप?" इस बार का अपना सायास प्रयास उसे अच्छा लगा।

"मैं जीजीआईसी, टेंथ, आर्ट्स।" वह बुझ-सा गया। न जाने क्यों उसे लग रहा था कि लड़की ज़रूर मैथ से पढ़ रही होगी। गणित में बहुत कमज़ोर होगी, गुणनखंड से बहुत डरती होगी और कोई दोस्त खोज रही होगी जो पढ़ाई में उसकी मदद कर सके।

"मेरा नाम सोमनाथ है।" उसने उसका नाम जानने की ग़रज़ से किसी फ़िल्म

की स्टाइल दोहरायी।

"और मैं सलोनी।" लड़की ने भी शायद फ़िल्म देख रखी हो।

अब तो उसका मन हुआ कि लड़की की आँखों में आँखें डालकर कह दे कि तुम्हारा नाम बहुत ख़ूबसूरत है, मगर अचानक उसके सारे संवाद खो गये। लड़की आसमान में देखकर एक मोहक किलकारी मारकर ख़ुश हुई थी। उसने भी एक बार उधर देखा और फिर लड़की की गर्दन को देखने लगा जिस पर एक सुन्दर तिल था।

"आपको पतंगें देखना पसन्द है क्या?"

"बहुत। सिर्फ़ देखना ही नहीं, उड़ाना भी। जब छोटी थी तो ख़ूब उड़ाती थी, अब माँ मना करती हैं।"

जब वह उसके चले जाने के बाद नीचे उतरा तो उसका वजूद बदल चुका था। उस पर एक ख़ुमारी तारी थी और वह अनायास ही कुछ देर अकेला रहना चाहता था।

(4)

भइया कोई जादूगर था। वह हर समस्या को चुटकी बजाते हल कर देता। उसकी एक चमत्कारिक दुनिया थी जिसमें वह अपने दोस्तों के साथ घूमा करता था। रात को ख़ूब देर-देर से घर आता और कभी-कभी तो नहीं भी आता। उसका फोन आता कि आज रात वह अपने फलां दोस्त के यहाँ रुकेगा। पिताजी उसे शायद ही कभी कुछ कहते हों। पहले उसके देर से आने पर ख़ूब झगड़े हुआ करते थे। एक दिन उसने सुना, भइया चिल्ला-चिल्लाकर कह रहा था, "अपने सिद्धान्त मुझ पर मत पेलिए। बहुत ईमानदारी की पुंगी बजाते रहे जिन्दगी भर। पूरे जीवन में आपकी क्या उपलब्धि रही, ये एक घर, एक सड़े से मुहल्ले में? मैं आपकी तरह बाबू नहीं बनना चाहता। जो चाहूँगा, वही करूँगा।"

उसे लगा, पिताजी चिल्लाएँगे और भइया के ऊपर ख़ूब बिगड़ेंगे, पर वह चुपचाप अपने शयनकक्ष में चले गये। माँ भी आँसू पोंछती उनके पीछे-पीछे चली गयी।

एक दिन भइया को खोजने पुलिस आयी थी। भइया घर पर नहीं था। दारोगा ने पिताजी को ख़ूब हड़काया था। सोमनाथ डरकर स्टोर-रूम में छिपा रहा था। दारोगा की आवाज़ सुनकर ही उसे दहशत हो रही थी।

"आने पर कहिएगा थाने आकर मिले मुझसे, नहीं तो साले के हाथ-पाँव तोड़ दूँगा।"

भइया आया तो उसने भइया को अपने तरीके से यह बात बतायी। वह उस वक़्त भी डर रहा था। भइया थोड़ी देर सोचता रहा फिर गणेशी भइया को फोन मिलाने लगा।

दूसरे दिन वह सलोनी को दिखा-दिखाकर पतंग उड़ा रहा था। दोनों उस एक

पतंग पर सवार होकर बादलों को चीर रहे थे। दोनों बहुत ख़ुश थे। उसने पतंग दूर तक ढील कर सलोनी को उड़ाने के लिए दी। सलोनी ने थोड़ी देर तक अच्छे से उड़ाया पर पतंग में चख अधिक थी। जब पतंग कन्निया कर पटकाने लगी तो उसने जल्दी से डोर थाम ली। अद्‌भुत स्पर्श...वह सम्मोहित-सा हो गया और कुछ क्षणों के लिए किसी दूसरी दुनिया में खो गया।

"अरे सँभालो गिरी...।"

जब तक सलोनी की आवाज़ सुनकर वह पतंग को ठुमकी देता, वह छतिया कर सामने के छत पर पटका गयी थी। उसने छुड़ाने की कोशिश की पर पतंग नहीं निकली। वह सलोनी को डोर थमाकर नीचे उतरने लगा कि उसकी रूह काँप उठी। वही दारोगा उसके घर की तरफ़ अपनी बुलेट से चला आ रहा था। इस बार वह अकेला था। वह सरसराता हुआ भइया के कमरे में पहुँचा और तुरन्त उसे ख़बर दी, "कलवाला दारोगा फिर आ रहा है।"

भइया ने बदले में उसे हिकारत से देखा।

"क्या कर रहे थे छत पर? पढ़ाई नहीं हो रही?" भइया ने कड़क आवाज़ में पूछा।

गेट बजने की आवाज़ सुनकर भइया उठकर गेट खोलने लगा।

"नमस्कार रामनाथ भाई।" दारोगा ने भइया को सलाम किया तो उसके मन में भइया के लिए डर और सम्मान दोनों दुगुने हो गये।

"नमस्कार दारोगाजी। आइए, अन्दर आइए।" भइया ने गेट खोल दिया और दारोगा गाड़ी बाहर खड़ी कर अन्दर आ गया।

"तुम अन्दर जाओ माँ और दो कप चाय बना दो।" भइया ने पीछे-पीछे गेट तक निकल आयी बदहवास दिखती माँ से कहा।

वह मौका पाकर धीरे-से पतंग छुड़ाने चला गया।

(5)

भइया के सामने पड़ने से वह अन्तिम क्षण तक बचता था। और उसके दोस्तों के सामने अगर एक बार भी क्लास लगी तो हफ़्ते भर तक सपने आते हैं। गणेशी भइया से तो वह भइया से भी ज़्यादा डरता था। बहुत मरखाह थे और दो बार थप्पड़ मारकर उसका गाल सुजा चुके थे।

एक दिन उसने सुना, वह भइया से कह रहे थे, "गुरु तुम्हारे इलाके में नया घंटा टँगा है, तुम नहीं बजाओगे तो हमें दिलाओ।"

"अबे हम तो डायनवाला सिद्धान्त लगाकर कर्म करते हैं और फल की इच्छा भी नहीं करते। तुम्हारे लिए सोचना पड़ेगा। बहुत पसन्द है क्या?" भइया ने रस लेते हुए

पूछा था।

"पसन्द...? अब मिल जाए तो ज़िन्दगी तर जाए। एकदम करारा और फ्रेश आइटम है। तुम गुरु आदमी हो, कुछ करो।"

"और तुम बेटा हो गुरुघंटाल...।" भइया के साथ-साथ गणेशी और अमरेश भइया भी हँसे थे।

उस दिन वह छत पर बैठा सलोनी से बातें कर रहा था। आठ बजे से पहले बैठकर बातें करना सुरक्षित था। उसके बाद खाना बनाकर कभी उसकी तरफ़ से माँ छत पर आ जाती तो कभी सलोनी के पापा खाना खाकर टहलने चले आते।

बातें करते हुए उसने महसूस किया सलोनी थोड़ी उदास है।

"क्या हुआ?" उसने डरते-डरते सलोनी का हाथ पकड़ा और किसी कड़ी प्रतिक्रिया के लिए ख़ुद को तैयार कर लिया। आख़िर सलोनी ने ही तो कहा था कि वह उसका सबसे अच्छा दोस्त है और उसके साथ उसे समय बिताना बहुत अच्छा लगता है।

"कुछ नहीं...।" और सलोनी ने अपनी दूसरी हथेली उसके हाथ पर रख दी।

वह रोमांच से भर उठा। आसमान अचानक उसे बहुत नीचे उतर आया जान पड़ने लगा और धरती कुछ तेज़ी से घूमती महसूस हुई। वह सोचने लगा कि अब क्या कहे, क्या करे।

"सोमू, आज मेरा जन्मदिन है और मम्मी की तबियत ख़राब होने के कारण घर में मिठाई नहीं आयी। घर दूर होने की वजह से कोई सहेली भी नहीं आयी। पिछले साल नदेसर में मेरी सभी सहेलियाँ...।" बोलते-बोलते उसकी आवाज़ थर्राने लगी।

अचानक सोमनाथ को लगा कि ऊपरवाले ने उसे बहुत बड़ी ज़िम्मेदारी दी है। इस दुखी लड़की को ख़ुश करना उसका कर्तव्य है। उसके सामने उसकी सलोनी रो दे और वह चुप बैठा रहे? अचानक वह एक अनोखे अभिभावकत्व भाव से भर उठा और दोनों हाथों से उसके आँसू पोंछ दिये। हालाँकि इसमें भी उसे काफी हिम्मत करनी पड़ी।

"तुम यहीं रहना, मैं अभी आया।" वह फुर्ती से उठ खड़ा हुआ।

"कहाँ जा रहे हो?"

"बस, अभी आया।"

"नहीं, मुझे छोड़कर कहीं मत जाओ।" सलोनी ने उसका हाथ पकड़कर खींचा तो उसे लगा कि वह कितने महत्त्व की चीज़ है। अभी कहीं भइया देख ले तो उसे पता चले कि जिसे वह बेवकूफ़ बच्चा समझता है, उसकी किसी के लिए कितनी अहमियत है। काश! यह दृश्य भइया ने देखा होता। तभी उसे भइया के करारे चाँटे याद आ गये और अनायास ही हाथ गाल पर चला गया। अच्छा हुआ जो वह घर में नहीं है।

वह जब बैठा तो सलोनी उसके सीने से लग गयी। उफ़्फ़, उसका स्पर्श...उसके बालों की सुगन्ध। उसे लगा, जैसे वह हवा में उड़ रहा हो। वह उसके बालों पर हाथ फेरने लगा। सलोनी ने उसके सीने से लगे-लगे ही कहा, ''यू आर माइ बेस्ट फ्रेंड।''

उसने धीरे-से उसे अपने से अलग किया। बिठाया, बालों से हाथ फेरते उसके चेहरे तक आया और कहा, ''मैं बस पाँच मिनट में आया, नीचे मत जाना।''

सलोनी की पुकार को अनुसना कर वह नीचे उतर आया। नीचे आकर अपने सारे पैसे बटोरकर दुकान तक जाने और वापस दौड़कर छत तक पहुँचने में उसे उतना ही समय लगा जितना अमूमन सिर्फ़ छत से अपने कमरे में जाने में लगता था।

''जन्मदिन की ढेरों शुभकामनाएँ।'' उसने बर्फ़ी का टुकड़ा उसके मुँह में ज़बरदस्ती डाल दिया। सलोनी ना-नुकुर करती रही और उसने उसे ज़बरदस्ती चार बर्फ़ियाँ खिला दीं। फिर सलोनी ने अपने हाथों से उसे दो बर्फ़ियाँ खिलायीं। उसके बाद उसने जादू की तरह अपनी जेब से पेप्सी की दो बोतलें निकालीं। दोनों ने एक-दूसरे का जूठा पिया और इसमें एक अनोखी भावना ने दोनों को घेरे में ले लिया जिसे कोई नाम दिये जाने की ज़रूरत किसी को नहीं थी।

''ये मेरा सबसे यादगार जन्मदिन रहा, थैंक्स।'' सलोनी ने उसके गाल पर एक चुम्बन लिया। वह विभोर हो गया। बदले में ऐसी ही कार्रवाई वह भी करना चाह रहा था लेकिन एक ही दिन में इतनी उपलब्धियाँ उससे सँभाली नहीं ज़ा रही थीं। कहीं यह ख़ूबसूरत सपना टूट न जाए, यह सोचकर वह चुप बैठा रहा। दोनों देर तक एक-दूसरे का हाथ थामे बैठे रहे। स्पर्श की अपनी एक भाषा थी। इस दृश्य को लिये-लिये ही वह नीचे आया और कई दिनों तक इसी दृश्य में खोया रहा।

टाइम-टेबल की तरफ़ देखने पर घबराहट बढ़ जाती है। एलजेबरा और ट्रिग्नोनोमेट्री के अलावा अभी मैथ में ही बहुत कुछ बचा है। हाइट एंड डिस्टेंस अगर आज ख़त्म हो जाए तो फिर सर्किल और इलिप्स कल कर लेगा। चार्ल्स और बॉयल के सवाल लगाने हैं। हिन्दी और अँग्रेज़ी पर पूरे दो हफ़्ते चाहिए। उसकी अँग्रेज़ी काफ़ी कमज़ोर थी। टेंस के बारे में सोचते ही टेंस हो जाता था। सलोनी की अँग्रेज़ी काफ़ी अच्छी है। उसके पापा उसे पढ़ाते हैं। उसे याद आया कि उसे कभी पिताजी ने पढ़ाई पर भाषण देने के अलावा और कुछ नहीं किया। न उसे कभी ख़ुद पढ़ाया, न ही भइया को कभी पढ़ाया होगा। उसे भइया भी नहीं पढ़ा सकता। उसे तो लगता है कुछ आता ही नहीं। कोई परीक्षा पास नहीं कर पाता और कहता है कि तैयारी कर रहा है। हाँ, कॉलेज में कोई ऐसी डिग्री नहीं जो उससे बची हो। पढ़ाई को लेकर भइया कभी गम्भीर नहीं रहा। बस यूनिवर्सिटी के सामने अपने दोस्तों के साथ पुतले फूँकता है और पुलिस से डंडे खाता अख़बारों में छाया रहता है। उन अपमानजनक तस्वीरों को भी ऐसे सँभालकर रखता है मानो पुलिस उसे मार नहीं रही बल्कि मुख्य अतिथि बनाकर माला पहना रही है। उसने पीछे मुड़कर

देखा तो पाया कि भइया ने पढ़ाई तो दूर दिनचर्या सुधारने के लिए भी कभी कोई टाइम-टेबल नहीं बनाया।

उसने ख़ूब टाइम-टेबल बनाये हैं। इस टाइम-टेबल का पालन सिर्फ़ हफ़्ते भर हो पाया। उसने टाइम-टेबल दीवार से नोच दिया। काग़ज़ के कुछ टुकड़े दीवार पर लगे रह गये। वह नये जोश के साथ टाइम-टेबल बनाने लगा। दरअसल कुछ चीज़ें इस तरह बदल गयी हैं कि यह टाइम-टेबल बहुत कठिन और कमज़ोर हो गया है। अब सब शुरू से। ज़्यादातर हिस्से पूर्ववत् थे। शाम के हिस्से में कुछ बदलाव हुआ।

2 बजे से 5 बजे तक — पढ़ना
5 बजे से 7 बजे तक — छत पर टहलना
7 बजे से 9 बजे तक — पढ़ना
9 बजे से 10 बजे तक — भोजन करना
10 बजे — सो जाना

उसने इस टाइम-टेबल को लाल और हरे रंगों के स्केच से बनाया। थोड़ी देर ग़ौर से देखने के बाद टाइम-टेबल को उसने उसी जगह चिपका दिया। इसका भी पालन कितने दिनों तक हो पाएगा, कहना मुश्किल है। कारण...सिर्फ़ एक ही सलोनी। जब भी पढ़ने बैठता, मन को एकाग्र कर पाना मुश्किल हो जाता। पहले सलोनी का चेहरा किताब के पन्नों पर उतर आता...फिर वह उससे बातें करने लगती। कल्पना के घोड़े बेलग़ाम हो जाते और वह सलोनी को उस पर बिठाकर हवा की चाल से कहीं दूर निकल जाता। वहाँ कोई नहीं होता। सिर्फ़ वह, सलोनी और उनके मनपसन्द रंग।

वह बहुत अच्छा गाती है, यह उसे बहुत बाद में पता चला।

"क्या गाऊँ?"

"कुछ भी...जो भी तुम्हें पसन्द हो।"

"कोई छत पर आ गया तो?" वह भय दिखाती।

"कोई नहीं आएगा। तुम धीरे-धीरे गाओ।" वह सुझाता।

"फिर से आइयो
बदरा बिदेसी
तेरे पंखों पे मोती जड़ूँगी
तुझे तेरे कारे कमरीवाले की सौं।"

गाते समय उसकी आंखें लगभग बन्द हो जातीं। सोमनाथ सोचता कि उसे सलोनी का गाया गाना ज़्यादा अच्छा लग रहा है या उसका आँखें बन्द किया हुआ चेहरा।

एक दिन वह नीचे से भइया का वॉकमैन कम रेकॉर्डर उठा लाया। सलोनी ने एक-एक करके कई गाने गाये और उसने इन्हें रेकॉर्ड कर लिया। परीक्षा में बच रहे कम

दिनों को देखते हुए यह ज़रूरी था। पढ़ते समय हमेशा उसके गाने कानों में गूँजें, इससे अच्छा है कि इसे टाइम-टेबल में एकमुश्त थोड़ी जगह दे दी जाए।

(6)

एक दिन भइया ने उसे अपने कमरे में बुलाया। गणेशी भइया भी बैठे थे।

"यह जानता होगा।" भइया ने गणेशी भइया से मुस्कराते हुए कहा।

"पीछे जो भास्करजी आये हैं उनकी लड़की का क्या नाम है?" गणेशी भइया ने पूछा।

"जी...सलोनी।" उसने हकलाते हुए बताया।

"हम्म्म्मम, यथा नाम तथा गुण।" गणेशी भइया, भइया की तरफ़ देखकर मुस्कराए।

उन्होंने सलोनी के क्लास और विषयों के बारे में काफी जानकारियाँ लीं और जब अपने मतलब की सारी बातें पूछ चुके तो उसे डपटते हुए बोले, "साले बहुत जानकारी रक्खे हो उसके बारे में। पढ़ाई में दिमाग नहीं है। तैयारी करो बेटा नहीं लटक जाओगे। बोर्ड है बोर्ड। चलो निपटों हिंया से।"

वह बगलवाले कमरे में आने की बजाय दीवार से लगकर उनकी बातें सुनने लगा। गणेशी भइया जिस तरह से सलोनी का नाम ले रहे थे उसका मन कर रहा था कि उनका मुँह तोड़ दे पर उनका मुँह इतना ख़तरनाक है कि वह दो क्षण से ज़्यादा उधर देख ही नहीं पाता।

फिर वहाँ रुककर सुनने से ही उसे गणेशी भइया के मंसूबों के बारे में पता चला। वह किसी सुनसान रास्ते पर सलोनी को रोककर उससे बात करने की योजना बना रहे थे। तो इन्हें पता है कि सलोनी कोचिंग से किस रास्ते से लौटती है। वह तनकर खड़ा हो गया। उसकी मुट्ठियाँ भिंच गयीं। वह गणेशी भइया को सबक सिखाएगा। उनकी यह हिम्मत?

अगले दिन वह पनवाड़ी वाले मोड़ पर खड़ा था कि गणेशी भइया की मोटरसाइकिल आती दिखी। वह सावधान हो गया। गणेशी भइया आकर मोटरसाइकिल खड़ी कर पनवाड़ी से बातें करने लगे और एक सिगरेट सुलगाकर पीने लगे। यह रास्ता आमतौर पर शाम को शान्त ही रहता था। वह सोचने लगा कि क्या और कैसे करेगा। सामने से सलोनी अपनी साइकिल पर आती दिखी तो उसकी धड़कनें तेज़ हो गयीं।

जैसे ही साइकिल पनवाड़ी के पास आने को थी, गणेशी भइया ने मोटरसाइकिल इतनी तेज़ी से मोड़ी कि सलोनी को साइकिल रोक देनी पड़ी। उसके पाँव ज़मीन पर टिक गये। यही क्षण था जब वह तेज़ क़दमों से चलता सड़क पार करके सलोनी के पास पहुँच गया।

"प्रणाम भइया।" उसने गणेशी भइया को तुरन्त सलामी ठोंकी। सलोनी उसे देखकर जीवन्त हो उठी। उसने तुरन्त साइकिल सँभाली और यह जा वह जा।

"तुम चूतियाराम हिंया का कर रहे हो?" भइया ने पनवाड़ी के सामने ही उसके कान उमेठ दिये।

"हमें पहिले से तुम्हारे ऊपर सक रहा। आज पकड़ लिये न रँगे हाथ। चलो घर कूटते हैं। इसीलिए आज इधर निकले थे।"

"सोमू, इधर इधर...।" उसने देखा दिनेश सड़क के उस पार रजिस्टर लेकर लहरा रहा है।

"हम नोट्स लेने आये थे दिनेश से। झूठे कान उमेठ दिये आप।" उसने भुनभुनाते हुए कहा और सड़क पार कर गया। हालाँकि यह संवाद उसने ज़ोर से बोला था पर इतना ही ज़ोर बचा था उसके पास कि भुनभुनाहट की आवाज़ सुनायी दी। यह उसका वर्ष का सर्वश्रेष्ठ संवाद वर्ष भर रहेगा। उसे लगा, घर पर गणेशी भइया भइया से शिकायत करेंगे और भइया उसकी ख़बर लेगा पर ऐसा कुछ नहीं हुआ।

रात को सलोनी उसके सीने से लग गयी। "तुम नहीं पहुँचते तो पता नहीं वह आदमी क्या बदतमीज़ी करता। कई दिनों से मेरा पीछा करता है।" सोमनाथ ने उसके बाल सहलाए। उसी वक़्त उसके मन में विचार आया कि बोर्ड की परीक्षाएँ पास करने में क्या है। यह तो बच्चों का काम है। उसे महसूस हुआ कि नीचे उतर के वह एलजेबरा उठाए या कोऑर्डिनेंट, टेंस उठाए या सूर, सब चुटकियों में हो सकता है। सलोनी को सीने से चिपकाए ही उसका आकार बढ़ने लगा। सबसे पहले वह मुहल्ले की सबसे ऊँची छत से ऊँचा हुआ, फिर सड़क पर स्थित ताड़ के पेड़ से, फिर टी.वी. टॉवर से और अन्त में उसने आसमान में किसी सितारे की बगल में खड़ा होकर देखा। उसकी छत पर दो परछाइयाँ आपस में चिपकी खड़ी थीं।

सलोनी उसकी ज़िन्दगी की हर परत में शामिल हो चुकी थी। कई कठिनाइयों को देखते हुए उसने कुछ दिनों बाद एक नये टाइम-टेबल की रचना की जो पिछले टाइम टेबल से कुछ बिन्दुओं पर अलग था।

सुबह चार बजे — जागना
चार से साढ़े चार — सलोनी के गाए गीत वॉकमैन लगाकर सुनना
रात आठ से साढ़े आठ — सलोनी के गाने वॉकमैन में सुनना

जो कल्पनाएँ पढ़ाई में बाधा थीं वही पढ़ने और अच्छा करने को भी प्रेरित करती थीं पर मूड से। सब कुछ मूड पर निर्भर होता चला जा रहा था। कुछ कल्पनाएँ आगे की ओर धकेलतीं और कुछ पीछे की ओर खींचतीं। वह हमेशा कल्पनाओं में खोया रहता। कल्पनाएँ थीं भीं तो अनन्त। उसके घर के बगल में सलोनी का घर बने, इस स्थिति में सोचने के लिए ढेर सारी सम्भावनाएँ थीं, अनेक स्वप्न थे और हर स्वप्न में भरपूर जीवन

था।

मगर जैसे ही सलोनी के प्लॉट में ईंटें गिरीं, उसकी पूरी लाइन में एक अजीब-सा तनाव छा गया। शुक्लाजी, सिंह अंकल और तिवारीजी—तीनों मिलकर उसके घर आकर बैठने लगे। हमेशा छत्तीस का आँकड़ा रखनेवाले पिताजी और भइया एक साथ मिलकर अजीब मुख-मुद्राएँ बनाए खुसर-फुसर करने लगे। वह उजबक-सा अपनी पढ़ाई से बहाना निकाल उनकी बातें सुनने की कोशिश करता पर जब कुछ समझ में नहीं आता तो पढ़ाई पर ध्यान केन्द्रित करने के लिए एक कड़ा टाइम-टेबल बनाने लगता। एक दिन सलोनी ने ही बताया।

"कुछ लोग नही चाहते कि हम यहाँ घर बनाएँ।"

"क्यों मगर?" उसे सुनकर आश्चर्य हुआ।

"हम लोग एस.सी., एस.टी. हैं न इसलिए...।"

"एस.सी. या एस.टी.?"

"पता नहीं, दोनों अलग-अलग होता है क्या?"

"और क्या? अलग होता है। तुम्हें नहीं मालूम?"

"नहीं, कभी जानने की ज़रूरत ही नहीं पड़ी। पर इसी में से कुछ।"

"मगर क्या...?"

भइया देर रात तक अपने दोस्तों के साथ घर में बैठकें करने लगा था। उसे वहाँ फटकने की भी मनाही थी। जितना उसने छिप-छिपाकर सुना उससे उसे यही लगा कि सब सलोनी के पापा का नाम लेकर उनकी ज़मीन के बारे में ही बात कर रहे हैं।

फिर जल्दी ही एक दिन एक चमत्कार हुआ जिसे सारे मुहल्ले ने आँखें फाड़-फाड़कर और हाथ जोड़-जोड़कर देखा।

वह उस दिन टाइम-टेबल से भी आगे निकलकर रात दो बजे तक पढ़ता रहा था इसलिए नींद देर से खुली। बगलवाले प्लॉट से खूब आवाज़ें आ रही थीं। वह तड़ से बिस्तर से कूदा और गेट खोलकर बाहर निकल आया।

सलोनी का प्लॉट मुहल्ले और आस-पास के लोगों से खचाखच भरा हुआ था। एकाध लोग कैमरे लेकर फोटो खींच रहे थे। भइया को लोग घेरे खड़े थे और वह चीख-चीखकर लोगों को कुछ बार-बार बता रहा था।

"मुझे भोर में सपना आया। सपने में भोलेनाथ बाबा विश्वनाथ हाथ में त्रिशूल लिये मुझसे कह रहे थे, मुझे बाहर निकालो, मुझे बाहर निकालो। मैं डर गया और मेरी नींद खुल गयी। मैं पेशाब करने बाहर आया तो देखा कि प्लॉट के बीचोंबीच प्रकाश-सा दिख रहा है। मैं आया तो देखा धरती को चीरकर यह शिवलिंग बाहर निकलना चाह रहा है। मैंने डर के मारे शोर मचाना शुरू किया तो शुक्लाजी निकल आए। मैं तो उल्लू आदमी हूँ, मुझे कुछ बुद्धि नहीं। शुक्लाजी ने जैसे यह देखा, अपने घर से दूध उठा लाये।

वह जैसे ही शिवलिंग पर दूध डालने लगे, यह धीरे-धीरे बाहर आने लगा। मैं भी दूध ले आया और डाला तो यह थोड़ा और बाहर आया। तब तक तिवारीजी, श्रीवास्तवजी और ठाकुर साहब भी आ चुके थे। फिर तो कई लोग अपने घरों से दूध लाकर डालने लगे।

"आपका पूरा नाम क्या है रामूजी?" एक अख़बारवाले ने लिखते हुए पूछा।

"जी रामनाथ पांडेय। यह भी नोट कर लीजिएगा कि श्रीवास्तवजी के साथ परशुराम दूबे भी बाहर निकले थे।" भइया ने दूबेजी को इशारा करते देख उनके नाम का भी उल्लेख किया। दूबेजी अहसानमंद नज़रों से पहले भइया की ओर फिर शिवलिंग की ओर देखने लगे। अचानक भीड़ में से कोई चिल्लाया, "बोल बाबा विश्वनाथ की...।"

पूरी भीड़ चिल्लायी, "जऽऽऽऽऽऽऽऽऽय।"

भीड़ ने फिर साथ में एक हुँकार भरी, "हऽऽऽर हऽऽऽऽर महादेऽऽऽऽऽव।"

सलोनी के पापा एक तरफ़ खड़े थे। सब लोग उनकी तरफ़ घूमे।

"आप बहुत भाग्यशाली हैं भास्करजी। साक्षात् महादेव आये हैं आपकी ज़मीन में। अब यहाँ भोलेनाथ का भव्य मन्दिर बनेगा। बोलिए बाब विश्वनाथ की...।"

"जऽऽऽऽऽऽय...।" पूरी भीड़ के साथ सलोनी के पापा ने जो धीरे-से कहा वह न जाने कहाँ खो गया।

(7)

"भीड़ की कोई ज़ात नहीं होती। भीड़ का कोई धर्म नहीं होता। भीड़ का स्थायी भाव होता है शोर और भोजन होता है उन्माद।" ऐसा कहते हुए अनुपम सर बहुत गम्भीर नज़र आये थे। वह उनके सामने पूरी समस्या सुनाकर चुपचाप बैठा था। अनुपम सर उसके स्कूल में अंग्रेजी पढ़ाते थे और गली के मोड़ पर रहते थे।

"अब क्या होगा सर? सलोनी के पापा ने पूरी जमा पूँजी लगाकर यह ज़मीन ख़रीदी है।" उसने चिन्तित स्वर में पूछा।

"तुम्हें क्या लगता है सोमू? क्या होना चाहिए?" अनुपम सर ने इत्मीनान से पूछा था।

"मुझे...मैं क्या कह सकता हूँ सर? अब भगवान के आगे कोई क्या...?" वह विचारों के भँवर में फँसा हुआ था।

"तुम किस भगवान को मानते हो सोमू?" सर ने फिर पूछा।

"मैं...? मैं शंकर भगवान को, बजरंगबली को और दुर्गा माँ को...।" उसने सोचकर बताया।

"हम्मम्म...तो जाओ, शंकर भगवान की पूजा करो और उनसे आग्रह करो कि यह प्लॉट छोड़कर कहीं और प्रकट हों। देखो तुम्हारी कितनी सुनते हैं।" सर ने

मुस्कराते हुए कहा। वह और उलझ गया और वहाँ से गुमसुम चला गया।

उसे लगा था सर कोई सॉलिड आइडिया बताएँगे जिससे वह सलोनी के बुझ चुके चेहरे पर मुस्कान ला सकेगा। सर पूरे मुहल्ले में उसे सबसे समझदार लगते थे। पर सर जल्दी किसी के मामले में पड़ते नहीं। उनकी बातें सुनो तो लगता है कि वह चाह दें तो दुनिया की सारी ख़राब चीज़ें व्यवस्थित हो जाएँ पर वह सिर्फ़ आइडिया देते हैं। ख़ुद किसी चीज़ में नहीं पड़ते। उनके पास टाइम भी कहाँ है। हमेशा पढ़ते या कुछ लिखते रहते हैं। अब उसके पास एक ही रास्ता बचा था। मनीष और उसके जादुई नुस्ख़े। वह हालाँकि मनीष का बहुत अच्छा दोस्त तो नहीं पर उससे कोई झगड़ा भी नहीं है। वह ज़रूर उसकी मदद करेगा। दिनेश से उसकी अच्छी दोस्ती है। उसे साथ लेकर जाना ठीक रहेगा।

मनीष पांच मिनट ड्राइंगरूम में बैठने के बाद दोनों को अपने कमरे में ले आया जहाँ कोर्स की किताबों के पीछे लाल, हरे, नीले रंगों के कवरवाली अनेक किताबें थीं। उसका कमरा भी रहस्यमय था। घुसते ही लगता था कि यहाँ फुसफुसाहट से बात करनी चाहिए। कमरे में एक तिलिस्म था जो घुसते ही अपनी ज़द में ले लेता था।

''परसों पापा ने मुझे बहुत पीटा।'' मनीष लगभग फुसफुसाते हुए बोला।

''क्यों बे क्यों?'' दोनों ने लगभग साथ-साथ पूछा।

''क्यों क्या। दिमाग़ नहीं है किसी को इस घर में। जवान बेटे पर हाथ उठाते हैं।'' बोलकर मनीष थोड़ी देर के लिए रुका और फिर फुसफुसाहट में बोलने लगा, ''मैंने एक चूहा मारकर उसके ख़ून से रूमाल को अभिमन्त्रित किया था और सामने के कुशवाहा अंकल के घर में डालनेवाला ही था कि...।''

''उससे क्या होता?'' दिनेश अपनी उत्सुकता नहीं रोक पाया और बात बीच में काट दी। मनीष अचानक ख़ामोश हो गया और फिर सिद्धपुरुष की तरह गम्भीर आवाज़ में बोला, ''साले, बात बीच में न काटा करो। उस रूमाल में उस आदमी का नाम आ जाता जिसने कुशवाहा अंकल की साइकिल चुरायी है। पापा ने पहले ही देख लिया। जवान बेटे को कैसे ट्रीट करते हैं आजकल के बापों को मालूम नहीं है। हाँ बताओ सोमू, मुझसे क्या चाहते हो तुम?'' वह मुद्दे पर जल्दी आ गया तो सोमनाथ को ख़ुशी हुई।

''मैं ख़ाली इतना चाहता हूँ कि सलोनी की ज़मीन उसको मिल जाए। उसके घर में दो दिन से खाना नहीं बन रहा यार।'' उसने दुखी स्वर में कहा।

''हम्म्म, ये मुद्दा भगवान से सम्बन्धित है इसलिए मैं कोई गारंटी नहीं ले सकता कि काला जादू एकदम काम करेगा...।''

''तुम तो ऐसे बोल रहे हो जैसे तुम्हारा काला जादू हमेशा काम करता है जबकि गारंटी का रेशियो...।'' दिनेश की बात सुनकर मनीष झटके से खड़ा हो गया और

उसकी आवाज़ अचानक ही बहुत धीमी हो गयी। उतार-चढ़ाव भरी आवाज़।

"मेरा जादू अक़्सर काम नहीं कर पाता तो सिर्फ़ इसलिए कि साला इस घर का माहौल इसके लिए बहुत ख़राब है। सब मेरे पीछे पड़े रहते हैं। इसके लिए शान्त माहौल चाहिए। देखना, किसी दिन ये सब छोड़कर श्मशान चला जाऊँगा साधना करने तब समझ में आएगा जवान लड़के के साथ कैसे...।"

"छोड़ो मनीष भाई, बताओ न क्या करूँ?" सोमनाथ ने उसकी बात काटकर अपनी वाज़िब चिन्ता रखी तो वह कुछ किताबें पलटने लगा। किताबों का पलटना कुछ देर तक चला और कमरे में एक तिलिस्मी सन्नाटा देर तक छाया रहा।

"देखो दोस्त, तुम एक काम करो। एक गिरगिट मारो और उस लड़की, क्या नाम बताया, हाँ सलोनी की लम्बाई के बराबर का धागा लेकर उसे गिरगिट के ख़ून से रंग लो। फिर इस मन्त्र का खुले आसमान के नीचे बैठकर एक सौ आठ बार जाप करो। जाप करके इस धागे को इस यन्त्र बने काग़ज़ में लपेटकर उसकी छत पर फेंक दो। अल्लाह ने चाहा तो इस घर की सभी बाधाएँ गायब हो जाएँगी। एक बात का ध्यान रखना कि यह सब करते तुम्हें कोई न देखे इसलिए आधी रात को ही...।" अचानक आदत से मजबूर दिनेश ने बात काट दी। हालाँकि यह सवाल सोमनाथ के मन में भी कौंधा था।

"अल्लाह क्यों बे? भगवान क्यों नहीं...?"

"साले, बेवकूफ़, छोटी-छोटी चीज़ों से ऊपर उठो। विद्या ऐसे नहीं आती। किसी भी कला के लिए अल्लाह, भगवान और हर भगवान को साधना पड़ता है, समझे?" मनीष ने तल्ख़ आवाज़ में पूछा। दोनों ने नकारात्मक मुद्रा में सिर हिलाया।

"तुम लोग समझोगे भी नहीं। तुम लोग मेरे घरवालों से कम ज़ाहिल थोड़े हो जो यह तक नहीं जानते कि जब बाप का जूता...ख़ैर। ऐसा किताब में लिखा हुआ है, यही समझ लो। एक बात जान लो किसी भी विद्या को सीखने के लिए...।"

मनीष की रहस्यमयी बातों को दोनों मुँह बायें सुन रहे थे कि तिलिस्मी कमरे का दरवाज़ा किर्रऽऽऽ की तिलिस्मी आवाज़ के साथ खुला और मनीष की बात अधूरी रह गयी।

"खूब बैठकी हो रही है बेटा। खाली बकवास दिन भर। पढ़ाई हो गयी तेरह बाइस। महीने भर बची है बोर्ड की परीक्षा। पिछली पिटाई भूल गये लगता है। आने दो पापा को बताती हूँ कि दिन भर बकवास हो रहा है। और तुम लोग बेटा? कोर्स तैयार हो गया क्या जो तफ़रीह मारने निकले हो? तुम लोगों के घर भी शिकायत भिजवानी पड़ेगी। कायदे से मार चाहिए तुम लोगों को भी...।"

जब मनीष की मम्मी अपना संक्षिप्त भाषण देकर निकलीं तो कमरे का सारा तिलिस्म टूट चुका था। मनीष को देखने पर ऐसा लग रहा था जैसे वह अभी श्मशान की

ओर निकल जाएगा। सोमनाथ ने काग़ज़ पर बना यह यन्त्र उठाया और यह सोचता हुआ निकल गया कि आख़िरी बार उसने गिरगिट कहाँ देखा था।

सुबह से शाम तक की अथक मेहनत के बाद सोमनाथ एक गिरगिट मारने में सफल हो गया। दिनेश ने गिरगिट मारने के कार्यक्रम में उसका मनोबल बढ़ाने में अपना अमूल्य योगदान दिया। शाम तक गिरगिटों का अध्ययन करके सोमनाथ इतना एक्सपर्ट अनुभव कर रहा था कि सिर्फ़ एक गिरगिट मारना उसे काफी महँगा सौदा लगा। वह गिरगिटों की आदतों और उनके रहन-सहन पर सुन्दर लेख लिख सकता था या कोई लेक्चर दे सकता था। अब ये सब आसान काम थे।

उसके ख़ून में पाँच फीट लम्बा धागा सानना मुश्किल काम था। दोनों ने इसे जी कड़ा करके अन्जाम दिया। धागे को ख़ून में डुबाने, रात के दो बजे छिपकर बिना आहट छत पर जाने और 108 बार मन्त्र का जाप करने में काफी शक्ति थी। इतनी देर में उसके अन्दर इतना आत्मविश्वास भर गया कि उसे पूरी तरह विश्वास हो गया कि अब उसकी सारी समस्याएँ आज रात भर की मेहमान हैं। जब काग़ज़ में लपेटकर वह धागा उसने सलोनी की छत पर फेंका तो एक ख़ुशगवार निश्चिन्तता ने उसे लपेट लिया और वह बेपरवाही से सोचता हुआ नीचे उतरा कि जब वह सुबह सोकर उठेगा तो सब कुछ बदल चुका होगा।

जब वह सुबह सोकर उठा तो सब कुछ बदल चुका था। आज मुहल्ले के लोग शिवलिंग पर दूध नहीं चढ़ा रहे थे। आज शिवलिंग के चारों तरफ़ दीवार उठायी जा रही थी। कुछ लोग दरियों और चटाइयों पर बैठे आरती कर रहे थे जिसका भावार्थ यह था कि हे प्रभु तुम्हीं ग़रीबों को धन, लँगड़ों को पांव और बाँझों को पुत्र देते हो इसलिए हमें भी वे-वे चीज़ें दो जिनकी हमें ज़रूरत है। भइया दीवार चुन रहे मज़दूरों को गाली देकर तेज़ हाथ चलाने को कह रहा था। उसी समय कुछ अख़बारवाले और कैमरा लिये लोग आये तो भइया अचानक झपटकर ख़ुद भी मज़दूरों के साथ काम करने लगा। एक कैमरावाला भइया का दोस्त था जो एक बहुत अच्छे चैनल में कैमरामैन था। पहले वह शादियों की वीडियो रिकॉर्डिंग करता था और भइया ने उसे किसी से कह सुनकर उस चैनल में रखवा दिया था। वह अक़्सर भइया को अपने चैनल पर प्रमुखता से दिखाता था और उसके कहने पर अख़बारवाले भी भइया की ख़ूब अच्छी तस्वीरें छाप देते थे। बदले में भइया उन्हें कभी-कभी चाय-पान करा दिया करता था। सब भइया और उसके दोस्तों की तस्वीरें लेने लगे।

सलोनी के मम्मी-पापा एक तरफ़ खड़े थे। उसके पापा आँखों में आँसू भरे आरती कर रही भीड़ के पास खड़े दारोगा के पास फिर गये जिन्हें उन्होंने ही रिपोर्ट लिखवाकर बुलाया था। इस बार दारोगा भड़क गया।

"अजीब आदमी हैं आप। अरे कितना बार समझाएँ आपको कि भगवान के

मामलों में क़ानून कुछ नहीं कर सकता। आप भी क्यों नहीं बैठते और कीर्तन करते? गजब के नास्तिक आदमी हैं आप।''

'नास्तिक' शब्द सुनकर आरती करनेवाले पलटे और नास्तिक को क़रीब खड़ा देखकर दुगुने ज़ोर से आरती गाने लगे। भइया भी बीच-बीच में इनकी मदद करता। अचानक उत्साह से पलटता और चिल्लाता, ''हर हऽऽऽऽर... ?''

उसके बाकी दोस्त जिनमें कुछ सलोनी को घूर रहे थे और कुछ उसकी मम्मी को, उसके स्वर में स्वर मिलाते हुए चिल्लाते, ''महादेऽऽऽऽऽऽऽऽऽऽऽऽव।''

वह उलझन भरी हताशा के साथ कुछ देर वहीं खड़ा रहा। प्लॉट में श्रद्धालुओं की भीड़ बढ़ती जा रही थी। सलोनी के चेहरे पर छायी वीरानी उसे उदास करने लगी। उसे भगवान और भइया दोनों पर गुस्सा आने लगा। फिर उसे लोगों पर भी बहुत गुस्सा आया। मनीष के काले जादू ने भी काम नहीं किया। अब यहाँ एक छोटा-सा मन्दिर बनेगा और मुहल्ले के लोग यहाँ पूजा करने आया करेंगे। भइया या उसका कोई दोस्त यहाँ पुजारी बनकर बैठ जाएगा। सलोनी के पापा अपना परिवार लेकर यहाँ से कहीं दूर चले जाएँगे। वह कुछ दिन सलोनी को याद करेगा और फिर अपनी पढ़ाई और टाइम-टेबल पर ध्यान देने लगेगा। बहुत सालों बाद किसी यात्रा के दौरान सलोनी उसे ट्रेन में मिलेगी। वह कहेगा कि वह उससे अब भी प्रेम करता है। वह कहेगी वह उससे तब भी प्रेम नहीं करती था। वह घबरा गया।

(8)

रात चाँदनी थी और चाँद की रोशनी में छत पर दो आकृतियाँ बिना हिले-डुले बैठी थीं।

''तुम अपने टाइम-टेबल के हिसाब से आजकल पढ़ाई कर रहे हो या नहीं?''

''उहूँ...आजकल पढ़ाई में एकदम मन नहीं लगता। तुम्हारी तैयारी कैसी है?''

''ठीक है।''

थोड़ी देर तक वही ख़ामोशी छायी रही जो हर बार एक संवाद के बाद छा जा रही थी, बहुत देर से।

''सुनो।''

''हूँ।''

''वह गाना सुनाओ न...।''

''नहीं सोमू, कोई आ गया तो...?''

''कोई नहीं आएगा। तुम गाओ ना। कितनी अच्छी हवा चल रही है।''

''फिर से आइयो
बदरा बिदेसी
तेरे पंखों पे मोती जड़ूँगी

तुझे तेरे कारे कमरीवाले...।''

गाते-गाते सलोनी का गला भर आया और सुनते-सुनते सोमनाथ की आँखें। उसने सलोनी की हथेलियों को माथे से लगा लिया।

''हम लोग तीन चार दिनों में यह मुहल्ला छोड़ देंगे। पापा केस करने जा रहे थे तो चाचा ने रोक लिया। कहा, पैसे की बर्बादी है।''

''मत जाओ।'' वह भरे लगे से इतना ही कह पाया। थोड़ी देर तक फिर चुप्पी छायी रही।

''पापा कह रहे थे कि हम एस.सी., एस.टी. न होते तो हमारे ज़मीन में भगवान नहीं निकलते। हमारी ज़मीन इसलिए हड़पी गयी क्योंकि हम लोग एस.सी., एस.टी. हैं।'' सलोनी ने कहा और उसकी ओर यूँ देखने लगी मानो कोई सवाल पूछा हो।

''नहीं सलोनी, यह पूरी तरह सच नहीं है।'' अचानक उसे लगा जैसे उसके ऊपर अनुपम सर सवार हो गये हों। ''तुम्हारी जगह कोई ब्राह्मण या ठाकुर भी होता तो उसकी ज़मीन भी हड़पी जाती। ये लोग धीरे-धीरे इतने मज़बूत और बड़े होते जा रहे हैं कि अब ये कुछ भी हड़प सकते हैं। हाँ, इन पंडितों और ठाकुरों के मुहल्ले में एक एस.सी. की ज़मीन हड़प लेना आसान ज़रूर रहा।'' उसकी आवाज़ तेज़ हो गयी तो सलोनी ने उसका हाथ दबाया।

''मैं तुम्हें यह मुहल्ला छोड़कर नहीं जाने दूँगा।'' कहता हुआ उठकर वह नीचे चला गया। हालाँकि भइया की जादूगरी और ताक़त को वह अच्छी तरह जानता था। वह जानता था कि भइया कुछ भी कर सकता है। उसने जब से होश सँभाला है, भइया के चमत्कारों को देख-सुनकर ही बड़ा हुआ है। अब इस मामले को ही ले तो पाता है कि अकेले भइया ने क्या-क्या साध रखा है। कितनी जल्दी चीज़ों को सल्टा देता है। सलोनी के पापा ने एक दिन कुछ नेता टाइप के लोगों को बुलाया। वे लोग अपने हाथों में तख्तियाँ लिये हुए थे। जिन पर लिखा था, 'हक नहीं छोड़ेंगे, जान दे देंगे', 'वंचितों के अधिकार हड़पना बन्द करो', 'सरकार निकम्मी है' और भी बहुत-से नारे। वह ख़ुश हुआ कि अब शायद कुछ अच्छा होगा। वे लोग अभी उस प्लॉट में मन्दिर के आसपास तख़्तियाँ लेकर बैठे ही थे कि पता नहीं कहाँ से ढेर सारे गेरुए कपड़े पहने और हाथ में छोटे-बड़े त्रिशूल लिये ढेरों बाबा लोग आ गये और वहाँ 'जय श्रीराम, जय श्री राम' के नारे लगाने लगे। तख़्तियोंवाले लोगों में से कुछ को उस भीड़ में पता नहीं किसने थोड़ा मार-वार भी दिया। वे लोग तख़्तियाँ वहीं फेंक-फाँककर भाग गये। एक दिन एक सरकारी गाड़ी लाल बत्ती लगाये आयी और उसमें से एक अधिकारी के साथ सलोनी के पापा भी उतरे। अधिकारी मन्दिर को कुछ देर तक देखता रहा और फिर सलोनी के पापा के कन्धे पर हाथ रख कुछ कहा। भइया को भी बुलाया गया और उसने भइया को भी कुछ समझाया मगर कमाल कि उसके जाने के बाद सब कुछ वैसे का वैसा ही रहा।

सब अपने-अपने काम पर लग गये जैसे कहीं कुछ हुआ ही न हो। एक दिन तो हद, सलोनी के पापा के साथ चार-पाँच हट्टे-कट्टे लोग आये और आकर मुहल्ले में शोर मचाने लगे। भइया शोर सुनकर बाहर निकला तो वे लोग भइया से भिड़ गये और उसे एकाध झापड़ रख दिया।

"ये क्या मज़ाक है?" भइया ने गुर्राते हुए पूछा।

"मज़ाक तो तू कर रहा है साहब के साथ। कल से ये सब यहाँ से हट जाना चाहिए।" एक ने चाकू लहरा दिया।

भइया ने अचानक पैंतरा बदला और अपनी कमर के पीछे हाथ डालकर एक छोटी-सी पिस्तौल निकाल ली। सोमनाथ का दिल दहल गया। भइया के पास पिस्तौल... ? उसने पिस्तौल लहरायी और उन आदमियों से न बोलकर सलोनी के पापा से बोला, "आपके परिवार के साथ जो भी ऊँच-नीच होगी अंकलजी, उसके ज़िम्मेदार सिर्फ़ आप और आप होंगे, यह बात तो अब मानेंगे आप, है कि नहीं... ?

सलोनी के पापा हतप्रभ खड़े रहे और वे आदमी उनको देखते रह गये। भइया पिस्तौल चमकाता आराम से गणेशी भइया के घर की तरफ़ निकल गया। भइया कब क्या कर देगा और क्या-क्या कर चुका है इसके बारे में उसके जैसे कमअक़्ल और बेवकूफ़ लोग सपने में भी अन्दाज़ा नहीं लगा सकते, इसे वह बहुत पहले मान चुका है और इसीलिए भइया से इतना काँपता है।

(9)

उसे अपनी अस्त-व्यस्त होती जा रही दिनचर्या से बहुत कोफ़्त हो रही थी। रात में दो-तीन बजे सोने और सुबह आठ-नौ बजे जगने से ताज़ा बनाये टाइम-टेबल की बहुत अवमानना हो रही थी। वह अवमानना उसके मन में एक तरह का डर भरती जा रही थी और उसे हमेशा लगने लगा था कि वह बोर्ड की परीक्षा में फ़ेल हो जाएगा। उसके आसपास ऐसे बहुत से लोग थे जो हमेशा कहते रहते थे कि हाई स्कूल की बोर्ड परीक्षा ही किसी भी विद्यार्थी का असली इम्तिहान होती है कि यह एक ऐसा आग का दरिया है जहाँ विद्यार्थी की असली औक़ात पता चलती है कि यही असली युद्ध है। कि यही सबसे कठिन परीक्षा है इत्यादि-इत्यादि।

उसके टाइम-टेबल में कई चिन्ताएँ घुस आयी थीं चुपके-चुपके। वे टाइम-टेबल में दिखायी तो नहीं देती थीं पर उसका ज़्यादातर समय ले लेतीं। चार-पाँच दिन गुज़र चुके थे। शिवलिंग के चारों तरफ़ दो-तीन फीट ऊँची दीवार खड़ी कर दी गयी थी। अख़बार में आया था—'कुछ छात्रों का भक्ति में अभूतपर्व योगदान', 'विद्यार्थियों ने किया चमत्कारिक मन्दिर में श्रमदान', 'पढ़नेवाले जागरूक छात्रों का सौहार्द्र और

भक्ति में अनोखा योगदान' आदि-आदि। कुछ दिनों बाद यह दीवार और ऊँची होनेवाली थी और इस पर पलस्तर करके इसे मज़बूत, पक्का और टिकाऊ बनाया जानेवाला था। उसके पास समय जितना कम बचता जा रहा था, उसकी पूजा-प्रार्थना भी उसी अनुपात में बढ़ती जा रही थी। इधर उसने त्रिकाल सन्ध्या भी शुरू कर दी थी जिसे देखकर अक़्सर पिताजी कहते, ''पूजा-पाठ से नहीं पास होओगे साहबजादे। पढ़इये काम आएगी।'' वह पास होने के लिए पूजा नहीं कर रहा था। सलोनी से उसका मिलना कम हो गया था। उसके सामने जाते ही उसे लगता कि वह एक छोटा बच्चा है जिसे सिर्फ़ पढ़ना-लिखना है। इसके बाहर के किसी भी मसले के लिए वह बालक है जिसकी राय की कोई कीमत नहीं। वह यह बात अच्छी तरह समझ चुका है पर सलोनी नहीं समझती। वह पता नहीं क्यों उसे बहुत सक्षम समझती है। कितनी भोली है वह।

आजकल उसके दिमाग़ में सलोनी के चेहरे से ज़्यादा शिवलिंग के आसपास की दीवार घूमती रहती है। वह जब भी सलोनी को याद करता है, उसका चेहरा ख़्यालों में लाता है, उसके उदास चेहरे पर वह दीवार उगने लगती है। उसका चेहरा उस दीवार के पीछे ढक जाता है और उसके पीछे से सुबकने की आवाज़ आने लगती है। वह रोना चाहता है पर रुलाई नहीं आती। वह इस समस्या के बारे में सोचने लगता है तो अचानक अपनी पढ़ाई को लेकर चिन्तित हो जाता है। जब टाइम-टेबल के हिसाब से पढ़ने बैठता है तो मन सलोनी में उलझ जाता है। कभी-कभी दोनों को छोड़कर आँखें बन्द कर लेट जाना चाहता है पर लेटता है तो रीढ़ की हड्डी में दर्द महसूस होता है।

उसके सपनों की फेहरिस्त में एक दिन उसे वह सपना आया जिसने उसे उठते ही उल्लास से भर दिया। उन दिनों वह ढेर सारे सपने अक़्सर देखा करता था। कुछ सुबह तक याद रह जाते थे, कुछ वह भूल जाया करता था। पर यह सपना याद था, एकदम स्पष्ट...एकदम साफ़। उस रात वह तीन घंटे पूजा करके सोया। होश और बेहोशी के बीच उसने जो सपना देखा कि उसकी आँखे डर के मारे खुल गयीं। बिल्कुल स्पष्ट सपना। उसे लगा अभी बिल्कुल सुबह है पर जब वह तेज़ी से बैठक में पहुँचा तो वहां पिताजी, भैया और शुक्लाजी धीमी आवाज़ में बातें कर रहे थे। ''मैंने अभी-अभी एक सपना देखा। सुबह का सपना।'' वह उत्साह में था। उत्साह की मात्रा इसी से समझी जा सकती है कि वह भइया के सामने कुछ बोल रहा था जो भइया के किसी सवाल का जवाब नहीं था।

''बको।'' भइया ने निर्विकार भाव से कहा।

बदले में उसने पूरा सपना ख़ासी तफ़सील में कह सुनाया जिसमें भगवान शंकर ने उसके सपने में आकर तांडव करते हुए इस ज़मीन से निकालकर गली के मन्दिर में स्थापित होने की इच्छा प्रकट की थी। सब शान्ति से उसका सपना सुनते रहे और वह इसे अपने सपने का प्रभाव मानकर सुनाता रहा। जब पूरा सपना ख़त्म हुआ तो शुक्लाजी

के चेहरे का रँग ज़रा-सा बदला था पर भइया का चेहरा जस-का-तस था।

"हाँ, बहुत अच्छा सपना था। अब जाकर पढ़ाई करो।" भइया ने ठंडे स्वर में पूछा।

"तो अब वहाँ से मन्दिर हट जाएगा?" उसने उसी उत्साह में पूछ लिया।

'तड़ाक्'! एक ज़ोर का चाँटा उसके गाल पर पड़ा और वह गिर पड़ा। भइया का स्वर थप्पड़ मारने के बाद भी निर्विकार और ठंडा था।

"अपने काम से काम रखो बेटा, नहीं तो तबियत से थूर देंगे। भगो यहाँ से।"

वह उठकर कमरे में आया तो जबड़े के दाहिने हिस्से में दर्द हो रहा था और नटराज शंकर सामने लगी तस्वीर में नृत्य कर रहे थे। उसने माँ से बताया, "मैंने भी सपना देखा है माँ कि भगवान कह रहे हैं कि मुझे इस प्लॉट में मत कैद करो। तुम पिताजी को समझाओगी न माँ?"

माँ ने उसके माथे पर हाथ फेरते हुए कहा, "बेटा, वो लोग तुमसे ज़्यादा समझदार हैं न? तुमसे ज़्यादा पढ़े-लिखे। अभी पढ़ाई पर ध्यान दो। जब भइया जितना पढ़ लोगे तो समझदार हो जाओगे कि सबके सपने का महत्त्व अलग-अलग होता है। अच्छा बताओ, खीर खाओगे या सिवईं?" उसने इस सपने में बारे में किसी को नहीं बताया।

सलोनी अब अक़्सर कहने लगी है कि उसके पापा अब जल्दी ही मुहल्ला छोड़कर चले जाएँगे। सोमनाथ की पढ़ाई इधर एकदम डिस्टर्ब है। दिनेश रात-दिन पढ़ाई कर रहा है। वह तिबारा कोर्स पूरा कर रहा है और उसका अभी एक बार भी ख़त्म नहीं हुआ। मनीष दिन में पढ़ता है और रात में कपड़े उतारकर एक मन्त्र का जाप करता है। उस मन्त्र का एक करोड़ बार जाप कर लेने पर उसके पास ग़ायब होने की शक्ति आ जाएगी। यह सब सोचता-सोचता अचानक किसी अनुउल्लेखनीय घटना के तहत वह कुछ मिनटों के अन्दर बड़ा हो गया। सब बकवास है। मनीष का जादू, उसकी पूजा। सच्चे मन से प्रार्थना हो तो पूरी होती है, उसने सुना है, पर सब बकवास बातें हैं। कुछ पूरा नहीं होता। कोई रास्ता नहीं। सीधा रास्ता तो यही है कि वह मन्दिर को बम लगाकर उड़ा दे। पर बम कहाँ मिलेगा।

(10)

वह बदल चुका है क्योंकि पूरी दुनिया बदल चुकी है। हर सुबह गाढ़ी ऊब के दस्ताने पहने आती है और उसे दिन भर नोचती रहती है। हर रात सीली उदासी का नक़ाब ओढ़े आती है और दूर तक फैल जाती है। कटने का नाम नहीं लेती। हर एक पल अपनी ही परछाईं से लड़ता अपने वजूद पर कोहरे की तरह देर तक छाया रहता है। परीक्षा की तैयारियों के बीच पढ़ते-पढ़ते अचानक उसे लगता है कि परीक्षा उसे नहीं देनी, कोई और देगा। या

फिर जो कुछ भी हुआ है उससे उसका कोई लेना-देना नहीं है, वह किसी और के साथ घटा है। उसके साथ क्या गुज़र चुका है, इससे किसी को कोई फ़र्क नहीं पड़ता। और सब कुछ इतनी जल्दी हुआ है कि लगता है उसे ब्योरेवार कुछ याद ही नहीं आ रहा...ख़ूब कोशिश करने पर भी। सब कुछ कई टूटे-फूटे दृश्यों में सामने से गुज़रता है।

वह शाम को बाहर जा रहा था कि पिताजी ने टोक दिया, "कहां जा रहे हो पढ़ाई करने के टाइम?" वह बिना जवाब दिये बाहर निकलने लगा। पिताजी आवाज़ लगाते रह गये। दरवाज़े तक पहुँचा ही था कि भइया ने देख लिया कि वह पिताजी की आवाज़ को अनसुना करके निकल रहा है। भइया ने उसे डपटती आवाज़ में रुकने के लिए कहा। उसने एक दया भरी निगाह भइया पर डाली और निकलने लगा। भइया उसकी उपेक्षा से आहत हुआ और सोफ़े से अचानक उछलकर एक ज़ोर का चाँटा उसके गाल पर रसीद कर दिया। वह नीचे गिर पड़ा। "सुनायी नहीं देता? हं:: सुनायी नहीं देता?" भइया ने उसके उठते ही एक करारा चाँटा और रसीद कर दिया। वह दूसरी बार उठा ओर चुपचाप दरवाज़े की ओर बढ़ा। इस हरकत ने भइया को आगबबूला कर दिया। उसने पूरी ताक़त से चाँटा ताना था मगर गिरने से पहले सोमनाथ ने भइया का हाथ पकड़ लिया। दोनों की निगाहें मिलीं और उसने भइया का हाथ हिकारत से झटक दिया। फिर वह उसकी ओर बिना देखे बाहर निकल गया। भइया हारे हुए जुआरी की तरह धम्म से सोफ़े पर गिर गया। "देख रहे हैं क्या हो गया है लड़के को?" माँ ने दुखी स्वर में कहा। बहुत दुख या ज़्यादा ख़ुशी में वह उसे और भइया को नाम से न पुकारकर लड़का कहती है।

"कुछ नहीं हुआ। कुछ दिनों में नॉर्मल हो जाएगा।" पिताजी ने टी.वी. देखते हुए आराम से कहा।

"कुछ बोलता नहीं आजकल। खोया-खोया रहता है हमेशा। पता नहीं बाहर इतनी देर तक बौंड़ियाता रहता है। जब से वह लड़की गयी है और पूरे मुहल्ले के सामने इसकी पिटाई हुई है, इसकी पागलों जैसी हालत हो गयी है। मुझे बहुत डर लगता है जी। इसकी परीक्षा भी सिर्फ़ एक हफ़्ता बची हुई है।" माँ के स्वर में उदासी और डर मिला हुए थे।

"उल्लू है। झूट्ठो का लंड़परेतन फैलाया है। तुम जादा हाय-हाय मचाओगी तो अउर नरक करेगा, छोड़ दो उसकी ओर ध्यान देना कुछ दिन। चार दिन में नसा उतर जाएगा।" पिताजी झल्लाकर बोले, फिर मस्त होकर टी.वी. देखने लगे।

जब वह अनुपम सर के यहाँ से वापस आया तो देर रात थी। सब लोग खाकर सो चुके थे। भूख न होने के बावज़ूद वह थोड़ा-सा खाना लेकर छत पर आ गया। खाना बहुत ज़रूरी है, भूख न होने के बावज़ूद, क्योंकि अब टाइम-टेबल से पढ़ाई करनी बहुत ज़रूरी है। सलोनी ने कहा था कि वह मेहनत से पढ़ाई करे और अच्छे नम्बरों से पास

हो। सलोनी भी यही चाहती थी। पढ़ाई जल्दी-से-जल्दी पूरी करके उसे अपने पैरों पर खड़ा होना होगा तभी तो वह उन चीज़ों को अपनी ज़िन्दगी से निकाल सकेगा जिसकी उसे कोई ज़रूरत नहीं है। अनुपम सर बहुत समझदार हैं। सब उनके जैसे क्यों नहीं होते।

चाँदनी रात थी और सलोनी की छत दूर तक वीरान थी। हालाँकि कहीं दूर से गुनगुनाने की आवाज़ उसके कानों में पड़ रही थी।

"फिर से आइयो
बदरा बिदेसी...।"

उसे साफ़ दिखायी दिया कि उसके सामने सिर्फ़ पलक झपकते चाँदनी रात अँधेरी रात में बदल गयी।

"तेरे पंखों पे मोती जड़ूँगी
तुझे तेरे कारे कमरीवाले की सौं।"

एक अँधेरी रात और एक भर्रायी आवाज़। उसकी मिन्नत थी कि वह कहीं न जाए। उसे छोड़कर कहीं नहीं। जब उसने कई बार अपनी मिन्नत दोहरयी तो उसने थर्राती आवाज़ में जो बयान किया उससे वह भी थर्रा गया।

"उस आदमी ने पूरी ताक़त से मुझे सुनसान सड़क पर लिटा दिया था और मेरे ऊपर चढ़ा हुआ था। मेरी साइकिल मेरे बगल में गिरी पड़ी थी और उसका पहिया मेरी आँखों के सामने घूम रहा था। घूमते पहिये के पीछे तुम्हारे भइया का चेहरा था। वह चेहरा जो मन्दिर में पूरी ताक़त से चीख़कर भजन गाते वक़्त लाल हो जाता है। वह उस वक़्त भी लाल था।"

उसके लिए इस बात का कोई ख़ास मतलब नहीं था कि कैसे सलोनी ने पास पड़ा पत्थर गणेशी भइया के माथे पर मारा। कैसे भइया जब तक शोर मचाता, जब तक उसे पकड़ने दौड़ा तब तक वह वहाँ से भाग चुकी थी। कैसे उसकी किताबें और साइकिल उसे कभी नही मिल पाएँगीं। वह दूर कहीं खो चुका था जहाँ से ट्रेन अपनी पूरी गति से पटरियों को रौंदती अपनी मंज़िल पर बढ़ी चली जा रही थी।

"हम लोग यह मुहल्ला छोड़कर कल सुबह जा रहे हैं सोमू।" उसकी आवाज़ अब भी थर्रा रही थी।

वह कुछ नहीं बोला था और तब भी दूर पटरियों को देखने लगा था जहाँ अब भी उसकी नज़र टिकी थी।

जैसे-तैसे थोड़ा खाना खाकर वह नीचे आया। मेज पर कोई पुराना टाइम-टेबल रखा था। शायद पिछली बार का। एक दीवार पर भी चिपका था। उसे याद नहीं आया कि अन्तिम कौन-सा है। दीवारवाले पर उसकी नज़र कुछ लाइनों पर पड़ी।

सुबह सात से आठ — पूजा करना
शाम छह से सात — पूजा और आरती करना

रात ग्यारह से बारह — पूजा करना

वह उठा और दीवार से टाइम-टेबल नोच दिया। उसे चिन्दी-चिन्दी करके एक कोने में फेंक दिया। फिर दूसरा टाइम-टेबल उठाकर उसे भी बिना देखे फाड़कर उड़ा दिया। उस अँधेरी रात की तरह इस चाँदनी रात को भी उसका मन हुआ कि अभी जाए और शिवलिंग को उठाकर उस प्लॉट के बाहर फेंक दे। लात मारकर मन्दिर की दीवारें तोड़ दे। भले ही सारे मुहल्ले में शोर मच जाए। भले ही उस रात की तरह फिर से भइया उसे पूरे मुहल्ले के सामने इतना मारे कि उसके मुँह से ख़ून निकल आये। भले ही भइया थोड़ी ही देर में फिर से मन्दिर में शिवलिंग की प्राण-प्रतिष्ठा कर दे। भले ही सब कुछ थोड़ी ही देर में पहले जैसा बन जाए। भले ही सब कुछ करने से कोई फ़ायदा न हो लेकिन वह एक बार फिर से सब तोड़े ज़रूर। पर उसने कुछ नहीं किया। रसायन विज्ञान की किताब उठायी और तुल्यांकी भार के सवाल लगाने लगा। सलोनी ने उस रात कहा था, ''मैं बड़ी होकर बहुत बड़ी अफ़सर बनूँगी और सब कुछ ठीक कर दूँगी। तुम भी मेहनत से पढ़ाई करना ताकि बड़े अफ़सर बन सको।''

तुल्यांकी भार के सवाल लगाते-लगाते उसे नींद आ गयी। नींद में उसने एक बहुत ख़ूबसूरत सपना देखा।

वह अपनी छत पर खड़ा था। सलोनी अपनी छत पर खड़ी उसे देख रही थी। अचानक मुहल्ले में पानी भरने लगा। सलोनी कूदकर उसकी छत पर आ गयी। उसके पास, बहुत पास। पूरे मुहल्ले में पानी भर गया था। उसका घर, शुक्लाजी का घर, श्रीवास्तवजी का घर, ठाकुर साहब का घर, शिवजी का मन्दिर सब कुछ धीरे-धीरे उस बढ़ते पानी में समा गया। जब पानी छत तक और उनके पैरों तक आ गया तो अचानक सोमनाथ के पैरों के पास एक खाली नाव आकर रुकी। वह सलोनी को लेकर नाव पर बैठ गया। उसने अपनी कुछ किताबें और टाइम-टेबल भी लेना चाहा पर सलोनी ने वह छीनकर पानी में फेंक दिया। दोनों की नाव वहाँ से चल पड़ी। उसने देखा कि भइया, उसके दोस्त, वह शिवलिंग, उसकी किताबें और पूरा मुहल्ला पानी से बाहर आने के लिए हाथ-पाँव मार रहा है। वह किसी को बचाने के लिए हाथ नहीं बढ़ाता है। नाव उन दोनों को लेकर मन्थर गति से आगे बढ़ती जा रही है। ऐसा लगता है पूरी दुनिया में सिर्फ़ वह दोनों ही बचे हैं। ऐसा लगता है वह पानी चालीस दिन और चालीस रातों तक लगातार बरसता रहा है। पहाड़ तक इस पानी में डूब गये हैं। दूर तक पानी-ही-पानी नज़र आ रहा है। सलोनी धीरे-धीरे उसका प्रिय गीत गुनगुना रही है। वह उसके बाल सहला रहा है। हवा में एक अजीब-सी रूहानी ताज़गी है। दोनों एक-दूसरे में खोये-खोये बहुत दूर निकल जाना चाहते हैं।

जब वह सोकर उठेगा तो उसे क़तई विश्वास नहीं होगा कि यह एक स्वप्न था।

सिगरेट

बूढ़ा ज़्यादा देर एक जगह बैठने का आदी नहीं था। थोड़ी देर टहलने के बाद वह पत्थर की बेंच पर बैठा लेकिन जल्दी ही उठ गया। लोग टहलते हुए आ-जा रहे थे। बूढ़ा भी टहलने लगा।

टहलते-टहलते उसका हाथ जेब में चला गया और माचिस की डिब्बी उँगलियों में फँसी बाहर आ गयी। वह डिब्बी को ध्यान से देखने लगा, जैसे पहली बार देख रहा हो। कितना पुराना साथ था इस माचिस का और उसका। दोनों बचपन के साथी थे। यह पार्क उसका तीसरा साथी था।

लेकिन वे सिर्फ़ तीन ही नहीं थे। कुल मिलाकर पाँच थे। वह बूढ़ा, यह माचिस, यह पार्क, बूढ़े का दोस्त और सिगरेट की पैकेट। दोस्त की याद आते ही बूढ़े का मन भारी-सा होने लगा। उसने दूसरी जेब से सिगरेट का पैकेट निकाला और एक सिगरेट सुलगा ली।

उसे याद आया, जब वह दसवीं में था तो उसने इसी पार्क से सिगरेट पीनी शुरू की थी। दोस्त ने सिखाया था। वह और दोस्त अपने घर से सुबह टहलने के लिए निकलते। पार्क में आकर थोड़ी देर ख़ूबसूरत लड़कियों को देखते, फिर किसी सुरक्षित कोने में एक पौधे और झाड़ी की आड़ लेकर सिगरेट का पैकेट निकालते।

''अरे, माचिस तो मैं घर पर ही भूल आया।'' कभी-कभी ऐसा भी होता।

''मैं लाया हूँ माचिस।'' वह मुस्कराकर कहता।

फिर दोस्त एक सिगरेट निकालता। उसे परिपक्व सिगरेटबाज़ की तरह पैकेट पर धीरे-धीरे ठोंकता, फिर आहिस्ते से अपने होंठों में दबाता और दीवार की टेक लगा लेता। वह माचिस जलाता और दोनों हथेलियों से तीली की लौ को बुझने से बचाते हुए दोस्त की सिगरेट को माचिस दिखाता। दोस्त सिगरेट के कश खींचता और धुएँ के छल्ले बनाने की कोशिश करता। दोस्त ने बहुत कोशिश की, लेकिन उसकी तरह छल्ले बनाना कभी नहीं सीख पाया।

दोस्त दो महीने पहले अस्पताल में ज़िन्दगी और मौत से जूझ रहा था। वह चौबीसों घंटे दोस्त के साथ रहता था, सबके मना करने के बावजूद।

जिस दिन दोस्त मरा, उस दिन सुबह से ही वह बहुत मुखर दिख रहा था। उसका बेटा अस्पताल के स्नानागार में मंजन और स्नान वगैरह कर रहा था और बहू खाना लाने के लिए घर गयी थी। दोस्त की हालत वाकई सीरियस थी। डॉक्टरों ने डेडलाइन दे दी थी...बस कुछ घंटे या कुछ दिन। वह उसका हाथ पकड़कर उसका माथा सहला रहा था कि दोस्त ने आँखें खोलीं।

''लगता है, विदाई का समय आ गया।'' दोस्त एक मुर्दा हँसी हँसा।

''नहीं, डॉक्टर ने कहा है कि एक और टेस्ट के बाद ही कुछ...।'' उसने झूठ बोलने की कोशिश की और पकड़ा गया।

''यार, तू तो कम-से-कम सही बोल।''

''यार तू तो...।'' उसकी आँखें भर आयीं।

''मुझे जाने का ग़म नहीं है यार। अधिकतर ज़िम्मेदारियाँ पूरी कर चुका हूँ। बस दो ग़म हैं। एक तो यह कि तेरी तरह छल्ले बनाना नहीं सीख पाया और दूसरा यह कि...।'' दोस्त रुक गया।

''दूसरा क्या...?'' उसने ज़ोर दिया।

''दूसरा यह साले कि तुझसे पहले नहीं मरना था। तुझे मारकर मरना था कमीने।'' दोस्त हँस रहा था।

वह भी निराशा के बादलों से थोड़ा बाहर निकल आया।

''अबे जा साले, चार दिन का मेहमान है तू। मैं अभी कई साल जीनेवाला हूँ।'' उसने दोस्त के हाथों को सहलाते, हँसते हुए कहा।

''देख लेना बुड्ढे, मरने के तीन महीने के अन्दर तुझे भी न बुला लिया तो कहना।'' दोनों हँसे और ख़ूब हँसे। सारी बोझिलता हँसी की आँच में कपूर की तरह उड़ गयी।

दोनों बूढ़ों की बातें एक नर्स ने सुन ली। इतनी वीभत्स बातें, वह भी एक मृतप्राय मरीज़ से! वह बूढ़े को अजीब-सी नज़रों से देखने लगी।

जब वह बाहर चली गयी तो दोस्त ने अपने दोनों पोतों को पास बुलाकर पैसे देते हुए कहा, ''जाओ बेटे, बाहर से जलेबी खा आओ।''

''दादाजी, मैं जलेबी नहीं खाऊँगा, कॉमिक्स खरीदूँगा।'' बड़ा पोता मचला।

''ठीक है, ये ले और पैसे, जा।''

दोनों उछलते-कूदते बाहर चले गये।

''यार एक चीज़ माँगूँ, देगा?''

''जान माँग ले।'' बूढ़े ने कहा।

''एक जला ना।'' दोस्त ने विनती की।

''साले, पागल हो गया है? इस हालत में सिगरेट तुझे बहुत नुक़सान करेगी।''

उसने झिड़कते हुए मना किया।

"अब क्या फ़ायदा, क्या नुक़सान... । बस एक आख़िरी बार पी लूँ तेरे साथ...फिर पता नहीं... ।"

बूढ़े ने दोस्त का मुँह हथेली से बन्द करके आगे के शब्दों को रोक दिया। दौड़कर उस प्राइवेट वार्ड का दरवाज़ा बन्द किया और आकर दोस्त के पास बैठ गया। दोस्त उठने लायक नहीं था, लेकिन ख़ुद से उठकर पलँग के सिरहाने की टेक लेकर बैठा था। बूढ़े ने पैकेट निकाली तो दोस्त ने पैकेट झपट ली और उसमें से एक सिगरेट निकाल ली। फिर धीरे-धीरे पैकेट पर ठोंका और होंठों के बीच दबा लिया। बूढ़े ने भारी मन से माचिस जलायी और हथेलियों के बीच से सिगरेट को लौ दिखायी।

दोस्त धीरे-धीरे कश लेने लगा। बूढ़ा भी दोस्त के शान्त चेहरे को देखकर सन्तुष्ट था। दोनों ने हमेशा की तरह एक ही सिगरेट से बारी-बारी कश लिया।

"हम कितना कुछ करना चाहते हैं पर नहीं कर पाते। सोचा था, रिटायरमेंट के बाद कुछ अपनी मर्ज़ी का करेंगे। हम दोनों ने सारी ज़िम्मेदारियाँ पूरी कर दीं, फिर भी जीवन के अन्तिम दिनों में हिल स्टेशन जाकर बसने और भाग-दौड़ से दूर ज़िन्दगी बिताने का सपना तो सपना ही रह गया। कमबख़्त ज़िन्दगी ने वक़्त ही नहीं दिया। अपने पीछे भगाती रही, भागती रही... ।" दोस्त कश लगाते हुए खो सा गया था।

"कोई बात नहीं यार, हमारी ज़िन्दगी अब हमारे बादवाली पीढ़ियाँ जी रही हैं। हमारी निश्चिन्तताएँ, हमारे सपने अब उनकी आँखों में हैं।" बूढ़े ने दोस्त की हथेली दबाते हुए कहा।

"कहाँ... ? अब तो सब कुछ बदल गया है दोस्त। हवा बदल गयी है। अपने तरीके से, अपनी शर्तों पर कोई ज़िन्दगी नहीं जी पाता। ज़िम्मेदारियाँ सारी निभा दीं पर अपने ख़ुद के लिए सोचा कुछ नहीं कर पाया।"

"हमने कोशिश तो की यार अपने तरीके से ज़िन्दगी जीने की, ये क्या कम बात है?" बूढ़ा बोला।

"ज़िन्दगी जीना तो छोड़, मैं तो तेरी तरह छल्ले बनाना भी नहीं सीख पाया।" दोस्त ने होंठ गोल करके धुँआ छोड़ा।

"चल कोई बात नहीं, मैं तेरे पीछे-पीछे आ रहा हूँ। वहीं सिखा दूँगा।" उसने कहा।

दोस्त के साथ यह उसकी आख़िरी सिगरेट थी। उस दिन जब दोस्त ने आँखें मूँदी तो हर मित्र और रिश्तेदार की ज़बान पर एक ही वाक्य था, "आख़िर हर ज़िम्मेदारी निभा गये।"

"हाँ, सबको पार लगा दिया।"

"जो-जो करना चाहते थे करके ही रहे।"

"नहीं, छल्ले बनाना नहीं सीख पाया। बहुत चाहकर भी नहीं...।" बूढ़ा बुदबुदाया। लेकिन किसी ने सुना नहीं, ख़ुद बूढ़े के अलावा।

उस दिन से रोज़ सुबह पार्क में टहलने जानेवाला दशकों पुराना क्रम टूट गया। दो महीनों में आज वह पहली बार आया था। बूढ़े के दोनों बेटे मॉण्ट्रियल में, बेटी मुम्बई में और बीवी आसमान में थी। कभी-कभी बेटों की ई-मेल, बेटी का फोन और बीवी की याद आकर उसे उदास करने की कोशिश करते लेकिन वह तटस्थ रहने की पूरी कोशिश करता। जीवन का खेल इस अवस्था में काफी कुछ समझ में आ ही जाता है। सब आना-जाना है। बेटे-बेटी ख़ुश रहें, अपनी ज़िन्दगी जियें, ज़्यादा लगाव घातक है। कोई कितना भी प्रिय हो, कभी भी छोड़कर जा सकता है। यही जीवन है।

जब पत्नी की मौत हुई थी तो बूढ़ा दोस्त के पास बैठकर बहुत रोया था, लेकिन जब दोस्त की मौत हुई तो बिल्कुल नहीं रोया। उसे लगता जैसे दोस्त फ़िल्म देखने हॉल में गया है। दोस्त हमेशा की तरह पहले पहुँच गया है, वह थोड़ा बाद में पहुँचेगा। इसमें रोना और दुख क्या करना। हाँ,याद आने पर कभी-कभी दिनचर्या सुस्त हो जाती है।

वह फिर पीछे की तरफ़ लौट पड़ा—सत्रह सालवाली उम्र में। जहाँ से उसने जीवन जीना शुरू किया था।

"इतनी देर कहाँ लगा दी? फ़िल्म शुरू हुए दस मिनट हो चुके हैं।" दोस्त थोड़ी-सी भी देरी पर बहुत नाराज़ होता था।

"यार आज पापा ऑफ़िस ही नहीं गये, इसलिए कई बहाने मारने पड़े।" वह बताता।

पूरी फ़िल्म के दौरान जब वे दो पैकेट सिगरेट पी जाते तो दोस्त थोड़ा चिन्तित दिखायी देता।

"आजकल सिगरेट बहुत ज़्यादा हो जा रही है। कम करनी होगी।"

"हाँ, मैं भी सोच रहा हूँ।" वह भी दोस्त का समर्थन करता।

फिर किसी दिन दोस्त फैसला सुनाता, "मैं एक तारीख़ से सिगरेट छोड़ रहा हूँ, हमेशा के लिए।"

"एक से ही क्यों?" एक बार उसने पूछा था।

"ताकि सीधा-सीधा हिसाब याद रहे कि सिगरेट छोड़े कितने दिन हुए।"

"जब हमेशा के लिए छोड़ रहा है तो जानने की क्या ज़रूरत...?"

फिर दोस्त तीस या इकत्तीस तारीख़ को रोज़ से दुगुनी सिगरेटें पीता और उसे भी पिलाता। इस वजह के साथ कि कल से सिगरेट एकदम से छोड़ देनी है। सिगरेट पीना सिखाने में दोस्त उसका गुरु था लेकिन दोस्त छल्ले नहीं बना पाता था और इस मामले में वह दोस्त का गुरु था।

दोनों महीने के अन्तिम दिन ख़ूब सिगरेटें पीते ओर नये महीने की शुरुआत बिना

सिगरेट के करते। फिर दोनों तीन से चार और चार से पाँच तारीख़ तक अपना वादा निभाते। छह-सात तारीख़ आते ही दोनों एक-दूसरे का मुँह देखने लगते कि कोई कुछ कहे। कोई बोलता—कभी वह, कभी दोस्त।

"कल रात से ही सिर बड़ा दर्द हो रहा है।"

"हाँ, मुझे भी हल्का सिरदर्द है। कुछ दिनों से पेट भी साफ़ नहीं हो रहा है।"

"शायद हमने अचानक छोड़ दी इसीलिए...।"

"चलो, धीरे-धीरे कम करते हुए छोड़ते हैं।"

फिर दोनों धीरे-धीरे कम करने का प्रयास करते। कुछ दिनों तक कम होने का यह क्रम चलता, फिर वही पुराना ढर्रा। मगर अगली तीस या इकत्तीस को कोई-न-कोई एक नया प्रण ज़रूर करता।

"इस महीने से एक दिन में बस दो सिगरेट।"

"डन।"

"डन।"

यह 'डन' तब तक निभता जब तक वे कोई फ़िल्म देखने नहीं जाते। जिस दिन हॉल में घुसते, पैकेटें ख़त्म हो जातीं।

बूढ़े ने अपनी मर्ज़ी से भी सिगरेट छोड़ी, हृदय को स्वस्थ रखने के लिए। जब सीने में दर्द होता और डॉक्टर सिगरेट पीने को मना करता। बूढ़ा एक हफ़्ते तक सिगरेट नहीं पीता, फिर जैसे ही दर्द कम होता, पैकेट हाथ में आ जाती। इस बार, पिछले हफ़्ते बूढ़े को डॉक्टर ने चेताया था कि सिगरेट छोड़ दीजिए वरना ज़्यादा दिन नहीं जी पाएँगे। बूढ़ा आँखों में मुस्कराया था। एक दिन के लिए भी नहीं छोड़ी इस बार।

सब कुछ कितनी जल्दी होता चला गया। आज सोचने पर बूढ़े को विश्वास नहीं होता कि सिगरेट शुरू किये पचास-पचपन साल हो गये। कब स्कूल, कॉलेज, नौकरी, शादी, बीवी, बच्चे, रिटायरमेंट एक के बाद एक परिवर्तन आते गये। नये-नये अनुभव मिलते गये। दोस्त हर अनुभव में साथ रहा। सिगरेट भी हर अनुभव में साथ रही। दोस्त अकेला छोड़ गया...एक उदास अनुभव के साथ, एक सिहरन के साथ। सिगरेट ने अकेला नहीं छोड़ा। अब भी साथ है। शायद यह शरीर के साथ-ही-साथ छोड़ती हो।

उसने सिगरेट का एक लम्बा कश लिया और आधी बची सिगरेट झाड़ियों में फेंक दी। अकेले उसे सिगरेट पीने की आदत नहीं। एक सिगरेट एक बार में पूरी नहीं पी पाता, भले ही तुरन्त अगली जला लेता है। दो महीने से प्रयास कर रहा है कि अकेला पीना सीख ले पर पचास साल पुरानी आदत दो महीने में कैसे बदले। आधी पीने के बाद आधी, जो कि दोस्त का हिस्सा है, नहीं पी जाती, फेंक देनी पड़ती है।

पार्क में टहलते लोग बूढ़े को अजीब नज़रों से देखते हैं। सुबह की ताज़ी हवा लेने के बजाय यह बूढ़ा सिगरेट पी रहा है, वह भी शृंखलाबद्ध...लगातार। बूढ़ा यादों में

खोया चलता रहता है।

कभी-कभी उसे लगता है कि वह बूढ़ा नहीं है—सत्रह साल का लड़का है। दसवीं का छात्र। दोस्त के साथ पार्क में घूमता हुआ। बतियाता हुआ।

"शादी के बाद अगर तेरी बीवी ने मना किया तो तू सिगरेट छोड़ देगा?" उसने कश मारते हुए दोस्त से पूछा था।

"यार पद्मा से मेरी शादी हो जाए बस्स्स्स...वह कहेगी सारी दुनिया छोड़ दूँगा।"

"ऐसा क्या है उसमें...?"

"मेरी नज़र से देख, क्या होंठ हैं, गुलाब की पंखड़ियाँ, आँखें जैसे नीले मोती और फ़िगर...परी है परी। आइ लव हर।" दोस्त खोने लगा था।

"और पद्मा से तेरी शादी न हो पायी तो...?"

"तो ज़िन्दगी में कभी शादी नहीं करूँगा और न ही पद्मा को करने दूँगा। आख़िर हमने साथ जीने-मरने की कसमें खायी हैं।" दोस्त अटल इरादे से बोला था।

लेकिन दोस्त की शादी पद्मा से नहीं हुई और दसवीं कक्षा का पवित्र प्रेम परवान नहीं चढ़ पाया। दोस्त पद्मा की शादी रोक भी नहीं पाया बल्कि अपने पिताजी के साथ जाकर शादी की दावत भी खा आया। उस रात दोस्त बहुत रोया था। उस रात उसने सिगरेट की अग्नि हाथ में लेकर कभी शादी न करने की कसम खायी थी। लेकिन बाद में दोस्त की शादी भी हुई और प्यारे-प्यारे बच्चे भी हुए।

एक बार बूढ़ा, दोस्त के साथ अपनी बेटी से मिलकर आ रहा था, जो हॉस्टल में रहकर पढ़ती थी, कि दोस्त की परी स्टेशन पर मिल गयी। शादी के पन्द्रह साल ही बीते थे और दोस्त की पद्मा बिल्कुल पहचान में नहीं आ रही थी। गुलाब की पंखड़ियों के ऊपर हल्के बाल उगे दिख रहे थे और नीले मोती, मोटे फ्रेम के चश्मे में क़ैद हो गये थे। एक ज़माने में दोस्त को पागल कर देने वाला 'फिगर' ऊपर से नीचे तक बराबर हो चुका था। उसका पति उससे भी बीस था।

पद्मा से मुलाक़ात के बाद दोस्त ख़ूब हँसा था। सिगरेट का धुआँ उड़ाते हुए उसने कहा था, "यार, वक़्त भी कैसा मसखरा है। हर चीज़ से ज़ाहिर करता है कि मुझसे शक्तिशाली कोई नहीं।"

यादों में खोये-खोये बूढ़े ने सिगरेट जला ली थी और पार्क के गेट तक पहुँचने ही वाला था। उसके बायें हाथ में आज का अख़बार था और दाहिने हाथ में सिगरेट झूल रही थी। गेट के पास पहुँचते ही उसका मन हुआ कि वह उन झाड़ियों के पीछे झाँके, जिसके पीछे उसने अपने छल्ले बनाने की शुरुआत की थी।

झाड़ियाँ अब काफ़ी घनी हो गयी थीं। उस समय का पौधा अब मोटे तनेवाला पेड़ बन चुका था। बूढ़े ने चलते-चलते ही अख़बारवाले हाथ से पेड़ पर लटकी लताओं

को हटाया और अन्दर झाँका।

अन्दर कुछ सुरसुराहट थी। सोलह–सत्रह साल के दो लड़के उन झाड़ियों और लताओं के पीछे बैठे सिगरेट पी रहे थे। एक गुरु की तरह आसमान की तरफ़ मुँह करके छल्ले बना रहा था और दूसरा चेले की तरह ध्यान से देखकर उसका अनुसरण कर रहा था। बूढ़े को देखकर वे घबरा गये। बूढ़ा मुस्करा उठा। उसे अचानक अपने भीतर ढेर सारा उल्लास अनुभव हुआ। आधी सिगरेट ख़त्म हो गयी थी। उसने सिगरेट को मुस्कराते हुए ज़मीन पर गिराया, पैरों से मसला और गेट की तरफ़ बढ़ गया।

सफ़र

शाम थी, धुँधलका था, शान्ति थी पर इन सबका कोई मतलब नहीं था। मन में कोई स्पष्ट विचार नहीं रुक पा रहा था। रुक रहे थे तो सिर्फ़ गुँजलके, आशंकाएँ और परेशानियाँ। बार-बार लगता था जैसे बारिश हो रही है पर ध्यान देने पर पता चलता कि कब की रुक चुकी है। बारिश से धुले घर और उनसे निकली अशोक की डालियाँ सुन्दर लग रही थीं पर...। कष्टों की परतों की चिकनाई ऐसी हो जाती है कि हर सुखद दृश्य फिसल-फिसल जाता है। और सुखद दृश्य क्या होता है? बड़ी-बड़ी चमचमाती रोड लाइटें, बड़ी-बड़ी इमारतें और उनमें चमकती रोशनियाँ। उनकी ऊँचाइयाँ सड़क पर चलते लोगों को कितना बौना बना देती हैं, यह एहसास सबको होता है या सिर्फ़ उनको जो चलते वक़्त ऊपर देखते हैं?

ऊँची-ऊँची रिहाइशी इमारतों में, माचिस के डिब्बों-सी दीखती खिड़कियों में कितनी ही परेशानियाँ भेस बदलकर रहती हैं। होर्डिंग में दिखती ख़ूबसूरत लड़कियों की मुस्कान के पीछे भी ज़रूर कोई अनाभिव्यक्त कष्ट होगा जो ये हमेशा मुस्कराती रहती हैं। हर ख़ूबसूरत शै के पीछे अनेक दुख हैं। माँ भी तो कितनी ख़ूबसूरत है पर उसके साथ चिपके हैं उसके आदि दुख जिसके बिना उसके चेहरे की कल्पना करने पर सिर्फ़ गोल ख़ाली आकृतियाँ दिखती हैं।

"अब मैं बचूँगी नहीं।" आगे के शब्द सुनने के लिए वह वहीं नहीं रुका रह पाया। संवाद वही थे पर न जाने क्यों अब इनमें सच्चाई की धमक सुनायी देने लगी थी, आज सबसे ज़्यादा, सबसे ख़ौफ़नाक। पहले हताशा हुआ करती थी, अब मौत के सामने थककर किया गया आत्मसमर्पण...।

"मुझे खोने से डर मत। जैसे मेरे होने की आदत पड़ी है वैसे मुझे खोने का भी अभ्यास हो जाएगा तुझे धीरे-धीरे।" वह यह सोचकर काँप उठता था कि क्या यह धीरे-धीरे उतना ही धीरे-धीरे होगा जितना उसके होने की आदत... ?...यदि ऐसा हुआ तो धीरे-धीरे मरता जाएगा वह जैसे उसके होने की आदत के साथ धीरे-धीरे जीता चला गया था।

कभी-कभी उसे लगता जैसे वह बचपन से ही दुखों और बीमारियों में रहने के

लिए अभिशप्त है। अच्छे दुर्लभ दिन थोड़े से सपनों की तरह याद आते, जब वह माँ के बक्से में देखता। पुरानी चिट्ठियाँ, छोटे हो गये उसके कुछ कपड़े, कुछ पुरानी तस्वीरें जिसमें सब मुस्कराते दिखते, माँ की एक पुरानी लाल साड़ी, कुछ डॉक्टरी रिपोर्टें एकाध डायरियाँ और न जाने क्या-क्या तो भरा था माँ के उस अँधेरे कुएँनुमा बक्से में। जब वह उसमें झाँककर देखता तो देखते-देखते काफ़ी दूर निकल आता...सालों पीछे तक। वह अपने खेतों में पहुँच जाता, जहाँ पिता अस्पष्ट आवाज़ में कोई गीत गाते हल चलाते रहते और माँ दूर से पोटली में खाना लेकर आती दिखती। पूरा दृश्य उसके बचपन की ड्राइंग की पुस्तिका के सुखी परिवारवाले दृश्य जैसा लगता। वहाँ से वापस आने में उसे बहुत देर लगती। कई बार रास्ता भटकने के बाद जब वह सन्दूक से सिर उठाता तो पाता कि उसके चेहरे पर अचानक काँटेदार झाड़ियों की तरह पिता की दाढ़ी उग आयी है।

इस घर के सभी कोनों में माँ के बसने से पहले कहीं-कहीं पिता भी थे। 'एक दम' तोड़ती चारपाई पर एक गुम होती सच्चाई की तरह, जो शायद भीतर-ही-भीतर कहीं ये सोचते थे कि एक दिन ऊपरवाला उन्हें इस असाध्य बीमारी से छुटकारा दे देगा। उनकी बरसों की पूजा-अर्चना और भक्ति से प्रसन्न होकर उनका जीवन बख़्श देगा ताकि वह अपने छोटे-से परिवार को सुखी रख सकें। फिर वह इसी शहर में, सारे खेत उनके इलाज में बिक जाने के विकल्प में, एक और साथवाला कमरा किराये पर लेकर रह जाएँगे, उसके साथ सटे रसोईघर को मिलाकर। कुछ महीने स्वास्थ्य लाभ लेकर बगलवाली फैक्ट्री में मज़दूरी कर लेंगे। धीरे-धीरे कुछ पैसे बचाकर एक छोटा-सा घर ख़रीद लेने का नंगा स्वप्न एक भयावह परछाईं की तरह उनके चेहरे पर तैरता रहता था। वह इस तरह के स्वप्नों से बहुत डरता था। जो स्वप्न आँखों में रहते हैं वे पूरे हो सकते हैं, जो चेहरे पर तैरने लगते हैं वे कभी पूरे नहीं होते। वे सुनहले होकर भी डरावने होते हैं। स्वप्न देखनेवालों के काल होते हैं। उनकी छाया काली होती है।

पिता के बचने का विश्वास तो था। पिता को विश्वास था अपनी कठोर पूजा पर, उसे विश्वास था खेत का आख़िरी टुकड़ा बेचकर लाये गये उन नोटों पर, उन दवाइयों के ढेर पर, जिसकी गन्ध की वजह से उसे अपना घर किसी ख़ैराती अस्पताल के अहाते-सा लगता। यह विश्वास तब दरकने लगता जब पिता को खाँसी आने लगती। बोलते-बोलते आती और वह उसे दबाने की कोशिश करने लगते। इस कोशिश में उनकी आँखें बाहर निकल आतीं और माथे पर असंख्य रेखाएँ बन जातीं। चेहरा पीला हो जाता। वह शायद उसे हिम्मत दिलाने के लिए अपनी सिलसिलेवार खाँसी रोकते पर इस दयनीय प्रयास से वह डर जाता और उनसे कटा रहता ताकि उन्हें कम बोलना पड़े या वह खुलकर खाँस सकें।

पिता ने ख़ामोश होने से पहले भी एक निष्फल पूजा की थी। अन्त समय में

किसी चमत्कार की उम्मीद में उन्होंने आँखें बन्द कीं तो उनके चेहरे पर एक छोटे-से घर का नक्शा झिलमिला रहा था। उसने महसूस किया कि यह उसका कोई जाना-पहचाना घर है...बहुत क़रीब से देखा हुआ। उसने डरते-डरते भीतर झाँका। पिता बिल्कुल स्वस्थ बैठे माँ से बातें कर रहे थे, ज़ोर-ज़ोर से हँसकर, बिना खाँसी। उसे झाँकते देखकर उन्होंने उसे हँसते हुए अन्दर बुलाया। उसके अन्दर जाने पर हमेशा से विपरीत पिता ने गले लगाया और उसे कहा कि वह उससे बहुत प्रेम करते हैं। वह रोने लगा और उसने भी उन्हें बहुत सारा अनाभिव्यक्त प्रेम करने की हामी भरी। जब वह उस घर से बाहर निकला तो उसे लगा कि पिता एक कमज़ोर पीली-सी मुस्कराहट मुस्कराएँ हों, उस घर को दिखाने की ख़ुशी में। वह घर, जो सिर्फ़ उनके चेहरे पर था और जिसमें उन पर पिता होने का कोई दबाव नहीं था। वह पिता के चेहरे से उस घर को साफ़ करने लगा जैसे किसी पुरानी आलमारी के जाले साफ़ कर रहा हो। चेहरे से वह तैरता घर साफ़ कर देने के बाद पिता का चेहरा बहुत विदारक हो गया था, खाँसी रोकने के प्रयास में बहुत विकृत।

माँ शायद इसलिए नहीं रोई थी कि सारे आँसू वही बहाता रहा था। कई दिनों तक। माँ में बहुत हिम्मत थी। वह हमेशा समझाती, "कमज़ोर मत बन। हिम्मत रख।" वह माँ के चेहरे पर भी कुछ तैरता हुआ ढूँढ़ता था, घर या कोई सपना, पर वहाँ सिर्फ़ हिम्मत हुआ करती थी, अपार हिम्मत और एक छोटी-सी आशा, बुझती हुई उम्मीद।

"मुझे वह लड़की बहुत पसन्द है। तू जल्दी से उससे शादी कर ले ताकि मेरी आँखों को बन्द होने से पहले तृप्ति मिल जाए।" वह थोड़ा शरमा जाता। माँ के बक्से में चाँदी का एक कड़ा भी था जो सारी बिकती जाती चीज़ों के बीच भी अपना अस्तित्व क़ायम रखे था, माँ की जिजीविषा की तरह।

माँ ऐसी बातें करती तो कई भागों में बँट जाती थी, कई कोनों मैं। एक कोने में खाने की व्यवस्था के लिए पड़ोसियों के कपड़े सिलती हुई, कहीं उसकी पढ़ाई के लिए ढेर सारी साड़ियाँ बिखेरे उनमें फॉल लगाती हुई, कहीं थोक में ढेर सारे मोती लाकर बच्चों के लिए माला बनाती। उसके कई रूप थे। कहीं स्पष्ट, कहीं धुँधले। उन रूपों में सबसे स्पष्ट उसे पता नहीं बरसों पहले का वह रूप क्यों दिखता था जिसमें वह रंगीन साड़ी पहने ईश्वर की मूर्ति के आगे दिया जलाती, छोटी-सी घंटी बजाती और सुनाती हर बार की सुनायी गयी ईश्वर की महिमा का बखान करती वही कहानियाँ जिन पर उसे कभी विश्वास नहीं हुआ।

पूरी पूजा के दौरान वह हाथ जोड़े बैठे रहता। माँ आरती करती और वह माँ के चेहरे को निर्निमेष देखता रहता। उसे ईश्वर की सारी गढ़ी हुई कहानियों पर विश्वास होने लगता। माँ के चेहरे पर दीये की लौ का तेज उतर आता।

ऐसा ही तेज उस लड़की के चेहरे पर भी था जो उसके साथ पढ़ती थी। उसने

ग़ौर किया था कि मन्दिर की मूर्तियों के सामने हाथ जोड़कर आँखें बन्द करते समय उसके चेहरे पर माँ जैसा तेज उभर आता है। दोनों कॉलेज की छुट्टी के बाद साथ-साथ घूमते उस सुनसान रास्ते पर निकल जाते जहाँ क़ब्रिस्तान था और हवा चलने पर सर्र-सर्र की आवाज़ आती थी। लड़की ने एक दिन चलते-चलते उसका हाथ पकड़ लिया था और उसके कन्धे पर सिर रख दिया था। उसकी आँखों में पता नहीं क्यों नमी-सी छा गयी थी और लड़की का चेहरा पानी में देखे जा रहे दृश्य-सा लगा था।

"तुम्हारे साथ मुझे बहुत अच्छा लगता है।" लड़की का सिर फिर से उसके कन्धे पर टिक गया था।

"तुम मेरी माँ जैसी लगती हो।" वह बोलते हुए समय के जालों में उलझकर कहीं दूर चला गया था। लड़की ने इस भ्रम के निवारण के लिए कि यह बात उसने उसी से कही है या किसी और से, सिर उठाकर देखा और हँसकर कहा था, "तुम पागल हो।" उस दिन वह बहुत ख़ुश था।

लड़की हाथ देखना जानती थी। उसकी हथेलियों को जब वह अपनी हथेलियों में भर लेती तो उसकी आँखें बड़ी परेशान होतीं। वह कभी इधर-उधर देखतीं, कभी लड़की की आँखों से मिल जातीं और कभी दूर कहीं क्षितिज पर टँग जातीं।

"तुम किसी से बहुत प्यार करते हो।" वह रेखाओं में देखती हुई बोली।

"मैं...वो...।" उसकी आँखें क्षितिज पर टँग गयीं।

"पर तुम्हारी रेखाएँ बता रही हैं कि तुमने उसे अभी बताया नहीं है। है न... ?"

"हाँ...।"

"तो बता दो उसे। तुम्हारी लकीरें बता रही हैं कि वह लड़की भी तुमसे प्यार करती है।"

वह पाता कि दूर क्षितिज पर जहाँ उसकी आँखें टँगी हैं, वहां डूबते सूरज की लालिमा लेकर एक चेहरा बन रहा है जो उसे देखकर मुस्करा रहा है। उस चेहरे पर ढेर सारी रेखाएँ हैं जो उसके हाथों की रेखाएँ हैं। वह कुछ पलों के लिए अपनी हथेलियों से अपने चेहरे को ढक लेता और पाता कि उसकी आँखें कुछ नम-सी हो गयी हैं।

"मेरा बेटा बहुत भावुक है।" माँ अक़्सर आने-जानेवालों और परिचितों, पड़ोसियों को बताती। वह सुनकर थोड़ा दुखी होता।

"तुम बहुत भावुक हो। भावुक लोग कमज़ोर हो जाते हैं। तुम हिम्मती बनो।" वह माँ की इच्छाओं के अनुरूप बनना चाहता था। वह माँ को बहुत प्रेम करता था।

वह उस लड़की से भी प्रेम करने लगा था। वह उसके साथ देर तक बैठा रहता और उसकी बातें सुनता। लड़की उन दिनों कुछ ज़्यादा बातें करने लगी थी।

"माँ की तबियत बिगड़ती ही जा रही है। सारी दवाइयाँ बेअसर हो रही हैं। मैं उसके बिना नहीं रह सकता।" ऐसी बातें सुनकर लड़की बोलना बन्द कर उसका सिर

अपने कन्धे पर टिका लेती और उसके घुँघराले बालों में उँगलियाँ फेरने लगती। एक पेड़ की डाल नीचे झुककर गुलाब के पौधे को सहलाने लगती जिसके आस-पास ढेर सारी तितलियाँ उड़ रही होतीं। वह लड़की के मौन में और अपने बालों में उड़ रही उँगलियों में सुनता, " तुम घबराओ मत। मैं हूँ न तुम्हारे साथ।"

"मैंने नौकरी खोजने की कितनी कोशिशें कीं...। अब कुछ कमाकर माँ को कुछ सुख देना चाहता हूँ। उसने अपनी पूरी ज़िन्दगी मेरे लिए होम कर दी पर मुझसे कभी कोई शिकायत नहीं की।" वह अपने मौन के ज़रिए लड़की के मौन से संवाद करता।

"तुम अपनी लड़ाई में हमेशा मुझे अपने साथ पाओगे।" लड़की उसके मौन का जवाब अपनी आँखों से देती। वह भी एक ग़रीब परिवार से थी और कठिन हालात में अपनी पढ़ाई जारी रखे थी। उसे अपना और लड़की का दुख एक बिरादरी का लगता।

उस दिन उनके एक सहपाठी का राजस्व सेवा में चयन हो गया था और वह जाने से पहले सबको कुछ-न-कुछ उपहार दे रहा था। उसे एक क्रूर उपहार के रूप में चमड़े का एक सुन्दर बटुआ मिला। लड़की के लिए सहपाठी ने जेब से सोने की एक शानदार चेन निकाली और उसके गले में पहनाते हुए कहा था, "इसे मंगलसूत्र मानना और मेरे लौटने तक मेरा प्रेम सँभालकर रखना।" लड़की ने एकबारगी उससे नज़रें मिलायीं और फिर चेन की तरफ़ देखने लगी थी। सहपाठी ने भरपूर प्यार से उसके चेहरे पर हाथ फिराते हुए कहा, "अपना ध्यान रखना।"

"और तुम भी अपना।" लड़की बोली थी।

वह कुछ देर तक उस क़ब्रिस्तान में अकेला बैठा रहा था जहाँ हवा चलने पर सर्र-सर्र की आवाज़ आती थी। रोना नहीं चाहता था क्योंकि उसे हिम्मती बनना था। लड़की से उसने कुछ नहीं कहा क्योंकि वह मौन की भाषा का कायल था। शब्दों में उसे कभी कोई ख़ास वज़न महसूस नहीं होता था।

"जाने दे। भूलने की कोशिश कर उसे। तुझे चाहनेवाली बहुत लड़कियाँ आएँगीं। तू हीरा है। उसे याद कर एक आँसू भी मत बहाना। तुझे कमज़ोर नहीं होना।" माँ कितनी हिम्मती है, उसे आश्चर्य होता। वह कमज़ोर नहीं बनना चाहता था। उस लड़की के बारे में सोचकर वह एक बार भी नहीं रोया।

"मेरे मर जाने पर घबराना मत, हिम्मत से काम लेना। बगल से पड़ोसियों को तुरन्त बुलवा लेना। मुझे चारपाई से नीचे उतारकर तुरन्त चारपाई उल्टी करके खड़ी कर देना। फिर सोचना कि किन-किन रिश्तेदारों को उसी समय बताना है और किसे बाद में। घबराना बिल्कुल नहीं। अब तू बच्चा नहीं है। रोना तो बिल्कुल मत।"

वह यूँ ही निरुद्देश्य टहलता ऊँची-ऊँची इमारतों से अपने बौनेपन को नापता जब घर पहुँचा तो घर में घुप्प अँधेरा था। उसने माँ को आवाज़ दी, "माँ, मोमबत्ती बुझ गयी क्या?"

ज़ाहिर है, मोमबत्ती बुझ चुकी थी पर कोई आवाज़ न पाकर उसने माचिस

टटोलते हुए फिर पुकारा, ''माँ...ये मोमबत्ती कैसे बुझ गयी माँ?''

उसने दूसरी मोमबत्ती जलायी। पहली गलकर ख़त्म हो गयी थी। शायद वह सड़कों पर देर तक घूमता रहा था।

''माँ...माँ...माँऽऽऽऽऽऽऽऽ।'' उसने कई बार पुकारते-चिल्लाते लगभग माँ को झिंझोड़ दिया पर पूरा कमरा निश्चल था सिर्फ़ मोमबत्ती की लौ को छोड़कर, जो बाहर से आती हवा से हिल रही थी।

''माँऽऽऽऽऽऽऽऽ...।'' वह हताश-सा ज़मीन पर ढेर हो चुका था। आँखों में नमी-सी आ गयी थी और सारे दृश्य पानी में डूबकर देखे जैसे लग रहे थे। एक झटके में सैकड़ों दृश्य आकर चले गये और आँखों के सामने अँधेरा छा गया। लगा जैसे पेट में कुछ खौलते-खौलते कलेजे तक आ गया है और यदि उसने मुँह खोला तो झटके से बाहर आ जाएगा। कुछ भी हो, उसे रोना नहीं था। उसे मज़बूत बनना था। वह बच्चा नहीं था। धीरे-से उठा और माँ के बक्से की टेक लगाकर खड़ा हो गया। माँ को कमज़ोरों से घृणा थी। उसे पड़ोसियों को बुलवाना था। माँ को नीचे उतरवाना था। चारपाई को उल्टा खड़ा करना था। रिश्तेदारों को सूचित करना था। उसे बहुत कुछ करना था पर उसे रोना नहीं था। उसे मज़बूत बनना था। वह धीरे-धीरे अपने कमज़ोर मन पर क़ाबू कर रहा था। उसने जबड़े भींचकर एक लम्बी साँस ली और माँ की बात रखते हुए अपने आपको कुछ देर में संयत कर लिया। यह वाक़ई मुश्किल था पर उसने थोड़ी देर में ख़ुद को बड़ा बना लिया।

''सुन बेटा। ज़रा एक गिलास पानी दे देना।'' माँ के बोलने पर वह अचानक चिहुँक उठा था और बाहर से आती हवा से मोमबत्ती की लौ इतनी तेज़ी से काँपी थी मानो बुझ जाएगी।

''माँ...तु...तुम...मैं...मुझे...।'' उसे पता नहीं चल पा रहा था कि वह भ्रम में है या यथार्थ में।

''इस स्थिति में कभी-कभी ऐसा हो जाता है रे। ऐसी बेहोशी जैसी नींद आती है कि...। पानी दे और मेरी दवाइयाँ भी उठा देना।''

वह पानी और दवाइयाँ देकर खटिया के पास बैठ गया। उसकी आँखें तेज़ी से झपक रही थीं और जबड़े भिंचते जा रहे थे। होंठ तिरछे होने लगे थे और वह सीधे रखने की पुरज़ोर कोशिश कर रहा था। माँ ने थोड़ा पानी पहले पिया। दवाई खोलकर खाते हुए माँ ने ऐसे ही पूछ लिया, ''क्या हुआ...? ऐसे क्या देख रहा है?''

बदले में वह खटिये की पाट से सिर टिकाकर छोटे बच्चे की तरह रोने लगा।

एक शून्य शाश्वत

[कभी मन अचानक ही विरक्त हो जाता है...बिना किसी ख़ास कारण के या ढेर सारे कारणों के हुज़ूम से। पूरी दुनिया से वीतरागी...कुछ भी अच्छा नहीं लगता मन को। हम साधारण मनुष्य हैं, कुछ देर बाद सामान्य हो जाते हैं। यह वैसी ही किसी विरक्ति के विस्तार पाने की कहानी है]

शब्द रास्ता हैं और शून्य मंज़िल

मैं इन सस्ते और ऐय्याश लोगों के बीच
जो सिक्के चबाते हैं और
केकड़े की तरह चिपक जाते हैं
रहते-रहते सोचता हूँ—
क्या पड़ी थी ईश्वर को
जो बैठे बिठाए
मांस के वृक्ष बनाए —कैलाश वाजपेई
('शायद' शाश्वत की तत्कालीन मन:स्थिति)

काश! मुझमें भी थोड़ा भय बाकी रहता, थोड़ा प्रेम और थोड़ा लोभ। तब शायद मैं भी इस सन्निपाती समय में अपने हाथों को ज़ोर-ज़ोर से हिलाता हुआ अभिमान और आभासी ज्ञान की आँच में पके झूठे शब्दों को फिच्च-फिच्च करके बाहर फेंकता। ये शब्द मुझे थोड़ा और सम्मान दिलाते जिससे मैं वास्तविकता से थोड़ा और दूर जाकर अपने निजी अन्धकार से अनभिज्ञ एक अस्थाई गुब्बारे की तरह फूल जाता। परन्तु इन यशस्वी कपटियों के निचुड़े दिमाग़ों में यह बात शायद तब आती हो जब अन्तिम हिचकी में उनके प्राण अटक जाते हों और उन मूर्खों को मृत्यु से भय-सा लगता हो। मालविका, मुझे क्षमा करना। तुम्हें देने को मेरे पास कुछ नहीं रहा, सिवाय शून्य के। इस दुनिया में दो ही चीज़ों का महत्त्व है, शब्दों का और शून्य का...और यदि ध्यान से देखोगी तो पाओगी कि शब्द भी दरअसल शून्य में जाने का रास्ता ही हैं। न मुझे तुम पर

क्रोध आता है, न प्रेम, न घृणा...। मुझे सिर्फ हँसी आती है दुनिया के कारोबार पर। कभी-कभी उस पर, कभी-कभी तुम पर और कभी-कभी ख़ुद पर...।

ये बातें और इस तरह की बहुत-सी बातें करने लगा था शाश्वत उन दिनों। उसका मूड हर पल बड़ी तेज़ी से बदला करता था। कभी बहुत ख़ुश दिखता और कभी अचानक उदास हो जाता। कभी बहुत देर तक गुमसुम रहता और अगले ही पल इतनी तेज़ किलकारी मारकर हँसने लगता कि आस-पास के सब चकित होकर उसे ही देखने लगते। बोलता-बोलता अचानक चुप हो जाता। शून्य में देखने लगता और घंटों देखता रहता। वह उन दिनों सामान्य नहीं रह गया था और यही बहस का मुद्दा भी तो था।

ज़िला बदर बनाम ज़िन्दगी बदर

ये सब उन बेरौनक दिनों के बाद से शुरू हुआ था जब हम यह मानने लगे थे कि हमारी उम्र के आधे कबूतर उड़ गये हैं और हर दिन हमारे कन्धे पर एक लाश की तरह भार बढ़ाता जा रहा है। हम अपनी विशिष्टता के अन्धे विश्वास से तब तक भी पूरी तरह मुक्त नहीं हो पाये थे, जब हमारे कई समौरिया अपने छह-छह साल के बच्चों को अपने कन्धे पर बिठाकर गुब्बारे दिलाने लहरतारा पुल के नीचे ले जाते थे और अठन्नी कम कराने के लिए गुब्बारेवालों की माँ-बहन किया करते थे।

हम उनके तुष्ट वात्सल्य की तुलना में अपने कुत्सित विचारों के अन्धे गलियारों से जन्मे अबोध और अधूरे बच्चों को गलीच नालियों में माँ-माँ की कातर पुकार करते बहते हुए देखते और हर बार पिछली बार से दुगुना शर्मिंदा होते। यह अपराध बोध हमारे कन्धे पर एक अतिरिक्त भार बढ़ाता और कम-अज़-कम इस फ्रंट पर ताक़तवर होने के लिए हम एक मादा (निसन्देह अलग-अलग) की तलाश में भी उसी तेज़ी से मुब्तिला थे जितनी तेज़ी से रोज़ी की।

हमारे मानदंडों पर कोई ऐरा-ग़ैरा ख़रा भी तो नहीं उतर सकता था क्योंकि हम विशिष्ट थे। यह विश्वास हम एक-दूसरे को प्राय: दिलाया करते कि हममें से कहीं कोई साधारण न बन जाए। हमारे अधिकतर 'साधारण' समकालीन बच्चों और बाप की किच्चमपों के बीच भी बीवी से प्रेम करने का अवसर निकाल लिया करते और सम्भोग से सन्तुष्ट होकर गोल गालों और अनवरत बढ़ती जा रही तोंद के साथ भर लहरतारा इतराया करते जिसे हम 'छटकना' कहते (साला कैसे छटक रहा है)। एक हाथ में दुधमुँहा बच्चा पकड़ उसकी पें-पें बन्द करने की कोशिश व दूसरे हाथ से सामान्य ज्ञान दर्पण पढ़ते नज़र आते मित्रों के दृश्य लहरतारा में आम थे। हम निरन्तर सूखती जा रही काया और पिचकते जा रहे गालों के बावज़ूद जीवन की आशा से सिर्फ़ इसलिए चिपके थे क्योंकि हम विशिष्ट थे। हमारे पास एक तथाकथित प्रौढ़ दिमाग़ था, कुछ स्वघोषित महान विचार थे और एक स्वपोषित चमकदार स्वप्न था जो बकौल हमारे पूरा होने पर

हमें लहरतारा क्या, बनारस क्या, पूरे देश या प्रदेश की कथित तौर पर सबसे शक्तिशाली गद्दी पर आसीन कराने वाला था।

उल्लेखनीय बात उन दिनों की भी नहीं है जब हम पोथी पढ़-पढ़कर मरते रहते थे और हमारे बहुत से समवय एम.आर. की नौकरी या डी.टी.पी., टैली और ए. लेवल, ओ लेवल के कोर्स कर रहे थे। उस समय तो कोई इतर बात हमारे मस्तिष्कों में समा ही नहीं सकती थी। हम सोचते ज़्यादा थे और काम कम करते थे। वह एक तेज़ बहती नदी का दौर था जब समय रुई के रेशे की तरह जलता जाता था। हम घर के खाने को गले तक भरकर घर के पैसों से सिनेमा और यायावरी करते हुए अपनी कड़ी तैयारी को और-और धार देते रहे पर सफलतावाले फल की डाली हमारी पहुँच से और-और दूर जाती गयी। बनारस को अपने महान स्वप्नों के आकार में छोटा और संकुचित पाकर हम राजधानी की ओर कूच कर गये। अपने विचारों की तुलना में बनारस गँवार लगता और बनारसी यानी हमारे समवय मित्र इस नाली में रेंगते कीड़े जो यहीं पैदा होकर यहीं मर जाएँगे। हमें लहरतारा में नहीं रहना था। हमें बनारस में नहीं मरना था...हमें दिल्ली में मरना था। दिल्ली के बी-32 में।

रोज़ बुतों की आइनों से मारामारी दिल्ली में

पांडव नगर के बी-32 नामक आशियाने में हमारे सपने दिल्ली का बड़ा आकाश पाकर इतना परवान चढ़ गये कि उतरने में हमारी पूरी दिमाग़ी व्यवस्था हिल गयी। जब हमारे सपनों की लौ बुझने से ठीक पहले वाली लपलपाहट में अचानक गगनचुम्बी आकार ले रही थी तब इसे शाश्वत ने सबसे पहले भाँप लिया था और वैकल्पिक रोज़गार की तलाश में यहाँ-वहाँ सिर मारना शुरू कर दिया था।

दूसरे फ्रंट पर भी शाश्वत ही सबसे पहले या यों कहें एकमात्र सफल हुआ था। कई अदृश्य बोझों से लगातार झुकते जा रहे अपने कन्धों को हम यह कहकर सान्त्वना देते कि शाश्वत हम सबमें सबसे ज़्यादा स्मार्ट, हैंडसम और वाकपटु वग़ैरह है पर हम जानते थे कि असली कारण यह नहीं था। हमारे अन्दर की आँच उन स्वप्नमहलों की ईंट पकाने में पूरी तरह ख़र्च हो गयी थी जिनके आर्किटेक्ट हम नहीं थे। ये हमने कहीं से चुराए थे या हमारे घरवालों ने ज़बरदस्ती हमारी आँखों में रोप दिये थे जो अब बालिग हो गये थे, चुभने लगे थे और बेतहाशा दर्द देते थे। इन उधार के सपनों ने टूटने से पहले एक महत्त्वपूर्ण कार्य यह किया था कि हमारे भीतर से वह तत्त्व चुरा लिया था जिसे जीवन जीने का उत्साह या सरल शब्दों में शायद जिजीविषा कहते हैं। कभी बड़े आसमान के आकांक्षी रहे हम एक छोटी-सी ज़मीन के लिए तड़प रहे थे। ये तैयारी के शुरुआती चार-पाँच सालों को घोर ऐय्याशी में बरबाद करने का ख़ामियाज़ा था जो भुगतते-भुगतते अब हम उस मोड़ पर खड़े थे जहाँ से आगे जाने के रास्ते अव्वल तो थे

नहीं और यदि कहीं थे भी तो दूर तक अँधेरे का ट्रैफिक जाम दिखायी देता था। घोर गुरबत में सिर्फ़ चुहल करने के लिए एक ज्योतिषी को हाथ भी दिखाया गया पर वक़्त-ए-मुफ़लिसी में वह भी सरकारी ज्योतिषी निकला, यानी पूछो कुछ तो बताये कुछ। शाश्वत और सुनील दोनों के हाथ देखकर सुनील की आँखों में झाँककर और शाश्वत की ओर उँगली उठाकर बोला था, ''इससे सावधान रहना'' और हम किलककर हँस पड़े थे।

उसका नाम मालविका था और वह उसके अनुसार सभी आम लड़कियों से अलग एक विशिष्ट लड़की थी जो चॉकलेट पर जान छिड़कती थी, आइसक्रीम की दीवानी थी और जिसे ग़ुलाब के फूल बहुत पसन्द थे।

उसके आने से पहले हम तीन थे। मैं, शाश्वत और सुनील। हम हर फ़ैसले में शाश्वत की राय चाहते और हमारे हर फ़ैसले में उसकी छाया शामिल होती। वह इस अबूझ दुनिया को डिकोड करने के लिए हमारा शब्दकोश था जिसे धीरे-धीरे हम नासमझों ने इन्साइक्लोपीडिया बना दिया था।

मालविका और उसकी निकटता बढ़ने में दोनों के विशिष्ट होने का कारक काम आया। शायद दो अलग परिवेश और संग में विशिष्ट बने दो जनों ने आपस में अपनी विशिष्टता जाँच ली। शाश्वत नौकरी की तलाश में इधर-उधर भटकने लगा और मालविका ने पब्लिकली मान लिया कि उसे चॉकलेट, आइसक्रीम और चाट बहुत पसन्द हैं।

उधर शाश्वत ने नौकरी की तलाश शुरू की और इधर हम धड़ाम से सच्चाई की उस ज़मीन पर आ गिरे जिससे आँखें मूँदकर हम ज़बरदस्ती आँखों में चुभ रहे सपनों को महसूसते रहते थे।

''अब वक़्त आ गया है कि हम वास्तविकता को समझें और उसका मुक़ाबला करें। हम हार गये हैं। हमने अपनी ज़िन्दगी के सबसे ख़ूबसूरत साल उन आकांक्षाओं को पूरा करने में लगा दिये जो दरअसल हमारी थी ही नहीं। हम किन्हीं के दिये हुए सपनों को किसी की लगाई झूठी आशा पर ढो रहे थे। हम ग़लत समझते थे कि हम विशिष्ट हैं। यदि अब न सँभले तो हमारा वजूद ख़त्म हो जाएगा।''

शाश्वत की बातों को और उसकी तपती सच्चाई को हमने कहीं बहुत गहराई से महसूस किया था जहां हमारे सपने अब कैंसर की गाँठ की तरह हो गये थे। वहां छूने पर एक जानलेवा दर्द उठता था जो एक तवील इन्तज़ार के बाद ही ख़त्म होता था। हम शाश्वत की आड़ में अपनी उम्मीदों की रक्षा कर रहे थे पर उसके एकदम से अपनी जगह से हट जाने से हमारी उम्मीदें एकदम नंगी हो गयी थीं और उनका रोगग्रस्त शरीर साफ़ दिख रहा था। अब हम इन उम्मीदों को उढ़ाने के लिए किसी दूसरी उम्मीद की छोटी ही सही, चादर ढूँढ़ने लगे थे।

मगर राजधानी वह शै है जो उम्मीद देती तो है पर मरीचिका की तरह। हर बार

उसकी तलाश में वहाँ पहुँचने पर वह फिर किसी ऐसी जगह नज़र आती है जहाँ वह दरअसल होती नहीं है। वास्तव में दिल्ली कहा जाने वाला यह शहर किसी भी माँग के लिए सीधे मना नहीं करता। इच्छित चीज़ का कभी न मिल सकनेवाला वर्चुअल प्रतिबिम्ब सामने तो होता है पर पकड़ में नहीं आता। फिर इच्छाएँ दबायी जाने पर घाव के नासूर बनने की प्रक्रिया में जीवन भर कष्ट देती हैं या कम-अज़-कम निशान छोड़ जाती हैं।

एक छोटी-सी प्रेम-कथा विद फूको एंड मार्क्स, यू नो

असली मुद्दे पर आने से पहले और यह बाँटने से पहले कि वह ख़तरनाक दिन कब शुरू हुए थे, मालविका से शाश्वत की नज़दीकी बढ़नेवाले दिन भी सामने की दीवार पर जहाँ मक्खी बैठी है, फ़िल्म की तरह चल रहे हैं और अनायास ही याद आ रहा है कि कैसे वह शुरू-शुरू में नाक पर मक्खी भी नहीं बैठने देती थी।

मालविका के साथ जब शाश्वत की पहली मुलाक़ात हुई तो हम भी साथ थे। वह हमें बहुत बोल्ड और हाइ-फ़ाई चीज़ लगी थी। कारण कई थे। कहीं-कहीं हम तो कहीं-कहीं वह। हर बात में यू नो, बुलशिट और फ़क़ ऑल जैसी चीज़ें हमारे लिए दिलचस्प और निसन्देह एक अच्छे अभ्यास की आकांक्षी थीं। हम अभ्यास भी गँवारों की तरह कर पाते यानी 'फ़क़ यू' बोलने में निर्लज्जता और बेपरवाही के अलावा सही उच्चारण भी शामिल होना चाहिए पर हम आपस में हर बार 'फ़क़' में नुक़्ता लगाना तक भूल जाते और स्वयं को भाषा का दोषी मानते। हमारे अन्दर छिपा कस्बाई मेंढक उसका रहन-सहन और बोली-बानी देखकर कभी तो बिल्कुल सहम जाता और कभी हमारे गले से मुँह के पास आकर टर्राने लगता। हम थोड़े शर्मिन्दा हो जाते। वह कानपुर के एक कपड़ा व्यवसायी की बेटी थी जो अपनी विशिष्टता के भ्रम में ख़बरों की दुनिया के मायाजाल का हिस्सा बनने चली आयी थी। हमारी विशिष्टता की तरह उसकी विशिष्टता भी उसका स्वयं अपने आस-पास बनाया गया एक तिलिस्म था जो दुनियावी चोटें खाकर धीरे-धीरे टूट रहा था। जिस दुनिया में जाने का अभ्यास वह वर्षों से आइने के सामने बोल-बोलकर कर रही थी उसमें दाख़िले की कुछ और भी शर्तें थीं जो ख़ौफ़नाक थीं। ये शर्तें सुनने में 'बुलशिट' थीं और 'यू नो', फ़क़ दिस कहकर भूल जाने लायक थीं। वह पहली कुछ मुलाकातों में एंगेल्स, मार्क्स, फूको, हैबर मॉस, माइकल ऐंजेलो, एल्टन जॉन, ईगल्स, कियानू रीव्स, नोम चोम्स्की, शकीरा, होटल कैलिफोर्निया और ट्विस्ट एंड शाउट वग़ैरह से नीचे बात करने को तैयार नहीं होती थी। हमारा इन्साइक्लोपीडिया ही इतना हरफ़नमौला था, हम नहीं। हम अपने अन्दर के मेंढक के जबड़े दाबे पीछे हो लेते और शाश्वत पूरी कुशलता से उस लड़की को टैकल करता।

धीरे-धीरे दोनों के स्वप्नों के छोटे-छोटे वृत्त एक-दूसरे से टकराने लगे और

विसरण या परासरण जाने कौन–सी क्रिया से एक बड़े वृत्त का आकार लेने लगे। वह एक शर्मीली–सी लड़की थी जो मार्क्स, फूको और शकीरा का खोल नोच देने पर काफ़ी हद तक एक मासूम बच्ची–सी लगती थी और उसी हद तक देसी भी। एकाध बार हमने उसे रफी और किशोर सुनते भी रँगे हाथों पकड़ा था और "यू नो, पहले आवाज़ें ज़्यादा अच्छी थीं और आज म्यूज़िक" सुनकर इसे उसकी रुचियों में न डाल उसकी उत्सुकता में जोड़ लिया था।

"मैं आइसक्रीम खाऊँगी।" वह मचली थी। वह दिन शाश्वत के लिए यादगार था। हम दोनों वेटर को पचास रुपये देकर बाहर आ गये थे और उसने पहले से बुक न होने के बावज़ूद दोनों को एक केबिन दे दिया था।

आइसक्रीम खाने के क्रम में कुछ आइसक्रीम उसके होंठों पर लग गयी। शाश्वत का दिल ज़ोरों से धड़कने लगा था और पेट में जाने कैसी कड़बड़–कड़बड़ होने लगी थी। वह पोंछने को तत्पर हुई तो उसने उसका हाथ थाम लिया। वह सहम गयी जैसे उसकी छठी इन्द्रिय ने उसे बता दिया हो कि अगले पल क्या होनेवाला है। शाश्वत ने अपनी ज़बान से आइसक्रीम साफ़ कर दी। मालविका की आँखें बन्द हो चली थीं। शाश्वत की ज़बान उसके होंठों पर फिर रही थी। दोनों के होंठ आपस में कुछ देर अपनी गर्मी को महसूसते लाल हो चले थे। फूको, मार्क्स और हैबर मॉस खिड़की से खड़े यह देखकर मुस्कराते रहे। अचानक इनमें से एक को न जाने क्या सूझा कि वह जाकर बिल्कुल मालविका के सामने खड़ा हो गया।

मज़े की बात शाश्वत ने बाद में बतायी थी कि चुम्बन के दौर के थोड़ा लम्बा खिंच जाने पर उसने अचानक सिर झटककर मेक–अप ठीक करना शुरू कर दिया था। शाश्वत के 'क्या हुआ' पूछने पर छूटते ही बोली थी, "मुझे शादी से पहले यह सब पसन्द नहीं।"

शाश्वत उन नाज़ुक क्षणों में भी अपने को हँसने से नहीं रोक पाया था और वह बदले में लजाती हुई फ़िल्मी हीरोइनों की तरह उसके सीने पर इस तरह से मुक्के मारने लगी कि अगले को चोट न आये। जिसके तुरन्त बादवाले दृश्य में नायक–नायिका आलिंगनबद्ध हो जाते हैं और पार्श्व में एक युगल गीत चलने लगता है।

हम भी बहुत हँसे थे। हमारे साथ कई चिन्तक, दार्शनिक और क्रान्तिकारी भी हँसे थे। मार्क्स तो बहुत देर तक खिलखिलाते रहे थे।

मैं, सुनीलपिंटू 97 और एक नया फन

शाश्वत का समय हमारे समय से कुछ अलग–सा होने लगा था। उसके वर्तमान की देह पर खरगोश जैसे कोमल रोंए उग आये थे जिन्हें वह दुनिया से बेख़बर सहलाता रहता था। हम अपने वर्तमान की पीठ पर उगे साही के काँटों से छिदने से ख़ुद को

बचाने का प्रयास करते हुए इस सनातन प्रश्न से जूझते रहते कि हे ईश्वर, तूने पेट क्यों कर बनाया।

हम शाश्वत की ताक़त, क्षमता और हिम्मत को अपने चलने के लिए मशाल मानते। उसके उत्साह से उत्साहित होते और उसकी थोड़ी-सी भी निराशा देखकर हमारे भीतर भी नैराश्य का गाढ़ा अँधेरा उतरने लगता। उसे हम अपना बाप छोड़कर सब कुछ मानते और वही हमारा बाप छोड़कर सब कुछ आजकल एक छोटी-सी अदद (कुछ भी चलेगा टाइप) नौकरी पाने के लिए दिल्ली के बाज़ारों की ख़ाक छान रहा था और हर शाम एक अलग-सी रुआँसी सूरत बनाकर लौटता था। हम अपनी जतनों पाली गयी विशिष्टता के लिए सबसे ज़्यादा उसी को ज़िम्मेदार यानी दोषी मानने लगे थे। जब उसकी ये हालत है इस बाज़ार में तो हम तो ख़ैर...।

हम मतलब मैं और सुनील। सुनील मतलब सुनीलपिंटू 97ऐट रेडिफमेल डॉटकॉम जिसके इंटरव्यू का यह आलम है कि एक इंटरव्यू से तो वह अपनी ई-मेल आई डी की वजह से ही खदेड़ दिया गया। अँग्रेज़ी बोलते समय सहायक क्रियाओं से ऐसे ही परहेज़ करता है जैसे दारू पीते समय पानी से।

मैं भी साक्षात्कारों की कई श्रृंखलाओं से गुज़रने के बावजूद एक भी नौकरी का आउटपुट नहीं पा सका था। सुनील भी और शाश्वत तो पता नहीं कितने प्रयास कर चुका था। उस दिन तीनों बारी-बारी आकर कमरे में इस तरह बैठते गये, बिना एक-दूसरे से कुछ बोले गोया विश्वकप के फाइनल में क्रमशः आउट हो रहे भारतीय बल्लेबाज़ हों। उस दिन ऐसा लग रहा था कि हमारे और शाश्वत में कोई ख़ास फ़र्क़ नहीं है...कुछ हो भी तो दिल्ली की कठोर मिट्टी ने उसे पाट दिया है। पर उसने हमेशा की तरह साबित किया कि उसमें और हममें फ़र्क़ है। हम हर असफलता से निराशा और कुंठा की पूँजी जमा कर रहे थे और वह इन्हीं परिस्थितियों से ज़िन्दगी जीने का एक नया बहाना चुरा लाया था। इसमें बहुत बड़ा हाथ मालविका का भी था जिससे बकौल शाश्वत, वह उन दिनों जीना सीख रहा था।

उसकी योजना वाकई लाजवाब थी। सच कहा शाश्वत, दिल्ली में धन तो बहुत है बस उसे खींचने का फन चाहिए। उसके फन पर हमें कोई शंका नहीं थी। सिर्फ़ अपनी क़िस्मत पर शक था। कुछ सवाल और ढेर सारी आशंकाओं के सितारे चमकना लाज़िमी था।

"क्या गारंटी है कि यह कामयाब होगा?" मैंने पूछा था या शायद सुनील ने।

"कोई गारंटी नहीं। इस दुनिया में मौत के अलावा किसी चीज़ की गारंटी नहीं जिसके काफ़ी पास हम पहुँच चुके हैं। अब हम कहीं गारंटी नहीं ढूँढ़ेंगे।"

कुछ सवाल और उछाले गये, कुछ आशंकाएँ और व्यक्त की गयीं लेकिन आशंकाओं और हिचकिचाहटों के बकवास बादलों के बीच एक ठोस और नुकीला

प्रश्न तीनों के ठीक बीचवाली मेज़ पर रखा हमें मुँह चिढ़ा रहा था ''कोई और विकल्प?'' इस सवाल का जवाब पूरी तरह से नकारात्मक आने पर हम उस योजना के क्रियान्वयन पर विचार करने लगे जो पूरी तरह से झूठ पर टिकी थी और इस झूठ के रँग हमारे चेहरों पर लग जाने पर हम बरबाद भी हो सकते थे। पर यह खेल अन्तिम दाँव था ''आर या पार'' सरीखा, जिसे हमारे खाली पेट (जिसमें अक़्सर सिर्फ़ पानी और धुआँ भरते रहने के कारण रेलगाड़ी चलती महसूस होती थी) खेलने को मजबूर थे।

फिर जो चीज़ निकलकर आयी वह कुछ ऐसी थी।

''योग गुरु श्री शाश्वताचार्य विश्व भ्रमण करने और टोरंटो में अपने हालिया प्रशिक्षण शिविर के बाद अगले कुछ माह के लिए दिल्ली में हैं। योग से हर शारीरिक समस्या का निदान करनेवाले आचार्य इस बार आपकी मानसिक समस्याओं को भी दूर करने का उपाय बताएँगे। प्रशिक्षण और समाधान के लिए सम्पर्क करें—सचिव, बी-32, तृतीय तल, पांडव नगर, नयी दिल्ली। सीधे सम्पर्क के लिए समय तय करें—दूरभाष : 9312234178, 9818833048, 9868219486

उन सभी जगहों पर ये पैम्फलेट चिपकाए और चिपकवाए गये जहाँ बकौल शाश्वताचार्य 'आँख के अन्धे, गाँठ के पूरे' लोग रहते थे। ग्रेटर कैलाश, कैलाश कॉलोनी, डिफेंस कॉलोनी, पंजाबी बाग, लोदी गार्डन (जिनमें लाइन मारने जाना हमारा स्वप्न हुआ करता था जो आत्मविश्वास की कमी के कारण स्वप्न ही रहा) जैसे बहुत से इलाक़ों में हमने अपनी दो बाइ दो की उम्मीदों में लेई लगाकर ऊँची-ऊँची दीवारों और 'कुत्ते से सावधान' वाले चमकदार फाटकों (जिनमें आदमी भी रहते थे) पर चस्पां कर दिये। कुछ हॉकरों को सेट कर (जो ऐसी कॉलोनियों में अँग्रेज़ी अख़बार डालते थे) अँग्रेज़ी अख़बारों में इस पूरे मैटर का अँग्रेज़ी तर्ज़ुमा डलवा दिया गया।

हम दोनों योग गुरु के साथ पूरे तन-मन से लगे रहते (धन रहता तो लगाने से हम शर्तिया नहीं हिचकते) और मालविका पूरे तन-मन व धन से। वह उन दिनों शाश्वत का सबसे बड़ा सम्बल थी।

दो दिन तक जब न कोई फोन हमारे मोबाइल पर घनघनाया और न ही किसी योग प्रेमी के चरण बी-32 में पड़े तो हमारी हिम्मत डोलने लगी। मैं और सुनील दोनों निराश होने लगे। शाश्वत ने दो साल पहले (जब हमें लोग लौंडियाबाज़ कहते थे) एक कमललोचनी के कई अंगों को देख उसकी फिटनेस से प्रभावित होकर स्वयं भी फिट रहने के लिए उसके योग संस्थान से बाक़ायदा योग सीखा था, यही कारण था कि उसका स्वयं पर नियन्त्रण उच्चकोटि का था। हमने योग नहीं सीखा था। मैंने तो कुछ भी नहीं सीखा था और सुनील जिस कन्या के हाथों की चपलता देखकर कराटे कक्षाओं

में जाने लगा था, उसी से कुछ चपल हाथ खाकर वापस लौट आया था।

चूल्हे पे क्या उसूल पकाएँगे शाम को

तीसरा दिन था। हम पैम्फलेट को सामने रखकर उसे घूर रहे थे कि उसमें ग़लती कहाँ है। शाश्वत अपने मोबाइल (जिसमें सिर्फ़ दो गेम थे) पर साँपवाला कोई गेम खेल रहा था। सुनील ने बनारसी अन्दाज़ में घोषणा की कि हमारी किस्मत की किताब में हर्फ़ों को लिखने के लिए गधे के एक अंग विशेष को कलम की तरह इस्तेमाल किया गया है। ऊपरवाले लेखक पर यह सीधा आक्षेप था। उसने तुरन्त प्रतिकार किया।

मेरा फोन घनघनाया था। "जी, जी हाँ बताइए। हाँ, मैं उनका सचिव ही बोल रहा हूँ। कल चार बजे... ? ज़रा रुकिए, मुझे देखने दीजिए। नहीं, क्षमा करें, चार नहीं साढ़े चार बजे। हाँ, हाँ बिल्कुल। शुल्क के लिए हमें कोई निर्देश नहीं है। आचार्य का काम आपकी समस्याओं को दूर करना है, धन कमाना नहीं। अच्छा, हाँ...ठीक है। नमस्कार।"

मैंने फोन रखकर दोनों के चेहरों की तरफ़ देखा। शाश्वत मोबाइल हाथ में लिये मेरी तरफ़ भौंचक्क देख रहा था। उसके साँप आपस में लड़ रहे थे और खेल ख़त्म हो गया था। सुनील अपनी आदत अनुसार बहुत ख़ुशी से निर्वात में माँ की गाली देकर किलकारी मारना चाहता था पर मेरी तरफ़ से हरी झंडी पाने के लिए चेहरे पर विशेष भाव लिये उतावला खड़ा था।

कुलदीप खुराना, पेशे से बिल्डर। कल साढ़े चार बजे...पहली अप्वाइंटमेंट। मेरे कुछ और बोलने से पहले दोनों ने मुझे मिलकर हवा में उछाल दिया। "साले क्या एक्टिंग की है। चार बजे...मुझे देखने दीजिए। हा हा हा...साढ़े चार बजे। बहुत ख़ूब। हाहाहा हाहाहा...मज़ा आ गया।"

टटटाटै टटटाटै ट ट टाटै टाटे टाटे। ये सुनील के मोबाइल की रिंगटोन थी। सारा शोर क्षणांश में थम गया और कमरे में पिन ड्रॉप साइलेंस हो गया। "जी, हाँ, हाँ क्या... ? साढ़े चार बजे? जी नहीं, यह समय पहले से बुक है। हाँ, पाँच ठीक रहेगा। जी बिल्कुल। ठीक है, नमस्कार।"

हम निमिष भर में व्यस्त हो गये थे। शाश्वत योग और ध्यान की ढेर सारी किताबें लाया था और अपने ज्ञान का पुनर्भ्यास और विस्तार कर रहा था। हम भी पढ़कर सीख रहे थे। आख़िर आचार्य के शिष्यों को भी तो प्रवीण होना चाहिए।

शाश्वत किसी भी तरह के शुल्क निर्धारण के ख़िलाफ़ था। उसका मानना था कि शुल्क निर्धारित करने से हमारी औकात पता चलने का ख़तरा है और कुछ फ़ायदे में रहने के बावजूद हम अपनी सीमा बाँध लेंगे। जो उनकी श्रद्धा होगी, वे देंगे। साले बड़े लोग हैं, इनकी श्रद्धा भी बड़ी ही होगी।

इसका फ़ायदा अगले ही दिख गया।

पहले ही श्रद्धालु मरीज़ ने (जिसने बड़ी मेहनत से अपनी बीमारी खोजी थी) स्वामी श्री शाश्वताचार्य से परामर्श करने और कुछ आसन सीखने के बदले हमारी उम्मीदों से बहुत ज़्यादा रुपये अर्पित कर दिये। कुछ प्राणायाम बताने के अलावा आचार्य ने उसके सामने एक रहस्योद्घाटन भी किया कि सुबह उठकर ताज़ी हवा में टहलने से उसका मधुमेह नियन्त्रण में आ सकता है। वह इस रहस्योद्घाटन से कृतकृतार्थ हो गया और आचार्य के चरणों में मय हज़ार रुपये झुक गया। हालाँकि झुकने से पहले वह क्षणांश को ठिठका था और हमने इसे रीड कर लिया था।

उस पचास वर्षीय मरीज़ को प्रस्थान करने से पहले हम ऐसी जगह ले आये जहाँ से आचार्य न दिखें। आचार्य के विषय में हमने ऐसी-ऐसी छोड़ी कि उसे आश्चर्य में भरकर हमारा वांछित प्रश्न पूछना ही पड़ा।

"आचार्यजी की उम्र कितनी है?"

"श्री आचार्यजी की अवस्था इस समय सैंतालीस वर्ष है पर योगबल से उन्होंने इसे सत्ताइस पर रोक रखा है। अब योगबल से उनकी अवस्था तीन वर्ष में एक वर्ष इतनी बढ़ती है।

योगप्रवीर श्री सुनील के मुख पर इस झूठ का आभामंडल साफ देखा जा सकता था कि कैसे उन्होंने अट्ठाइस साल के लौंडे को खड़े-खड़े सैंतालीस का बना डाला। उनकी शिष्या सुश्री मालविका बहन भी कोई अड़तीस-चालीस के आसपास थी और उनके चेहरे पर तेइस साल की कन्या की कमनीयता थी। वाह योग...आह योग।

दुकान का विस्तार और एक मद्धम-सी उम्मीद

तो हमारा धन्धा चल निकला। और वह भी काफ़ी कम समय में। हमने इस अविश्वसनीय काम को सम्भव बनाने के लिए सिर्फ़ एक सावधानी बस्ती थी। वह था मीडिया को अपने साथ मिला लेना। शाश्वत ने समझ लिया था कि इस युग की सबसे बड़ी और सबसे भ्रष्ट शक्ति यही है जो किसी को भी उठा और गिरा सकती है। हमने अपने सारे क्रेडिट और सम्पर्क खंगाल डाले और मीडिया को साम-दाम-दंड-भेद से अपने साथ कर लिया था। यही कारण था कि हम चार दिन की उपलब्धि एक द्रिन में पाने लगे थे। फिर भी हमारे सामने कई परेशानियाँ थीं। मसलन हमारे पास आगन्तुकों से मिलने के लिए कोई अच्छा स्थान नहीं था। आचार्य थोड़ी दूरी पर स्थित एक सुन्दर और साफ़ पार्क (जिनकी संख्या दिल्ली में साफ़ पानी के नलों से ज़्यादा है) में सुबह-शाम अपना अड्डा जमाते और इस बीच सिगरेट की तलब होने पर ज़ार-ज़ार छटपटाते। पार्क में हरी घास पर श्वेत वस्त्र (सफ़ेद कपड़ा नहीं) बिछाकर नेत्र (आँखें नहीं) मूँदकर बैठ जाने पर इतना दिव्य लुक आता कि साला ग्राहक हमारे जाल में यूँ चुटकी बजाते फँस जाता।

किसी के पेट को कम करने के लिए आचार्य उसे उग्रासन करके दिखाते, किसी की रीढ़ के दर्द को चक्रासन का रामबाण सुझाते, किसी का पेट साफ़ कराने के लिए पवनमुक्तासन की राह पकड़ाते। आचार्य कुछ ही दिनों में बम पारंगत हो गये थे। बैठे-बैठे सट से शीर्षासन कर लेते और उसी अवस्था में शरीर की शुद्धता और पवित्रता जैसे पूरब विषय पर बोलते तो अगले ही पल शरीर की नश्वरता और आत्मा की सनातनता जैसे पश्चिम विषय पर अपना ज्ञान बघारने से ख़ुद को नहीं रोक पाते। जैसा कि हमेशा से होता आया है, जनता को जितनी ज़्यादा वाहियात चीज़ हो उतनी ज़्यादा पसन्द आती है, आचार्य के प्रवचनों की माँग योग और आसनों की अपेक्षा बहुत ज़्यादा बढ़ने लगी।

शाश्वत के 'बोलने' के हम शुरू से कायल थे। उसकी आवाज़ साफ़ थी, उच्चारण शुद्ध था और उसके पास दिमाग़ था। उसने हमसे राय बात की, कई कोणों से विचार किया गया और दुकान का विस्तार करने का निर्णय लिया गया।

उसने पूरे दस दिनों तक गहन होमवर्क किया। ख़ूब देखा, ख़ूब सुना और ख़ूब पढ़ा। सुबह दो-तीन घंटे चैनल बदल-बदलकर दाढ़ीवाले और क्लीन शेव्ड बाबाओं, बापुओं, स्वामियों और आचार्यों को ध्यान से सुनता, गुनता और कुछ नोट भी करता जाता। दिन में कई ऐसे गुरुओं के होम प्रोडक्शन की किताबें व पत्रिकाएँ पढ़ता और सोचने लगता, कभी हँस पड़ता और हमें भी कुछ सुनाता रहता।

एक बापू ब्रह्मचर्य विशेषज्ञ थे। भारत की जनसंख्या को नियन्त्रित करने का उनका एक ही और सबसे असरदार अस्त्र (जिसे वे ब्रह्मास्त्र कहते थे) था ब्रह्मचर्य। उनके अनुसार औलादें औलाद नहीं, ब्रह्मचर्य खंडन का परिणाम हैं। उनके ब्रह्मचर्य विषयक प्रवचन इतने असरदार होते कि परिवार समेत प्रवचन सुनने गया गृहस्वामी पत्नी और बच्चों को तम्बू में छोड़ अकेला ही घर लौट आता। बापू ने ब्रह्मचर्य न पालने के परिणामों पर कई डरावनी पुस्तकें भी लिखी थीं। कोई इज़्ज़तदार इन्सान इनमें से एक भी पढ़ ले तो उसे एक बार भी ब्रह्मचर्य खंडित होने पर इतनी ग्लानि हो कि वह तुरन्त आत्महत्या कर ले। पालन के कई उपायों में से एक मन्त्र का जाप भी था। कमाल यह पता चला कि कई पति इस मन्त्र का जाप करते हैं और अपनी पत्नियों से अलग सोने लगे हैं। इस सफलता की बात को बापू कई बार अपने प्रवचनों में दिन-दहाड़े बताते भी हैं।

एक बाबा, जिन्हें योग सिखाने का जुनून था यह कहते हुए पाये गये कि भले ही सुबह खाने को न मिले, योग ज़रूर करना चाहिए। बिना खाए योग करने पर यदि कोई बीमारी हो जाए तो उसके इलाज के लिए उनके पास एक-से-एक औषधियाँ थीं जो उनकी पाँच सौ करोड़ की टर्नओवरवाली कम्पनी में बनायी जाती थीं।

एक आचार्य थे जो हिन्दू धर्म के बहुत बड़े झंडाबरदार थे। प्रवचन में उनके दो पसन्दीदा विषय थे 'मैं' और 'श्रीराम' (श्रीराम और मैं नहीं)। जो भक्त इन दोनों विषयों

में रुचि नहीं रखते थे उनमें वह रुचि नहीं रखते थे। अपने ईश्वर में इतनी श्रद्धा रखते थे कि उनके विषय में बातें करते वक़्त उनकी आँखों से श्रद्धा के आँसू निकल आते (उनके साथ-साथ भक्तों के भी) और दूसरों के ईश्वरों से इतनी घृणा करते थे कि उनकी आँखों से लुत्तियाँ निकलने लगतीं (उनके साथ-साथ भक्तों के भी)। वह कक्षा में बच्चों को पढ़ाने की शैली में प्रवचन करते। वह सवाल करते, बच्चे जवाब देते।

दस दिन के अथक परिश्रम के बाद ऐलान-ए-शाश्वत कुछ यूँ था।

"बेकार ही दस दिन इन सब पर रिसर्च की। ये लोग जो दिस दैट बोलते रहते हैं, मैं उससे लाख गुना अच्छा बोल सकता हूँ। बस ये ध्यान रखना है कि आवाज़ में थोड़ी माइल्डनेस और लानी है। साथ ही शाहरुख खान की तरह थोड़ी ओवर एक्टिंग भी सीखनी है ताकि बोलते-बोलते रोना आ जाए।"

"और हाँ, अगर बोलना हो 'सीता की आँखों में आँसू आ गये' तो बोलना पड़ेगा 'मृगनयनी सीता माता के कमल लोचनों में जल भर आया' और मुँह पूरा खुल जाना चाहिए और आँखें आधी बन्द।" यानी सुनील भी धन्धे में पूरा ध्यान दे रहा था।

...आखिर यह भी हुआ और ख़ूब हुआ। देखा, इस देश में जितनी अच्छी पैकिंग हो, चीज़ उतनी अच्छी बिकती है, शाश्वत ने कहा था। सचमुच, लोग चुपके से चन्दा वग़ैरह भी देने लगे थे। बदले में वह अपने व्यवसायिक प्रतिद्वन्द्वी को परास्त करने का रास्ता पूछते या किसी की पत्नी को अपने आगोश में प्राप्त करने का मन्त्र-यन्त्र। आचार्य का काम यह नहीं था। उन्होंने ऐसे कई श्रद्धालुओं का डाँटकर भगा दिया था। मगर यह काम अब सुनील ने सँभाल लिया था। मोटी रक़म के साथ आये ग्राहक को वह कोई चिरकुट-सा धागा अभिमन्त्रित बताकर थमा देता या सुडोकू जैसा कुछ बनाकर उसे कारगर यन्त्र बताकर टिका देता। यह दीगर बात है कि शाश्वत को जब भी यह पता चला तो दोनों में जमकर बहस हुई जिसमें हर बार मालविका ने सुनील का पक्ष एक स्लोगन के साथ लिया—बिज़नेस इज़ बिज़नेस।

हमारा समय फ़िल्मों की तरह चट से बदल गया था। शाश्वत का नायक की तरह (उसके पास नायिका थी) और हमारा नायक के दोस्तों की तरह। वरना कुछ समय पहले तक हम इतनी बार टूट-टूटकर जुड़े थे कि हमारे जोड़ मुस्कराहट के कपड़ों के ऊपर से भी साफ़ दिखते थे। अब नहीं। अब हमारे जोड़ों पर समय ने धन, सम्मान और ख़ुशियों से प्लास्टर कर दिया था और हम मज़बूत बन गये थे, थोड़े भारी भी। हमने मयूर विहार में एक फ़्लैट ले लिया था और राजाओं की तरह ऐश कर रहे थे। एक बाबा के सौजन्य से गुड़गाँव के एक बहुत भीतरी इलाके में एक झोंपड़ी भी डाल दी थी जिसे मीडिया ने हमारा आश्रम बताया और लोगों के हुज़ूम को बड़े आराम से उधर मोड़ दिया। "ये मीडिया और ये बाबा, सदी की दो सबसे ताक़तवर और भ्रष्ट चीज़ें मिलेंगी तो कमाल तो होगा ही," शाश्वत अपने पाँव छूने को बेताब लोगों की भीड़ को देखकर अक़्सर

मालविका से कहता। मालविका का फ़्लैट मालवीय नगर में था पर वह ज़्यादातर हमारे घर में ही रहती। जब हम साथ होते तो आगे के प्रवचन और कार्यक्रम की रणनीति बनाते और जब हम हट जाते तो शाश्वत और मालविका अपने भविष्य की रणनीति बनाते। ज़्यादातर बातें कमरों के पर्दों के रंग, बड़े घर, और बड़ी गाड़ी पर होतीं।

उस दिन अचानक बातों का रुख पता नहीं कहाँ से कहाँ मुड़ गया।

शाश्वत की गोद में मालविका का सिर था और चारों तरफ़ हल्के प्रकाश में गाढ़ा प्रेम मिला हुआ था।

''क्या हुआ? बहुत ख़ामोश हो।'' मालविका ने सिर को टेढ़ा करके उसकी तरफ़ नज़रें घुमायीं।

''कुछ नहीं। बस यूँ ही...कुछ सोच रहा हूँ।''

''क्या...?''

''यही कि हम क्या कर रहे हैं।''

''क्या कर रहे हैं? प्यार कर रहे हैं।''

''नहीं, मैं हमारे व्यवसाय के विषय में बात कर रहा हूँ।''

''क्या...?''

''मुझे कभी-कभी ये सब अच्छा नहीं लगता। हालाँकि मैं अपने प्रवचनों में जो कहता हूँ, उसका अर्थ मुझे भली-भाँति पता है पर उनमें से कुछ बातें मुझे कभी-कभी बहुत सही लगने लगी हैं।

''तो...?''

''मुझे आश्चर्य होता है कि मेरे प्रवचनों में बहुत भीड़ होती है। हज़ारों लोग आते हें, मेरी बातों को ध्यान से सुनते हैं, मेरी हाँ में हाँ मिलाते हैं पर कहीं कुछ बदलता नहीं है।''

''क्या बदले? क्या चाहते हो तुम?''

''तुम उठो मत, लेटी रहो। पता नहीं क्या चाहता हूँ पर सन्तुष्ट नहीं हूँ। जानती हो, जब मैं छोटा था तो सारी बुरी चीज़ों को देखकर सोचता था कि मुझे कहीं से कोई शक्ति मिल जाए ग़ायब होने की तो सबकी परेशानियाँ दूर कर दूँ...।''

'' ?''

''दरअसल इस कार्यक्रम को करते-करते न जाने कब मेरे अन्दर एक और लालच भी जाग चुका था...सुन्दरता को क़ायम करने का। बदसूरती को दूर करने का। एक ख़ूबसूरत दुनिया बनाने का...लोगों को फूलों से प्रेम सिखाने का, उन्हें तितलियों, पहाड़ों और नदियों की ख़ूबसूरती समझाने का। नफ़रत की बदसूरती दिखाने का...प्रेम का...।''

''ये आज कैसी बे-सिर-पैर की बातें कर रहे हो?''

"तुम उठ क्यों गयी? जानती हो, हम ये समझ रहे हैं न कि हम जनता को मूर्ख बना रहे हैं। हम दरअसल उन्हें अच्छी बातें बता रहे हैं पर वे हमें मूर्ख बना रहे हैं। वे कुछ भी ग्रहण नहीं करते, न करना चाहते हैं। मैं सोचने लगा था कि मैं किसी को कुछ दे सकता हूँ, सिखा सकता हूँ। सन्तोष, आदर, प्रेम...वे कुछ लेकर नहीं जाते। दरअसल यह एक हास्यास्पद मगर क्रूर खेल है जिसमें हम मोहरे ये समझते हैं कि हम इस खेल के सूत्रधार हैं। मगर जो सूत्रधार हैं वे हम मोहरों से मनोरंजन करके, थोड़ा हँसकर, थोड़ा रोकर अपने घरों को चले जाते हैं,एक नयी ताज़गी के साथ। अब मुझे सब पाखंडी बाबाओं पर गुस्सा नहीं आता। वे जनता को मूर्ख बना रहे हैं पर कुछ शब्द उनके ज़रिए लिये जा सकते हैं, प्रेम, सम्मान, शान्ति...। पर कुछ नहीं, हमसे खेलनेवाले बहुत क्रूर हैं। उस दिन जो झगड़ा हो गया मेरे प्रवचन के दौरान वाहन स्टैंड में...।"

"ओह, तो तुम उस छोटी-सी वजह से परेशान हो?"

"परेशान नहीं...। बात कुछ और है। पर हाँ,परेशान तो हूँ ही। दरअसल उस दिन मैं रिश्तों और जीवन में धैर्य पर बोल रहा था। तुमने देखा न, मैं ख़ूब बोला और कई कहानियाँ और प्रेरक प्रसंग सुनाए। जब मैंने पूछा कि कितने लोग अब से जीवन में धैर्य का पालन करेंगे और क्रोध पर नियन्त्रण करेंगे, तो जानती हो क्या हुआ?"

"?"

"कोई ऐसा नहीं था जिसने हाथ न उठाया हो। मुझे न जाने क्यों थोड़ी-सी ख़ुशी भी हुई थी उस समय जबकि मैं शायद हमेशा की तरह अभिनय ही कर रहा था। मुझे लगा...।"

"छोड़ो न, हम भी क्या बातें लेकर बैठ गये। ये बताओ गाड़ी के बारे में क्या सोचा? तीनों ए.सी. लेंगे। यह क्या कि तुम्हारी गाड़ी ए.सी. और बाकी लोग साधारण गाड़ी में। तीनों कारें ए.सी. होंगी। जनता में भी सही और भव्य छवि बनेगी। सुनील होंडा सिटी के लिए ही कह रहा था। तुम क्या कहते हो?"

"ठीक है। जैसा तुम लोगों को ठीक लगे, करो।" यह कहकर वह बालकॅनी में आ गया और सिगरेट पीते हुए एकटक सितारों की ओर देखने लगा।

मालविका भी क़ायदे से उसके पास आती और उसकी परेशानी की असली वजह खोजने में उसकी मदद करती पर उस समय वह इतनी ख़ुश थी कि फोन मिलाकर सुनील से बातें करने लगी।

कमरे का प्रकाश धीरे-धीरे बहुत मद्धम होता जा रहा था।

उन बेरौनक दिनों की नींव

अब तक हमारी अध्यात्म की राष्ट्रीय कम्पनी बहुत अच्छी चल रही थी। कई

बहुराष्ट्रीय कम्पनियाँ हमसे हाथ मिलाना चाह रही थीं। यह वह दौर था जब हम उन सभी चेहरों के सम्पर्क में आये जिन्हें देख-सुनकर कहीं इस विचार का जन्म हुआ होगा।

एक बाबा जिन पर अपने आश्रम के लिए सरकारी ज़मीन हड़पने का केस चल रहा था (पर इससे उस ज़मीन पर का एक पौधा तक नहीं उखड़ पाया था), हमसे अपनी कम्पनी का टाइ-अप करके युवाओं के हित में कई नयी-नयी आध्यात्मिक स्कीमें चलाना चाहते थे। उनकी कम्पनी का टर्न ओवर देश की अग्रणी कम्पनियों में था। एक पूर्व प्रधानमन्त्री तक उनकी कम्पनी का नियमित ग्राहक था जिसे वह अपनी कम्पनी का ब्रांड अम्बेसडर बनाकर पेश किया करते थे और देश-विदेश के भक्तों की आत्मा का परमात्मा से साक्षात्कार कराते थे व लंकाकांड बाँचते समय ज़रूर रोते थे।

एक बाबा जिनका कॅरियर ग्राफ बिल्कुल शाश्वत की तरह था यानी वह प्रवचन इंडस्ट्री में वाया योग अध्यापन आये थे, उन दिनों दो ही काम कर रहे थे। कैंसर और एड्स का इलाज योग और आयुर्वेद (मतलब उनकी कम्पनी में बनी आयुर्वेदिक दवाइयाँ) से करने का दावा और शाश्वत को अपने खेमे में खींचने की कोशिश।

शाश्वत ने सबसे मुलाक़ातें की, किसी को निराश नहीं किया। सबको अपना बड़ा भाई माना (पिता मानने पर एक बाबा जो प्रवचन में साठ साल वालों को भी बेटा कहते थे, भड़क गये थे और अपनी पालतू नवयौवनाओं के सामने अपने दीर्घ स्तम्भन की दो-चार डरावनी कहानियाँ सुना डाली थीं)। सबको आश्वस्त किया कि वह आध्यात्म इंडस्ट्री के नियमों के अनुसार ही चलेगा। मगर इसमें एक अड़चन थी।

यह क़दम तो उसने बहुत पहले ही सोचकर इस पर पर्याप्त शोध किया था। मार्केट में प्रचलित सभी बाबाओं से अलग और लोकप्रिय छवि बनाने के लिए, कुछ अलग। सबसे बीमार और सबसे ग़रीब बस्ती में उतरकर ज़मीनी कार्य। मीडिया, जिसे ख़रीदने के लिए सिर्फ़ जेब में हाथ डालने की ज़रूरत भर थी, बहुत पहले ही सेट कर ली गयी थी।

हालाँकि उसने इसके क्रियान्वयन में थोड़ी आनाकानी दिखायी। उसकी तबीयत थोड़ी ख़राब थी शायद। पर चूँकि कार्यक्रम तय था, हमने समझा-बुझाकर उसे फील्ड में उतारा।

वह उनकी बस्ती में उतरा तो बस्ती के लोग ऐसे उतरा गये जैसे उनकी बस्ती में स्वयं नारायण आएँ हों। शाश्वत बस्ती को और वहाँ के लोगों को देखकर हैरान हुआ। हैरान और क्रोधित तो मैं भी हुआ था। हमें यही बस्ती चुननी थी? चारों तरफ़ रोगों और गन्दगी का साम्राज्य था। ऐसी-ऐसी बीमारियाँ फैली थीं कि कमज़ोर लोग नाम सुनकर ही छुआछूत का शिकार हो जाएँ। सुनील मज़े में बाकी काम सँभाल रहा है और मैं फालतू में इसके साथ फील्ड में उतर आया।

उस बस्ती में नंग-धड़ंग बच्चे गलियों में अपने ग़रीब खेल खेलते दिखायी देते। साइकिल के बेकार हो चुके टायरों को धकेलते हुए वे उसके पीछे दौड़ते। कुछ एक-दूसरे को कपड़े से बनी गेंद से मारने का खेल खेलते हुए आपस में माँ-बहन की गालियाँ देते हुए दौड़ते। जीवन की मूलभूत आवश्यकताओं से वंचना का प्रमाण अपने बदन और वदन पर लिये लोग-बाग अपनी झुग्गियों के बाहर बैठकर गाँजा, बीड़ी और तम्बाकू का सेवन करते और हर बार नये कारणों से भीतर काम कर रही स्त्रीलिंगों को गालियाँ देते। गालियाँ देते वक़्त बस्तीवाले पुत्री और पत्नी में भेद नहीं रखते थे। पिता और पुत्र इन्हें गालियाँ देते समय अपने झुके कन्धे मिला लेते ओर इससे थककर आपस में एक-दूसरे को गलीच गालियाँ देते और छोटे-छोटे मुद्दे पर महाभारत जैसा घमासान करते।

इस समय बस्ती महामारी की चपेट में थी। सभी निवासी शरीर और सूरत से ही बरसों के रोगी नज़र आते। किसी का शरीर सिर्फ़ हड्डियों का ढाँचा नज़र आता तो किसी के शरीर में सिर्फ़ पेट ही नज़र आता। सारा दृश्य किसी डरावने स्वप्न जैसा लगता। हर क़दम पर पिछले से बढ़कर हौलनाक व वीभत्स दृश्य दिखायी देते। ऐसा लगता अब यह स्वप्न इस अतिरंजक दृश्य से टूट जाएगा पर अगले ही क्षण उससे भी दहलाऊ दृश्य उपस्थित हो जाता। उल्टियों से भिनभिना रही बस्ती में मीडिया को कोई बहुत ज़्यादा उत्साहजनक बात नज़र नहीं आयी। उन्होंने थोड़ी देर शाश्वत को कवर किया, थोड़ी लाइव की और नाक बन्द कर, जान बचाकर चले गये।

अब हमें भी चल देना चाहिए था। मैंने चलने का प्रस्ताव रखा पर शाश्वत को न जाने क्या हो गया था। लोगों ने उसके पाँव छुए और सिर्फ़ एक बार अपने घरों में घुसने और बीमारों के सिर पर हाथ फेरने की विनती की। उनका विश्वास था कि उसके हाथ लगाने से ये लोग, ये लोग जो कई बार पहली नज़र में भ्रम से एक लाश जैसे दिखते थे, ठीक हो सकते हैं। वह एक-एक करके सबके घरों में जाने लगा। लोग उसके स्वागत में डायरिया ग्रस्त मरीज़ों की उल्टियों पर फ़टाफ़ट मिट्टी डाल रहे थे। कुछ ज़िद्दी कुत्ते उस मिट्टी को पैर से हटाकर उल्टियों को जल्दी से जल्दी साफ़ कर रहे थे। मैंने उसे कई बार टोका। मारे बदबू के मैं बेहोश हुआ जा रहा था। वह सबके पास जा-जाकर बैठ रहा था।

"आप हमारी बस्ती में थोड़ी देर रुक जाएँ तो सभी बीमारियाँ भाग जाएँ।"

"यह मेरा दो साल का बेटा है। सुबह से आठ उल्टियाँ कर चुका है। देखिए इसका शरीर कैसे ऐंठता जा रहा है। इसके माथे पर हाथ फेर दीजिए आचार्यजी।"

"मेरी पत्नी और बेटी दोनों उल्टी और दस्त से खाट से जा लगी हैं। मैंने दवाइयाँ खिलायीं और पानी भी पिला रहा हूँ पर बीमारी बढ़ती जा रही है गुरुदेव। दया करें।"

"मेरे पिताजी को न जाने क्या हो गया है प्रभु। बहुत हिलाने पर भी कुछ बोल

नहीं रहे हैं। आप एक बार देख लीजिए महाराज।''

मैं जितनी जल्दी हो सके इस नर्क से दूर भाग जाना चाह रहा था। मुझे लगा मैं थोड़ी देर भी और रुका तो मैं भी उल्टी करने लगूँगा।

''मैं गाड़ी में बैठा हूँ आचार्य, आप जल्दी आएँ।'' मैं बस्ती के बाहर खड़ी होंडा सिटी में आकर उसका इन्तज़ार करने लगा। पर बाप रे...वह शाम को आया। पाँच घंटे बाद, जब मैं कार में लेटे-लेटे दो नींदें ले चुका था। वह बिल्कुल टूटा-सा दिख रहा था, थका-हारा, निराश और बदहाल। इसे घर चलकर तुरन्त गरम पानी से नहा लेना चाहिए, मैंने सोचा।

घर पहुँचकर वह कुछ बोला नहीं और अपने कमरे में जाकर पड़ गया। उस दिन सुनील का जन्मदिन था। मालविका सुनील के लिए उसकी पसन्दीदा मिठाई लायी थी। हमने मिठाई खायी, थोड़ा डांस किया और सुनील को उपहार दिये। काफ़ी कहने के बावज़ूद शाश्वत कमरे से निकल तो आया पर एक भी मिठाई नहीं खायी। हमारी दोस्ती का यह पहला साल रहा जब हममें से किसी एक का जन्मदिन रहा और तीनों ने साथ शराब नहीं पी। उस दिन भी हम तीन पी रहे थे पर शाश्वत नहीं था। मालविका द्वारा जब प्रेम का वास्ता और क़सम दिये जाने पर भी वह पीने को तैयार न हुआ और कमरे में बन्द हो गया तो मालविका का मूड ख़राब हो गया। उसने ग़ुस्से की पिनक में एकाध पैग ज़्यादा पी लिया और सुनील जब उसे सहारा देकर उसके घर ले जाने लगा तो उसकी बाँहों में झूल गयी। शायद नशे की अधिकता से वह होश खो बैठी थी।

बाज़ीचा-ए-अत्फ़ाल है दुनिया मिरे आगे

चीज़ों को जानना उनके ख़िलाफ होना है। प्रेम, वासना, मोह, आकर्षण आदि न दिखायी देनेवाली चीज़ों से दुनिया चलती है और दिखायी देनेवाली चीज़ों के लिए मरती-मारती है। यह दुनिया न भोजन से चलती है, न धन से, न प्रेम से। ये सब भ्रम हैं। ये संचालित होती है दुखों के अकूत भंडार से। अकूत दुख हैं यहाँ। कई प्रकार के, कई आकार के, कई रंगों के, कई महक के...।'' कुछ खुले रूप में रखे हुए हैं और कुछ बन्द दरवाज़ों के पीछे रखे हुए हैं। पर तुम इतने मूर्ख हो कि उस बन्द दरवाज़े को खटखटाने का मोह छोड़ नहीं पाते। तुमने देखा कि तुम्हारे पड़ोसी ने उस दरवाज़े पर दस्तक दी और उसे दुख ही मिले पर अपने भाग्य को आज़माने को तुम विवश हो। तुम फिर-फिर वही ग़लती दोहराते हो और दुखों के अकूत भंडार में सिर से पाँव तक धँसते चले जाते हो। तुमने क्या कभी उन क्षणों को अनुभव किया है जब तुम पूरी दुनिया से वीतरागी हो जाते हो? तुम्हें कुछ भी अच्छा नहीं लगता—धन, भोजन, परिवार, मनोरंजन। तुम्हें किसी चीज़ की आकांक्षा नहीं रहती, यश, सन्तुष्टि, आराम, सम्भोग, समष्टि। अगर वह क्षण तुमने जीवन में एक बार भी अनुभव किया है तो इसका अर्थ है कि तुम्हारे

भीतर मनुष्यता का एक अंश शेष है...अब भी। वह क्षण ही इस दुनिया का वास्तविक सत्य है। उस समय यदि तुम्हें पारस भी मिले तो तुम उसे ठोकर मार दो। वही सबसे पवित्र अर्थात् सुख और दुख के मध्य की स्थिति है यदि कुछ समय रहे तो। पर तुम थोड़ी देर बाद ही फिर से सुखों के रूप में आये दुखों की ओर आकर्षित हो जाते हो। मैं तुमसे यह सब क्यों कह रहा हूँ? क्योंकि यही सत्य है। अब तक मैं तुमसे जो कुछ भी कहता आया हूँ, विशेष तौर पर जीवन की सुन्दरता के विषय में, वह सब झूठ है, सर्वथा मिथ्या। जीवन क़तई सुन्दर नहीं है। नहीं, मैं पागल नहीं हो रहा हूँ। विक्षिप्तता हालाँकि एक आनन्द है। दुखों के मूल भिज्ञता से जितना दूर खिसका जाएगा विक्षिप्तता उतनी ही पास आती जाएगी। विक्षिप्त मनुष्य धरती पर ईश्वर है। पर धरती के अलावा भी कहीं क्या ईश्वर है? नहीं, नहीं है और यदि है भी तो धरती पर प्राप्त क्रूरतम प्राणी से भी क्रूर है तुम्हारा ईश्वर!

एक बस्ती है मेरी नज़र में। मेरी नज़र में एक है, तुम्हारी नज़र में भी एक होगी। यह बहुत बड़ी है। यह दुनिया के हर कोने में फैली हुई है। वहीं ईश्वर नहीं पहुँचता क्योंकि वह तुम्हारी जेबों में ओझल है, तुम्हारी तिजोरियों में क़ैद है और तुम्हारे शरीर पर रहता है। उस बस्ती के हर घर में एक-दो बीमार लोग हैं। हर घर में। क्या तुम बता सकते हो उनकी बीमारियाँ क्या हैं? नहीं हैज़ा और डायरिया तुम्हें होते हैं क्योंकि ये ठीक भी हो सकते हैं। उनके रोग कभी ठीक नहीं होते। उनकी बीमारियाँ बड़ी रहस्यमय हैं। जब उनके परिवार का एक सदस्य कुछ ठीक-सा दिखायी देने लगता है तो दूसरा बीमार पड़ जाता है और यह सिलसिला चलता रहता है।

मैं आप सभी भक्तों से, जो प्रवचन में उपस्थित हैं और जो नहीं भी हैं, अपील करता हूँ कि बस्ती में चलें। तन, मन, धन जिस तरह भी सम्भव हो, उनकी सेवा करें। मैं विश्वास दिलाता हूँ कि ईश्वर यदि कहीं हुआ तो वहीं मिलेगा।

बिगड़ी मन:स्थिति या पागलपन?

एक दिन तो वह मालविका को भी बस्ती में ले गया। वह बस्ती के दृश्य देखकर भागने लगी। उसका दुपट्टा नाक पर आ गया और भौंहें चढ़ गयीं।

"मेरा साथ नहीं दोगी?"

"दूँगी, पर इस नर्क में नहीं...।"

"यदि नर्क ही मेरी नियति बन जाए?"

"मुझे जाने दो शाश्वत।"

वह हाथ छुड़ाकर भागी तो न जाने क्यों शाश्वत की नज़रें बड़ी देर तक उस रास्ते पर लगी रहीं जिससे वह गयी थी और थोड़ी देर बाद अचानक वह रहस्यमय ढंग से मुस्कराने लगा था। उसकी मुस्कराहट ख़ासी डरावनी लगी थी।

शाश्वत अब अकेला था। कई प्रवचनों में लगातार भक्तों से अपील करते रहने के बावजूद एक भी भक्त उसके साथ नहीं था।

मुझे जल्दी ही महसूस हुआ कि शाश्वत का यह क़दम ग़लत ही नहीं बल्कि बेवकूफ़ी से भरा हुआ है। अन्तर्राष्ट्रीय स्तर के कुछ बाबा भी उसके इस क़दम से नाराज़ थे। कुछेक ने फोन करके कहा कि शाश्वत को ये मूर्खताएँ करने से रोको वरना वह किसी भयंकर बीमारी की चपेट में आ जाएगा।

अब वह नियम से बस्ती में जाने लगा था। बल्कि कुछ समय बाद तो वह नियम से फ़्लैट पर आने लगा था। मीडिया ने उसे कवर करना छोड़ दिया था और भूत-प्रेतों और फ़िल्मी सितारों के विवाह जैसी महत्त्वपूर्ण चीज़ों को कवर कर रही थी। हम असमंजस की स्थिति में थे। हर विषय पर हमसे चर्चा कर निर्णय लेनेवाला शाश्वत उधर से ही एक पारदर्शी साउंडप्रूफ खोल में बन्द होकर आता। हम कुछ बोलते तो उसे हमारे होंठ हिलते दिखायी देते और वह मुस्करा देता। वह अव्वल तो कुछ बोलता नहीं और बोलता तो हमें सिर्फ़ उसके होंठ हिलते दिखायी देते या मिलतीं न समझ में आनेवाली बातें।

उस रात सभी चोटी के बाबा हमारे फ़्लैट पर आधे घंटे के लिए आये थे, शाश्वत को समझाने। वह रात ग्यारह बजे रोज़ रात की तरह थका हुआ आया। हम सभी कुर्सियों पर बैठे उसका इन्तज़ार कर रहे थे। वह आया और एक कुर्सी पर ढेर हो गया गोया भरभराकर झर गया हो। बाबाओं ने उसे अलग-अलग चीज़ों का अलग-अलग तरीक़े वास्ता दिया। पता नहीं वे सच में शाश्वत के हितैषी थे या शाश्वत की सम्भावित प्रसिद्धि से डर रहे थे। वह सब चुपचाप सुनता रहा।

"ख़तरा यह नहीं कि ईश्वर मर चुका है।" वह अचानक मुस्कराता हुआ बोला।

"बल्कि ख़तरा इससे है आध्यात्मिक बनियों कि नीत्शे भी मर चुका है। मर गया है नीत्शे भी।" वह उनका मज़ाक उड़ाता हँसने लगा।

"मुझे आपके उस राम पर ज़रा भी श्रद्धा नहीं जो एक तरफ़ तो एकपत्नीक होने के कारण पुरुषोत्तम कहा जाता है तो दूसरी तरफ़ एक महिला के प्रणय निवेदन के जवाब में उसका परिहास करता है और उसके नाक-कान तक काट लेता है।"

बाबा व्हिस्की का घूँट भरते हुए रुक गये। उनकी आँखों से लुत्तियाँ निकलने लगीं और वह पैग ख़त्म कर चलते बने।

"आपका योग और इसके प्रयोग से देश को निरोग बनाने का संकल्प दोनों झूठे हैं। क्यों नहीं चलते आपके प्रशिक्षण शिविर पिछड़े गाँवों में? क्यों रहते हैं महीने में बीस दिन विदेशों में?"

शाकाहारी योगगुरु नमकीन खाते-खाते रुक गये, धीरे-से कुर्सी से उतरकर सुनील के पास ठिठके और बाहर निकल गये। उनका एक संवाद बड़े डरावने तरीक़े से

कमरे में देर तक गूँजता रहा था, "अफ़सोस, तुम्हें पता ही नहीं कि तुम किन लोगों की अवहेलना कर रहे हो और तुम्हारे साथ क्या-क्या हो सकता है?"

"और आप? ब्रह्मचर्य की क्या अवधारणा है आपकी? आप क्यों अपने मनु महाराज की बात उद्धृत करते रहते हैं कि व्यक्ति को माँ, बहन और पुत्री के साथ भी एकान्त में नहीं बैठना चाहिए क्योंकि इन्द्रियाँ बड़ी बलवान होती हैं। यह कथन क्या बताता है? कौन बड़ा मानसिक रोगी है? आप या आपके मनु महाराज?"

"यही सब...हो।"

"निकल जाओ सब-के-सब। अभी, इसी समय।" शाश्वत चीख़ा और कमरा ख़ाली हो गया। अब हम चार बचे थे। सुनील क्रोध में हिंसक नज़र आ रहा था। उसने मुर्गे की टाँग एक बार में ही खींच ली और अपना पैग एक साँस में ख़ाली कर गया।

"क्या नाटक लगा रखा है? क्या चाहते हो आख़िर तुम?" उसकी आवाज़ नशे में फँस रही थी।

"कुछ नहीं, सिर्फ़ दुखों का शाश्वत समाधान।" वह बिल्कुल शान्त नज़र आ रहा था।

"क्या दुख-दुख चिल्ला रहे हो? कहाँ है दुख?" सुनील ने बात पर ज़ोर देने के लिए नशे की झोंक में मेज़ पर रखा पापड़, नमकीन और चिकन ज़मीन पर गिरा दिया। "कहाँ है दुख? कहाँ है, दिखाओ मुझे।" उसकी तेज़ आवाज़ पूरे अपार्टमेंट में गूँज गयी। उसका चेहरा लाल होकर तमतमा रहा था और वह चीखता हुआ हिस्टीरिया का मरीज़ लग रहा था। मैं और मालविका स्तब्ध थे।

शाश्वत शान्त भाव से सोफ़े पर बैठ गया और सुनील की ओर ममता भरी नज़रों से देखता हुआ बोला, "मुझे तुम्हारे कॉलर के नीचे खुले बटन से झाँकता दुख दिखायी दे रहा है। अभी वह काले बाल की शक्ल में है जो कुछ समय बाद सफ़ेद होने लगेगा। वह हालाँकि असली दुख नहीं है पर तुम्हारे लिए वही दुख है...एक आसान और सहज दुख।"

"तुम ऐसी बातें इसीलिए कर रहे हो ना कि तुम दिखाना चाह रहे हो कि तुम कितने महान और ज्ञानी हो और हम कितने निकृष्ट पापी? तुम्हारा मक़सद ये है न कि हम तुम्हारी इज़्ज़त करने लगें और सिर्फ़ तुम्हारा प्रभुत्व मानें? ऐसा नहीं होगा, सुना तुमने? ऐसा नहीं होगा...कभी नहीं। धन्धे में हम सबका बराबर हिस्सा है...हम सबका।"

वह गिरता, इससे पहले ही मैंने और मालविका ने उसे थामकर सोफ़े पर लिटा दिया। वह उत्तेजना से हाँफ रहा था और उसकी साँसें तेज़ चल रही थीं। शाश्वत ने हम सब पर एक नज़र डाली और कमरे में चला गया।

एक ही दिन में कितनी उम्र बढ़ गयी मेरी
अभी तो दिन बीता भी नहीं!

> रोज़ कितने आराम से
> चलता चला जाता था दूर तक टहलता
> आज क्या हुआ कि घने कुहासे में मेरे पाँव
> एक बूढ़ी औरत की लाश में फँस गये
> आज मैंने एक बाप को
> मरा हुआ बच्चा बिना कफ़न के गंगा में फेंकते देखा
> देखा, दो लोग एक बाँस की फट्टी में बाँधे
> टाँगे चले जा रहे हैं एक कुचला हुआ शव
> दिन में कई-कई बार लाश ढोनेवाली गाड़ियाँ देखीं —अरुण कमल

तुम ज़रूर जानना चाहती हो क्या हुआ है। मैं तो ख़ुद नहीं जानता, तुम्हें कैसे बताऊँ? हाँ, यह ज़रूर जानता हूँ कि ये एक हफ़्ते मेरे लिए किसी दुखद स्वप्न जैसे थे। एक ऐसा दुखद स्वप्न जो टूटने से पहले मुझे पूरी तरह बरबाद कर गया।

...जिस दिन मैं पहली बार बस्ती में घुसा था उस दिन मेरे साथ एक हौलनाक हादसा पेश आया था जो मेरे साथ नहीं हुआ था। एक झोंपड़ी के सामने एक बूढ़ा अपनी एड़ियाँ रगड़ रहा था। उसकी चन्द साँसें ही उसके पास बची थीं। उसकी पत्नी और छोटे बच्चे उससे लिपटकर रो रहे थे और मुझसे उसकी जान बचाने की गुहार कर रहे थे। मैं उनकी जान कैसे बचा सकता था? इसी बीच बूढ़े का जवान बेटा उसके पास आया और उसकी जेब से पैसे निकालने लगा। घरवाले उसे रोकने लपके पर तब तक वह अपने बाप की जेब से पैसे निकाल चुका था। कितने...? कुछ सिक्के, जो शायद उसकी जेब में छूटे रह गये थे। सबको लड़के पर बहुत ग़ुस्सा आया पर मुझे लड़के पर बहुत प्रेम और दया आयी। वह बाप की हालत देखकर रोने लगा और कच्ची शराब की दुकान पर चला गया। मैं हिल गया मालविका...पूरी तरह हिल गया। एक माँ थी जो अपने बच्चे को सिखा रही थी कि वह जाए और सामनेवाली बस्ती की दुकान से कुछ रोटियाँ चुरा लाए ताकि उसके छोटे भाई-बहन खा सकें। वह चुराने में क़ामयाब हो गया पर अकेले ही सारी रोटियाँ खा गया और माँ की मार ख़ुशी-ख़ुशी खा रहा था। एक लड़की ने आत्महत्या करने की कोशिश की और उसके घरवाले उसे कहीं इलाज के लिए ले जाने की बजाय उसे गालियाँ दे रहे थे। नहीं, तुम वजह मत पूछो। मैं ख़ुद नहीं जानता। क्या कुछ चीज़ें बिना वजह के भी सही या ग़लत नहीं होतीं? ऐसी बहुत-सी घटनाएँ हुईं जो बिना वजह के भी सही या ग़लत थीं। क्या सही था क्या ग़लत, मैं इस पर नहीं सोच रहा

था...फिर किस पर सोच रहा था? सारी गड़बड़ी तब शुरू हुई जब मैंने यूँ ही...सिर्फ़ सोचने के लिए उन लोगों में अपने परिवार के चेहरे फिट करके देखा। मेरी प्यारी माँ, जो एक दिन के लिए भी घर जाने पर बिना खीर खाए जाने नहीं देती। मेरे पिता, जो मुझे अब भी अपनी सेहत का ख़्याल न रखने के लिए डाँटते हैं। मेरे बड़े भाई, जो मेरे लिए अपने हिस्से की मिठाइयाँ छोड़ दिया करते थे। फिर पता नहीं क्या हुआ...अचानक। मैं पता नहीं कहाँ जा रहा हूँ मालविका।

जानती हो उस बस्ती में एक प्यारा-सा बालक मुझे मिला जिसकी आँखों में एक अजीब-सी चमक है जो ख़ुशी और कष्ट के बीच की रोशनी है। उसका नाम सिद्धार्थ है। वह कई तरह के कष्टों से घिरा है। वह सिर से पाँव तक नितान्त दुख है। वह बस्ती के उन दो-चार बच्चों से भी काफ़ी परिपक्व है जो स्कूल नाम की एक टूटी-फूटी चीज़ में पढ़ाई नाम का झूठा काम करके आते हैं। वह सभी बच्चों से अलग है। वह मुझसे अक़्सर पूछता है, "क्या ईश्वर सचमुच है?" मैं कुछ देर सोचने के बाद कहता हूँ, "हाँ, है।" तो वह फिर पूछता है, "यदि है तो मेरी बीमारियाँ और कष्ट क्यों नहीं दूर करता? मुझे बहुत दर्द होता है, मेरे दर्द क्यों नहीं कम करता वह... ?" जानती हो मैं उसे प्रतिदिन कहता हूँ कि ईश्वर जल्दी ही सब ठीक कर देगा और अपने शब्दों के उदास खोखलेपन को महसूसते मेरी आँखें भर आती हैं। वह बच्चा एक अच्छा चित्रकार भी है। सुन्दर-सुन्दर चित्र बनाया करता है पर स्वयं वह अच्छे रंगों के प्रयोग से बना एक बिगड़ा हुआ चित्र है। पर वही सत्य है।

मैंने ऐसी-ऐसी कहानियाँ देखीं कि सारी तो तुम्हें बता भी नहीं सकता। क्या... ? मैं तब के बाद से कुछ ज़्यादा दुखी होने लगा हूँ? नहीं, तब के बाद से मैं एक अजीब बीमारी से त्रस्त हो गया हूँ। मैं दुखी ही नहीं हो पा रहा हूँ। मैं डरता हूँ कहीं मैं असामान्य तो नहीं हो रहा हूँ। मुझे कितना भी दुखद दृश्य देखकर दुख का अनुभव नहीं हो पा रहा इन दिनों। पता नहीं मेरे भीतर ये बीज कहीं बहुत पहले से दबे थे या फिर मैं इधर बहुत कमज़ोर हो गया हूँ। मुझे माफ़ करना, तुम्हारे साथ रहने और तुम्हारे प्रेम में मुझे कुछ भी अनुभव नहीं हो पा रहा है। शायद एक कोटा होता होगा अनुभवों का, जो धीरे-धीरे प्रयोग करने पर ख़त्म होता जाता हो। मुझे जो अनुभव हो रहे हैं वह शायद मैं बता नहीं पा रहा हूँ या तुम समझ नहीं पा रही हो...।

बेनाम-सा ये दर्द ठहर क्यों नहीं जाता

हम उसकी गतिविधियाँ देखकर स्तब्ध और कुछ-कुछ सहमे से थे। हमारा डर वह अपनी हरकतों से रोज़-ब-रोज़ बढ़ाता ही जा रहा था।

एक दिन पानी सिर से ऊपर जाता देख हम दोनों ने उसे टोका।

वह गन्दे कपड़े पहने बस्ती से आया और सोफ़े पर बैठकर किसी से बातें करने

लगा। किससे? पता नहीं। उसके पास कोई नहीं था। हम तो जैसे दहल गये।

"क्या है यह? क्या कर रहे हो तुम?"

"खेल रहा हूँ इस बच्चे के साथ।"

"कौन बच्चा? क्या बक़वास कर रहे हो तुम?" हम बहुत भयभीत हो उठे थे अचानक।

"यही बच्चा। सिद्धार्थ नाम है इसका। यह बहुत दुख में है सुनील।"

मैं आगे बढ़ा और उसे झकझोर दिया।

"कहाँ है बच्चा? तुम पागल हो रहे हो शाश्वत।"

बदले में उसने ऐसी हरकत की कि हमारा कलेजा डर के मारे उछलकर हलक में आ गया। ज़मीन पर झुकते हुए फ़र्श को माथे से लगाते हुए बोला, "यह बच्चा मेरा गुरु है सुनील। इसने मुझे जीवन का अर्थ समझाया है और कमाल देखो न...जब अर्थ समझ में आया तो पाया कि कोई अर्थ ही नहीं है इसका।"

हम सन्नाटे में थे। हममें से सबसे मज़बूत दिमाग़ का मालिक अपना दिमाग़ी सन्तुलन खो चुका था। हम मालविका के फ़्लैट के लिए भागे। शायद वह इस जाते हुए को वापस ला सके। निकलते हुए हमें उसकी कमज़ोर आवाज़ सुनायी दी, "मैं पागल नहीं हो रहा, काश हो पाता। बल्कि चाहो तो मुझे मानसिक दिवालिया घोषित कर सकते हो।"

मालविका उससे नज़रें मिलाते हुए न जाने कौन-से अपराधबोध से ग्रस्त थी या शायद उसके पागलपन से डर रही हो। वह उसके गले नहीं लगी। दोनों एक ही सोफ़े पर बैठे रहे। मालविका ने थोड़ी देर बाद उसकी हथेली ऐसे थामी जैसे कोई इलज़ाम लेने को विवश हो।

"अगर मुझे कोई बीमारी हो जाए तो भी तुम मुझे इतना ही प्यार करोगी?" उसने अचानक बिना भूमिका बनाए पूछा।

"हं...हाँ।"

"अगर मुझे लकवा मार जाए तो...?"

"हाँ शाश्वत, मगर तुम ये क्यों... ?" उसी आवाज़ के दोनों सिरों पर भय लिपटा था।

"और अगर मुझे कोढ़ हो जाए तो...?" उसका लहज़ा पहले से भी ठोस था।

मालविका रोती हुई अन्दर भाग गयी। सुनील उसे चुप कराने अन्दर दौड़ा और शाश्वत पागलों की तरह हँसने लगा। उस रात सुनील और मालविका दोनों एक मत से सहमत हुए कि शाश्वत का पागलपन अचानक ख़तरनाक और हिंसक मोड़ ले चुका है। उसी रात मुझे लगा कि जैसे वह पागल नहीं हुआ है बल्कि किसी मानसिक सदमे से उसका सन्तुलन थोड़ा-सा बिगड़ गया है जो थोड़े से इलाज़ के बाद ठीक हो सकता है।

उसने तीन बड़े डॉक्टर अधिकृत कर लिये थे जो दिन भर अपने लाव-लश्कर के साथ बस्ती में डटे रहते। बस्ती का आकार बढ़ता जा रहा था, रोगियों की संख्या बढ़ती जा रही थी, शाश्वत की मूर्खताएँ बढ़ती जा रही थीं और हमारे पैसे घटते जा रहे थे।

हम मेहनत और बुद्धि से कमाए पैसों को इस तरह बरबाद नहीं होते देख सकते थे। हमने शाश्वत को समझाने की कोशिश में ज़मीन आसमान एक कर दिया पर वह था कि हमेशा उस पारदर्शी खोल में जा घुसता। घर आता तो उसकी हरकतें हमें और आश्वस्त करतीं कि वह पागल हो गया है। जिसे वह सिद्धार्थ बताता, हमें उसकी परछाईं तक नहीं दिखती। वह एक अनजान-सा शख़्स दिखने लगा था। ऐसा लगता उसने जितने चेहरे आज तक जिये हैं वे चेहरे उसके अब के चेहरे पर उग आये हैं। कभी वह सन्त लगने लगता है, कभी पापी, कभी निर्दोष बालक और कभी एक ऐसा अजनबी जिसे देखकर लगता है कि इसे कहीं देखा है।

इसी बीच मुझे उसके साथ बनारस जाना पड़ा।

उसके घर से ख़बर आयी कि उसके पिताजी बीमार हैं और वे उसे याद कर रहे हैं। मैंने पूरी यात्रा के दौरान उसकी बीमारी को समझने की कोशिश की। आख़िर वह मेरे बचपन का दोस्त था। रास्ते भर वह अपनी बर्थ पर एक तरफ़ दबकर सोया था। ख़ाली जगह में उसके अनुसार सिद्धार्थ सोया था। मैंने ख़ाली जगह में हाथ फिराया, एकाध बार वहाँ बैठा भी पर मुझे किसी की उपस्थिति महसूस नहीं हुई।

उसके पिता की तबियत बहुत ज़्यादा नाज़ुक थी। जैसे वे शाश्वत को देखने के लिए ही अटके हों। शाश्वत के भाई उनका अच्छे डॉक्टरों से इलाज करा रहे थे। वह कुछ देर तक पिता के पास बैठा। पिता आँखों में प्रश्न लिये उसकी तरफ़ देख रहे थे। उसने पिता के माथे पर हाथ फेरा ओर एक ठंडी साँस लेकर बोला, ''अनदेखे का भय हमें उसका आनन्द लेने से रोकता है। भय से मुक्ति ही वास्तविक मुक्ति है।''

पिता ने कुछ न समझ पाने की स्थिति में आँखें मूँद लीं। वह गंगा की तरफ़ निकल गया। मैं उसके पीछे पहरेदार की तरह भागा। गंगा के घाट पर बैठकर लहरों को बड़ी ममता से देखने लगा। लहरों में पता नहीं उसे कौन-सा रहस्य दिख रहा था। मैं उसकी मन:स्थिति को समझने की कोशिश करता रहा और मूर्खों की तरह उलझा रहा। अचानक उठकर वह मणिकर्णिका घाट की तरफ़ चल पड़ा जिधर मुर्दे फूँके जाते हैं।

घाट पर हमेशा की तरह एक साथ कई चिताएँ जल रही थीं। वह एक तरफ़ बैठ गया और चिताओं को देखने लगा। मैं भी सहमा-सा उसके बगल में बैठ गया।

''जानते हो दुनिया का सबसे बड़ा आश्चर्य क्या है?'' सहसा उसने मेरी ओर मुँह करके पूछा। उसकी मुद्रा इतनी सामान्य थी जैसे हम येल चिको रेस्तराँ में बैठे हों और वह पूछ रहा हो कि मैं चाय लेना पसन्द करूँगा या कॉफी। जलते मांस की गन्ध

से मेरे सिर में खलबली मची थी। मैंने इतनी देर तक कभी श्मशान का सामना नहीं किया था। शाश्वत तो इधर बस्ती के कई लोगों को ख़ुद ही फूँकने गया था। श्मशान के पास देर तक बैठने पर जुगुप्सा के अलावा यह भी होता है कि श्मशान ढेर सारे सवाल पूछने लगता है। मैं चुप रहा।

"?"

"लोग श्मशान से लौटकर भी जीने की इच्छा शेष रखते हैं।"

उसके इस कथन पर मैं प्रतिवाद करता कि 'मरनेवाले के साथ मरा तो नहीं जा सकता' या 'ये तो प्रकृति का नियम है' या ऐसा ही कुछ, पर मैं चुप रहा। इधर मैं मुँह खोलता, उधर उल्टी हो जाती। ख़ुद को जज़्ब किये बैठा रहा।

"बनारस का आदमी कहीं भी चैन नहीं पा सकता उसे वापस लौटकर बनारस ही आना होता है चैन पाने के लिए।" कहता हुआ अचानक वह पैंट झाड़कर यूँ खड़ा हो गया गोया फ़िल्म देखकर उठा हो। मैं खीजकर पूछता कि 'इसमें क्या तर्क है' पर चुप रहा।

उसी शाम डॉक्टरों के अथक परिश्रम के बावजूद उसके पिता की मौत हो गयी। वह घर पहुँचा तो सामने बहुत भीड़ थी जिसने उसके लिए सादर रास्ता छोड़ दिया। उसकी माँ रो-पीट रही थी। वह सब कुछ एक नज़र देखकर अन्दर अपने कमरे में घुस गया।

पिता की चिता जलते वक़्त वह किनारे खड़ा था। पूरा परिवार रो सुबक रहा था और वह निश्चल खड़ा चिता को जलता देख रहा था। मैंने उसकी ओर ध्यान से देखा। उसके चेहरे पर ज़रा भी ग़मी या नमी नहीं थी। मेरी आँखें गीली थीं। अपनी ओर घूरता पाकर उसने मुझसे धीरे-से कहा, "रोओ मत। यह वही चिता है जो हमने सुबह जलती देखी थी। उस समय तो नहीं रोये, अब क्यों रो रहे हो?"

मैं निश्चित हो गया कि वह पागल हो गया है या पागल होने के क्रम में है। ढेरों आलोचनाएँ झेलते मैं उसे अगले ही दिन दिल्ली ले आया। आकर पता चला कि सुनील और मालविका ने मयूर विहार में ही एक कम्बाइंड फ़्लैट ख़रीदा है। मुझे बहुत ग़ुस्सा आया। शाश्वत से बिना पूछे? माना उसका मानसिक स्वास्थ्य इन दिनों कुछ ख़राब है पर पैसों पर पहला जायज़ हक़ तो उसी का था। उससे पूछना नहीं था तो कम-से-कम उसे बताना तो चाहिए था।

मैंने रात को यह बात उसे घुमा-फिराकर बतायी तो उसके चेहरे पर कोई भाव नहीं आया। थोड़ी देर सोचता रहा फिर बोला, "एक जगह है जहां होने का अर्थ न होना है और न होकर होना ही पूर्ण होना है। सारा झगड़ा होने का है। होना ही बन्धन है और शून्य मुक्ति।"

मैं असहाय-सा वहाँ से उठ गया।

उसने फिर बस्ती में जाना शुरू कर दिया और चुप-चुप-सा रहने लगा। कई बार पूछने पर जवाब देता, गुमसुम रहता और अचानक खिलखिलाकर हँसने लगता। वह सामान्य नहीं रह गया था।

सुनील मालविका के साथ अगले महीने होनेवाले बहुप्रचारित अखिल भारतीय प्रवचन कम सम्मेलन में व्यस्त था और मैं शाश्वत को सँभालने में।

वह अजीब-सी बातें करता। न जाने किस-किसके बारे में बोलता। एक दिन मुझे पास बुलाया।

"जानते हो कल रात क्या हुआ?"

"क्या?" मैंने अन्यमनस्कता से पूछा।

"कल रात फिर मैं बेचैन था। नींद नहीं आ रही थी। दुख मेरा गला घोंटने की कोशिश कर रहे थे। फिर मैं उठा, रात के अँधेरे में ख़ुद को चादर की तरह तह करके सिरहाने रख दिया और अकेला ख़ुद को लिये बिना ही चल पड़ा। थोड़ी दूर चला तो पाया कि मैं बिस्तर से उठकर अपने पीछे आ रहा हूँ। एक निराश गीत मेरे चलने से हवा में पैदा हो रहा था। जब मैं शहर के बीचोंबीच पहुँचा तो निराशा भरा गीत सुनकर शहर की नींद एक बार खुली और मुझे देखकर एक ज़ोर की जम्हाई लेकर फिर सो गया। अगर मेरा शहर होता तो मुझसे ऐसा उपेक्षित व्यवहार न करता। मुझे अपनी गोद में लेकर समय के पंखे से तब तक हवा करता जब तक मुझे नींद न आ जाती। वहीं मेरे कुछ पुराने उतारे हुए दिन पड़े हुए थे। मैं बहुत ख़ुश हुआ कि शायद अब मैं सुख को ढूँढ़ सकूँगा। मैंने उन्हें पहनने की कोशिश की पर अफ़सोस, वे अब छोटे हो चुके थे।...जब मैं निराश तड़पता आगे बढ़ा तो वहाँ एक सफ़ेद बालोंवाला बूढ़ा खड़ा दिखा। उसने मेरा हाथ पकड़ा और मुझे अपनी ओर खींचकर मेरे कान में बोला, "तह तक नहीं जाओ बेटे। वहाँ से कोई जैसा जाता है, वापस नहीं आता।"

"तुम कल रात बाहर गये थे? जानते हो शहर का माहौल... ?" मुझे ग़ुस्सा आ गया था। उसकी क़ीमती चेनें, जो अब सिर्फ़ दो रह गयी थीं, ही ख़तरा बुलाने के लिए काफ़ी थीं।

"बता सकते हो वह बूढ़ा कौन था?" उसने मेरी बात और उसके वज़न दोनों को नज़रअन्दाज़ करते हुए पूछा। मेरे न बोलने पर ख़ुद ही बोल भी पड़ा।

"वह मेरी मृत्यु थी। जानते हो मृत्यु का अर्थ मेरे लिए पलायन नहीं है बल्कि इसका मतलब है बनारस। बनारस का अर्थ मृत्यु है और मृत्यु का नाम बनारस।" वह शायद मुझसे कह रहा था।

मैं डर गया। तो इसकी बीमारी में आत्महत्या करने की प्रवृत्ति भी शामिल है।

"तुम उस नर्क में जाना छोड़ दो।" मैं अन्तिम प्रयास के रूप में गिड़गिड़ाया हालाँकि जानता था कि यह बेअसर है।

"क्या करूँ? वह नर्क समूचा मेरे भीतर उतर आया है।" वह बोलते हुए अपार कष्ट में दिखायी दिया।

वे बड़े अजनबी से दिन थे। ख़ुशियाँ मेहमान हो गयी थीं और उलझनें किरायेदार। मुझे शाश्वत पर कभी सुनील और मालविका की तरह ग़ुस्सा आता और कभी लगता कि वह सही है। वह अपने पैसे अगर किसी की सेवा में ख़र्च कर रहा है तो इसमें ग़लत क्या है? मैं उसकी मन:स्थिति को समझने की कोशिश करता तो और उलझ जाता। आख़िर उसकी कुछ हरकतें पागलों जैसी क्यों हैं?

हिम्मत करके उसे सब साफ़ बता देना ही ठीक था।

"बहुत कुछ अजीब तरीक़े बदल चुका है। मैं इतने बदलावों को समझ नहीं पा रहा हूँ। सुनील और मालविका ने पास ही एक कम्बाइंड फ़्लैट लिया है और दोनों उसी में रहनेवाले हैं...शादी के बाद।"

"प्रेम बाँधता नहीं, आज़ाद करता है...जो बाँधे वह प्रेम नहीं और यह भी एक दुख ही है...एक महँगा दुख।" उसने कहा और बस्ती से उठाकर लाये कुछ बच्चों को भोजन कराने लगा।

बनारस और मृत्यु...अन्तर्सम्बन्धों के सूत्र

मुझे शुरू से शक था कि उसके पागलपन में बनारस का भी बहुत बड़ा हाथ है। वह बनारस और मृत्यु की बातें ऐसे करता जैसे दूसरे शहर में रह रही प्रेमिका की बातें कर रहा हो। क्या हाथ है, क्या सम्बन्ध है, यह लाख सिर पटकने के बावजूद मुझे समझ में नहीं आया था। समझ में तो मुझे यह भी नहीं आया था कि उसके और मालविका के बीच सुनील का समीकरण कब बन गया। वह कब और कैसे मालविका से दूर हो गया या मालविका कब और कैसे सुनील के क़रीब चली गयी। सारी बातें मेरे सामने साफ़ नहीं थी इसलिए आधा पक्ष जानकर मैं कोई राय नहीं क़ायम करना चाहता था। हो सकता है मालविका का कोई दोष न हो।

सुनील और मालविका को एक दिन उसने अपने पास बुलाया और ऐलान किया कि वह अगले महीने होनेवाले प्रवचन के कार्यक्रम से ख़ुद को अलग कर रहा है। चूँकि वह शून्य हो चुका है और उसके पास किसी को देने के लिए कुछ नहीं बचा, लिहाज़ा वह यह प्रवचन नहीं दे सकता। दोनों बुरी तरह भड़क गये। दोनों ने उसे जाते समय काफ़ी भला-बुरा कहा और वह मुस्कराता रहा। दोनों ने मुझे भी डाँटा कि मैं ठीक से उसका इलाज क्यों नहीं करा रहा। वह कुछ देर मुस्कराने और उससे भी ज़्यादा देर हँसने के बाद अचानक नॉर्मल हो गया और एक बच्चे के फोड़े की पट्टी बदलने लगा।

बस्ती में डॉक्टरों के रात-दिन जुते रहने के बावज़ूद इस हफ़्ते चार मौतें हुई थीं। मौत वहाँ हवा की तरह बहती थी जो कभी भी किसी को भी चपेट में ले सकती थी।

उस रात शाश्वत बस्ती में ही रुका था। हम तीनों शराब पी रहे थे। मालविका की गोद में सुनील का सिर था और कमरे के हल्के प्रकाश में गाढ़ा प्रेम मिला हुआ था। हम तीनों तीन पैग लगाकर नशे की पहली तह में घुस चुके थे। मालविका ने बताया कि वह और सुनील मिलकर एक आध्यात्मिक चैनल शुरू कर रहे हैं जो पहले तो लोकल होगा बाद में उसे नेशनल बनाया जाएगा। मुझे थोड़ी चुहल सूझी या शायद मैंने गुम हो चुके कुछ लम्हों को खोजने की कोशिश-सी की।

"तुम ठहरी कॉन्वेंट एजुकेटेड और सुनील को 'राम गोज़ टु स्कूल बाइ बस' और 'व्हाट इज़ द टाइम बाइ योर वाच' से ज़्यादा अँग्रेज़ी नहीं आती। तुम सुनती हो शकीरा और एल्टन जॉन पर सुनील को पसन्द है मनोज तिवारी और शारदा सिन्हा। तुम दोनों में जमेगी कैसे?"

मालविका ने सुनील के माथे का चुम्बन लिया और दुलार से बोली, "प्रेम सिर्फ़ आपसी समझ माँगता है।" सुनील उसे अपनी गोद में गिराकर चूमने लगा। मैं उनकी ओर न जाने क्यों नहीं देख पाया और मेरी नज़रें दूसरी ओर घूम गयीं। मैं चौथा पैग बनाने लगा।

"ज़िन्दगी का सफ़र, है ये कैसा सफ़र।" मेरे मोबाइल की सिंगटोन बजी। शाश्वत का फोन था। उसने कहा कि मैं दस हज़ार रुपये लेकर फ़ौरन बस्ती पहुँचूँ।

मैं अपने कमरे में जाने लगा तो मालविका ने मुझे खींचकर सोफ़े पर बिठा दिया और ख़ुद चौथा पैग बनाने लगी।

"बस, बहुत हो गया पागल के पीछे पागलपन दिखाना। अब सब बन्द।" सुनील ने ऐलान किया।

"पीछे नहीं, आगे देखना सीखो।" मालविका ने नसीहत दी।

मैंने थोड़ा प्रतिरोध किया। वह पागल नहीं हुआ है बस थोड़ा-सा दिमाग़ी सन्तुलन बिगड़ा है, ठीक हो जाएगा। वह दुखों को शायद बहुत अनुभूति से देखने लगा है।

"नहीं, वह पागल हो चुका है और जैसा तुम बताते रहे हो वह जल्दी ही आत्महत्या भी कर लेगा।" मालविका यह बताते हुए बहुत दुखी लग रही थी।

शराब मेरे भीतर जाकर न जाने कैसा असर दिखा रही थी। मेरा सिर और शरीर दोनों बुरी तरह हिल रहे थे। मैं कुछ कहना नहीं चाहता था पर अचानक मेरे शरीर ने जुम्बिश ली और मुँह से आवाज़ निकली, "तुम बहुत कमीनी लड़की हो।"

उसके बाद मैंने बेहोश होने से पहले कुछ और भी कहा था पर मुझे याद नहीं। पता नहीं कैसे मेरे मुँह से निकल गया। मैंने सुबह मालविका को 'सॉरी' भी बोला, वह मुस्करा दी। हाँ, उस दिन पहली बार मैं इतनी कम शराब पीकर बेहोश हुआ था।

मौत से पहले आदमी ग़म से निज़ात पाये क्यों

अगले दिन जब शाश्वत फ़्लैट पर आया तो वही बच्चा उसके साथ था जिसे वह सिद्धार्थ कहता था। आश्चर्य, मुझे बच्चा दिखायी दिया। शायद वह आज पहली बार उसे फ़्लैट पर लाया हो। उस बच्चे को देखकर मुझे लगा जैसे मैंने उसे कहीं देखा है, किसी किताब में, किसी फ़िल्म में...लम्बे कान, घुँघराले बाल, होंठों पर मुस्कान। मैंने दिमाग़ पर बहुत ज़ोर दिया कि इससे मिलती-जुलती तस्वीर कहाँ देखी है, पर असफल रहा।

शाश्वत बनारस जाने की तैयारी कर रहा था।

"कल रात दो और बच्चे मर गये।" उसने सामान पैक करते हुए बताया।

मैं चुप रहा।

"मैं इस बच्चे के साथ बनारस जा रहा हूँ। पूछोगे नहीं मैं बनारस क्यों जा रहा हूँ?"

"?"

"क्योंकि मैं कायर हूँ। अगर मैं कायर न होता तो मैं बुद्ध होता। पर मैंने पलायन का रास्ता चुना है क्योंकि मैं अपने भीतर वह साहस नहीं जुटा पा रहा हूँ जो यहाँ रहने के लिए चाहिए। मुझे मेरा बनारस बुला रहा है। मुझे मेरे पुराने निष्कपट और सच्चे दिन बुला रहे हैं जिन्हें मुझे फिर से पहन लेना है ताकि मैं इस जंगल समय से ख़ुद को बचा सकूँ। मैं भाग रहा हूँ।" "कितना नॉस्टेलजिक है यह सब", मैंने सोचा।

मैं भी उसके साथ समान पैक करने लगा। सुनील का कहना था कि वह जहाँ भी जाए मैं भी साथ जाऊँ ताकि वह आत्महत्या न कर ले। अखिल भारतीय प्रवचन के लिए शाश्वताचार्य का ज़िन्दा रहना ज़रूरी था ताकि बताया जाए कि आचार्य अभी बनारस में शुद्धिकरण अभियान पर हैं और पार्टनर बन रहे बाबाओं की मदद से सुनील को लांच किया जा सके जिसकी पृष्ठभूमि बड़े नफ़ासतपूर्ण तरीक़े से बनायी जा रही थी। इधर वह पागलों जैसी हरक़तें कर रहा था और उधर सारे बाबा एकजुट होकर पूरी दुनिया को यह बताने में लगे थे कि शाश्वत एक बुरी आत्मा है। उसके हिस्से में ईश्वर ने इतनी ही मानव-सेवा लिखी थी। अब वह पागल हो गया है और सुनील नाम के उसके शिष्य में सम्बोधि का विस्फोट हुआ है। आगे वह मानव-जाति की सेवा करेगा। हर चैनल पर यही कार्यक्रम चल रहे थे। सभी बाबा चैनलों पर इंटरव्यू दे रहे थे और शाश्वत था कि उसे अपनी दुनिया से ही फुर्सत नहीं थी। कभी-कभी तो मुझे उन कार्यक्रमों को देखकर लगता कि एक दिन जनता शाश्वत को तलवार लेकर काटने निकल पड़ेगी।

"मैंने यह फ़्लैट बेच दिया है और पैसे डॉक्टरों को दे दिये हैं।" सुनकर मेरा पूरा शरीर एक अनजानी आशंका से काँप उठा। यह फ़्लैट बिक गया। सुनील और मालविका ने अलग फ़्लैट ले लिया। शाश्वत के शरीर पर एक चेन और घड़ी तक नहीं और वह तो

ख़ैर बनारस जा रहा है। मैं? मेरा क्या होना है?

बहरहाल, अभी तो उसके साथ बनारस निकलना था उसका बॉडीगार्ड बनकर।

बनारस से उसका अर्थ शायद एक ठहरी हुई नीरस ज़िन्दगी से था। मैं कुछ ही दिनों में ऊबने लगा। वही सुस्त दिनचर्या। शाश्वत रोज़ गंगा के किनारे बैठता और उस बच्चे से बातें करता। मैं जब भी बच्चे को देखता मेरी नज़र वहीं ठहर जाती। मैं दिमाग़ पर बहुत ज़ोर डालता कि इससे मिलती-जुलती सूरत मैंने कहाँ देखी है पर मुझे याद नही आता। मैं शाश्वत की मन:स्थिति को समझने के लिए रोज़ भिखारियों को देर तक देखता रहता और उनका दुख समझने की कोशिश करता। मुझे भी कभी-कभी थोड़ा दुख होता।

बच्चे की ड्राइंग अच्छी थी। वह रोज़ घाटों की, पतंग लूटते बच्चों की, नहाते लोगों की तस्वीरें बनाता और शाश्वत को दिखाता।

उस शाम बच्चा एक तरफ़ सीढ़ियों पर बैठा कोई तस्वीर बना रहा था। शाश्वत घाट पर टहल रहा था, नदी के उस पार देखता हुआ।

"तुम दिल्ली चले जाओ। मेरे पीछे क्यों लगे हो?" उसने अचानक पीछे घूमकर पूछ लिया।

"ताकि तुम आत्महत्या न कर सको।" मैंने भी बिना कुछ सोचे-समझे कह दिया।

"मैं आत्महत्या नहीं करूँगा। मेरी हत्या होगी।" उसने धीरे-से कहा और बच्चे के पास जाकर बैठ गया। बच्चे ने बनाया हुआ चित्र उसके हाथ में दे दिया। चित्र में एक सुन्दर घर था जिसके छपरैल की हर ईंट अलग आकार व प्रकार की थी। इसमें कुछ लोग थे, स्वस्थ और सुन्दर। घर के आसपास ढेर सारे फूल खिले हुए थे। तितलियाँ उड़ रही थीं। पंछी पंख फैलाए घरों की ओर जा रहे थे।

"तुमने तितलियों और फूलों में रंग क्यों नहीं भरा?" उसने बच्चे से पूछा।

"मेरे पास रंग नहीं हैं।" बच्चे ने मायूस स्वर में कहा।

वह गुमसुम हो गया।

"आपके पास रंग हैं?" बच्चे ने उसकी आँखों में अपनी निर्दोष आँखों से झाँकते हुए पूछा।

"नहींऽऽऽऽऽऽऽऽ, मेरे पास भी नहीं। कोई रंग नहीं मेरे पास।" वह अचानक फूट-फूटकर रोने लगा। "देखा, मेरी हत्या हो गयी। रोज़ होती है।" वह बोल भी रहा था और रो भी रहा था।

अचानक, ऐन उसी वक़्त मुझे लगा जैसे मैं बहुत बड़ा बेवकूफ़ हूँ और मुझे ठगा गया है। सुनील और मालविका दिल्ली में ऐश कर रहे हैं और मुझे इस पागल के पीछे लगा दिया है। ये साला बना हुआ पागल है। ये कभी आत्महत्या नहीं करेगा, वह

शिग़ूफ़ा शायद हमें गुमराह करने के लिए छोड़ा था इसने। मुझे आज, अभी और इसी वक़्त दिल्ली के लिए निकलना चाहिए।

मैं झल्लाकर पलटा और चल दिया। सिर्फ़ चार क़दम ही चला होऊँगा कि उसकी आवाज़ सुनायी दी। वह शायद बच्चे को कोई कविता सुना रहा था।

अपने कमज़ोर-से-कमज़ोर क्षण में भी
तुम यह मत सोचना
कि मेरे दिमाग़ की मौत हुई होगी!
नहीं, कभी नहीं!
हत्याएँ और आत्महत्याएँ एक जैसी रख दी गयी हैं
इस आधे अँधेरे समय में।
फ़र्क़ कर लेना साथी! —आलोकधन्वा

मैं पलटा और एक ख़तरनाक तारीक़ी मेरे पूरे वजूद में उतर गयी। शाश्वत अकेला था। दूर-दूर तक कोई नहीं था। वह सामने जिस ओर मुँह करके बच्चे को कविता सुना रहा था, वह जगह ख़ाली थी। बच्चे का अस्तित्व कहीं नहीं था मगर शाश्वत ख़ाली जगह से बातें करता रहा था। उस बच्चे की शक्ल जो मुझे बहुत क़रीब से देखी जान पड़ती थी, उसकी छाया तक कहीं नहीं थी। भूत...मेरे मन ने चीत्कार किया और मैं चलने की बजाय दौड़ने लगा। हे भगवान, यह मुझे क्या हो रहा है? उफ़्फ़, कहीं इस पागल के साथ रहकर मैं भी पागल तो नहीं हो रहा हूँ? मैं बहुत तेज़ दौड़ने लगा। मैंने एक बार भी फिर पीछे मुड़कर नहीं देखा। मैं अभी दिल्ली जाऊँगा। सुनील और मालविका भरोसे लायक नहीं हैं। बहुत बड़े हरामख़ोर हैं दोनों। कमीने, साले!

उसके बादल

घर में घुसने पर पूरा घर किसी कला फ़िल्म के रुके हुए बेरंग, बेरौनक रंगों से बना हुआ लगा। लालटेन की ज़र्द बीमार रोशनी, बिखरे और अस्त-व्यस्त सामान। दीवार पर ठेठ मध्यमवर्गीय सजावट जिसमें गणेशजी से लेकर आसाराम बापू तक की तस्वीरें थीं। हर चीज़ के असली रंग में मद्धम पीला रंग मिला हुआ था। पीले रंग की एक पारदर्शी चादर जैसे पूरे घर में टाँग दी गयी हो।

उसकी नज़र चारपाई पर जाकर अटक गयी। चारपाई इस तरह ख़ाली थी जैसे उस पर बरसों से कोई न सोया हो। वह आकर चारपाई के पास खड़ा हो गया। पिता की देहगन्ध सूँघने की कोशिश की पर माहौल में अब कोई गन्ध नहीं बची थी। शायद हवा पूरी गन्ध उड़ा ले गयी थी। अभी कुछ देर पहले तक सब कुछ था, पिता थे, उनकी आवाज़, उनके कपड़े, उनकी गन्ध तक...अब कुछ भी नहीं, गन्ध तक नहीं। चीज़ें वक़्त के साथ कैसे पूरी तरह से ग़ायब हो जाती हैं। वह चारपाई के पास ज़मीन पर बैठ गया। जब वह बहुत छोटा था तो पिता के पसीने की गन्ध उसे बहुत अच्छी लगती थी।

जब कभी वह उनसे उलझा रहता और वह कहते, "छोड़ मुझे, मैं नहाने जा रहा हूँ। पूरा शरीर महक रहा है।"

"नहीं, महक नहीं रहा है। बहुत अच्छी ख़ुशबू आ रही है।" वह सूँघकर कहता।

"अच्छा, मेरे पसीने से तुझे ख़ुशबू आ रही है?" वह हँसते।

"हाँ...बहुत अच्छी।" वह उनसे लिपट जाता।

अभी दो महीने तक सब कुछ था। माँ थी, पिता थे, वह भी वह था और घर भी घर था। अच्छा हुआ माँ की सुहागन मरने की बरसों पुरानी साध पूरी हुई। माँ के मरने के दो महीने के भीतर ही पिता भी चले गये।

वह चारपाई के पास से उठकर कमरे में आ गया। क्या उसे सुकून मिल रहा है आज...? क्यों...? पिता के मर जाने से...? इसका जवाब वह जानता है पर ख़ुद से कहता कैसे...? पिछले दो महीने से पिता की हर छूटती साँस के पीछे उसका यही इन्तज़ार तो रहा है। जो होना है वह समय क्यों ले? जल्दी-से-जल्दी होना चाहिए...कष्टों

का अन्त, जीवन के साथ...क्योंकि जीवन कष्ट है उनके लिए...और उसके लिए? वह भी तो उनकी हर छूटती साँस के साथ अपना जीवन छोड़ता रहा है। हर पल होती उनकी मौत में वह बराबर का हिस्सेदार रहा है। और जब वह आज चले गये हैं तो उसका भी एक बड़ा हिस्सा तो मर गया है...उसका बचपन, उसकी जवानी और वह बत्तीस साल का एक थका, परेशान और निराश बूढ़ा होकर अकेला रह गया है।

बादल का एक टुकड़ा खिड़की के बिल्कुल पास आ गया था। सारी चीज़ें हवा, वक़्त, रोशनी, बादल, जिन्हें छुआ नहीं जा सकता, कितने पास होती हैं। हम सिर्फ़ उन्हें महसूस कर सकते हैं। पर बादल को तो छुआ भी जा सकता है। वह उठ आया। खिड़की के पास आने पर पता चला कि बादल का वह टुकड़ा कुछ दूर सरक गया है। वह ज़बरदस्ती उसमें किसी शक्ल को ढूँढ़ने लगा...पर काफ़ी देर बाद भी नाकामयाब रहा। कभी दो आँखें मिल जातीं तो नाक नहीं मिलती, कभी नाक मिल जाती तो एक आँख ग़ायब हो जाती। कभी दोनों मिलते तो मुँह की आकृति नहीं बनती। कितनी कोशिशों के बावज़ूद भी पिता का चेहरा उस बादल में नहीं बन पाया था। माँ कहती थी जो लोग मर जाते हैं वो बादल बन जाते हैं। वे अपनी सबसे प्रिय जगह, अपने सबसे प्रिय के पास जाकर बरसते हैं। माँ बरसी थी, अपनी मौत के तीन दिन बाद। उस बादल के टुकड़े में वह घंटों बैठकर माँ का अक्स बनाता रहा था। पिता चारपाई पर लेटे थे। मौसी उनके सिरहाने बैठी थी। उस दिन मौसी अपना बहुत-सा सामान समेटकर चली आयी थी क्योंकि अब उसे माँ का कोई डर नहीं था। माँ सब कुछ बिखरा छोड़कर, जिसे वह ज़िन्दगी भर समेटती रही, अचानक चली गयी थी। बीमार पिता उस बीमार रोशनी में अपनी बीमार चारपाई पर थे। सन्नाटा इतना कि पलक भी झपके तो सुनाई दे। मगर ये सन्नाटा उपस्थितियों की कमी से नहीं था, यह छाया था संवादों की कमी से, जो ज़बान से आकर आँखों में क़ैद हो गये थे। मौसी पिता के सिरहाने लगी कुर्सी पर बैठी उनकी उठती-गिरती साँसों के साथ उठती-गिरती ज़िन्दगी को देख रही थी। पिता की आँखें बन्द थीं जैसे उनमें जीवन का कोई अंश और जीने की कोई इच्छा शेष न बची हो। वह आश्चर्य से मौसी के बैग और होल्डाल को देख रहा था।

''मैं यहीं रहना चाहती हूँ मुन्ना। तेरे पिताजी के साथ। आज तक तो कुछ नहीं कर पायी...कुछ दिनों इनकी सेवा करना चाहती हूँ।'' मौसी ने धीरे-से कहा था, बिना उससे नज़रें मिलाए। कुछ बोलने से पहले उसके दिमाग़ में खटका था, अगर मौसी की कोई ग़लती नहीं होती तो वह उसकी ओर देखकर बात नहीं करती? नज़रें न मिलाने का मतलब... ? माँ अपनी जगह बिल्कुल ठीक थी? उसका सन्देह फिर गहराया था। अब वह बच्चा तो था नहीं जो कुछ समझ नहीं सकता था।

जब बच्चा था तब मामले भले उसके सिर के ऊपर से चले जाते थे। उस समय वह छठी-सातवीं में रहा होगा जब मौसाजी का देहान्त हुआ था। मौसी उसके घर आयी

थी। पिता न जाने क्यों मौसी से बहुत कम बोलते और उसके सामने भी जल्दी नहीं पड़ते थे। मौसी भी चुपचाप रहती। माँ से मौसी की बातें ऐसी होतीं कि उसे लगता कि वे दोनों किसी दूसरी ही भाषा में बातें करती थीं। एक विचित्रता यह थी कि अकेले में पिता से आँखें मिलते ही न जाने दोनों के कौन-से ज़ख्म उभर आते जिससे रिसते ख़ून को सँभालते दोनों अलग दिशाओं में मुड़ जाते।

एक दिन माँ मुहल्ले में किसी के यहाँ गीत गाने गयी थी। किसी की शादी थी और माँ व मौसी दोनों को गीत गाने का बुलावा आया था। वह शायद शाम को ज़्यादा खेलने के कारण थककर जल्दी सो गया था। जब उसकी नींद खुली तो पड़ोस के घर से आती गाने की आवाज़ से वह समझ गया कि माँ और मौसी घर में नहीं हैं। वह स्वयं रसोईघर से खाना लेने जाने लगा कि रुलाई की आवाज़ ने उसके क़दम जड़ कर दिये।

वह सन्न रह गया। मौसी पिता से लिपटकर हिलक-हिलककर रो रही थी। पिता उसके सिर पर हाथ फेर रहे थे। वह यह मान सकता था कि मौसी को मौसाजी की याद आ रही होगी पर इस बात का जवाब उसका बाल-मन नहीं ढूँढ़ पाया कि पिता क्यों मौसी को चुप कराते-कराते ख़ुद भी रोने लगे और मौसी की आँखों और गालों को चूमने के बाद उसे खींचकर सीने से लगा लिया।

वह खाना निकालना भूल गया और अपने कमरे में जाकर बैठ गया। न वह इतना बच्चा ही था कि इसे देखकर एक सामान्य घटना मानकर भूल जाता न ही इतना समझदार कि किसी उचित निष्कर्ष पर पहुँच जाता। वह यह भी नहीं समझ पा रहा था कि ये बात माँ को बतानी चाहिए कि नहीं।

उस बार मौसी सबसे ज़्यादा दिन रही थी। तकरीबन तीन महीने। बीच में कुछ दिन माँ और पिता में दबी ज़बान में तक़रार भी हुई थी। उसे अब लगता है कि सब कुछ वहीं से शुरू हुआ होगा। फिर एक दिन अचानक, जब पिता दफ़्तर में थे, माँ मौसी का सामान उठवाकर उन्हें ट्रेन में बिठा आयी थी। वह हैरान हुआ था। उसका ख़्याल था कि पिता आकर मौसी को न पाकर बहुत शोर मचाएँगे और झगड़ा करेंगे पर वह शान्त रहे। आते ही वह सीधा मौसी के कमरे में गये और मौसी के साथ मौसी का सामान भी ग़ायब देखकर थके क़दमों से आकर बरामदे में कुर्सी पर बैठ गये। माँ चाय लेकर आयी और पिता को देती हुई बोली, ''वह दोपहर की गाड़ी से चली गयी।''

बदले में पिता ने कातर भाव से पहले माँ की तरफ़ देखा, फिर घड़ी की तरफ़ और फिर उसकी तरफ़ देखते हुए बोले, ''जाओ, बाहर जाकर खेलो।'' और वह ख़ुशी से उछलता हुआ बाहर चला गया।

ऐसी कई अपरिभाषित चीज़ें और लम्हे दिमाग़ में अव्यक्त होकर रह गये पर दिमाग़ की क्षमता बढ़ने पर अपरिभाषित चीज़ें भी अपनी परिभाषा गढ़ने लग गयीं।

''पिताजी हर दस दिन पर टूर पर कैसे चले जाते हैं? संजय और दिनेश के

पिताजी को तो कभी टूर नहीं मिलता।'' उसे याद है ये उसने तब पूछा था जब वह हाईस्कूल की परीक्षा में फर्स्ट आया था और पिता घर में मौज़ूद नहीं थे।

बदले में माँ ने जिस नज़र से उसे देखा था उसमें न ग़ुस्सा था, न प्रीति, न प्रतीक्षा, न आकांक्षा, बस एक भीगी हुई संवेदना थी जिसमें वह ऊपर से नीचे तक भीग गया था। वह कुछ और भी पूछना चाहता था तब तक माँ नहाने चली गयी थी हालाँकि यह उसके नहाने का समय नहीं था।

पिता जब भी टूर पर जाते, माँ न जाने क्यों स्वेटर बुनने लगती। मौसम चाहे सर्दी का हो, गर्मी का या बरसात का, पिता के घर से निकलते ही माँ के हाथों में ऊन और सलाइयाँ आ जातीं और स्वेटर वहीं से शुरू हो जाता जहाँ पिछली बार पिता के लौटने पर रुका था। इस बीच वह कम बोलती, किसी से बात करने से बचती। कुछ पूछने पर बिना आँखें मिलाए इस तरह उत्तर देती जैसे यह स्वेटर बुनना उस समय उसके लिए जीवन-मरण का प्रश्न हो। उसने ध्यान दिया था कि कमरे में किसी के न रहने पर माँ स्वेटर बुनना रोककर दीवारों की तरफ़ देखने लगती है या मेज़ पर रखी अपनी शादी की फोटो की तरफ़, मगर अन्दर जाते ही फिर आँखें और ध्यान स्वेटर पर लगा देती है। प्रश्नवाचक निगाहों से देखने पर कभी कह देती है, ''डिज़ाइन सोच रही थी।''

चीज़ों को समझने की एक सीमा होती है...उम्र की सीमा। उस सीमा के पार जाने पर बिना कुछ कहे सब कुछ समझा और जाना जा सकता है। मगर क्या सब कुछ...? उसी उम्र में उसे यह पता चला कि यूँ चीज़ों को जानने की भी एक सीमा होती है। लाख कितने भी क़रीब रहो, चीज़ों को उनके दिखने की आवृत्ति और कोण से नहीं जाना जा सकता।

उस सीमा तक समझने और जानने के बाद उसने कुछ भी पूछना और यथासम्भव सोचना छोड़ दिया था। माँ अगर बातों को उसके सामने अब भी नहीं खोलना चाहती तो वह क्यों माँ को शर्मिन्दा करे? कई बार उसके भीतर उठ रहे तूफ़ान ने उसे माँ के सामने लाकर खड़ा कर दिया, पर माँ की आँखों में स्वयं को दिलासा देती रोशनी देखकर कुछ भी पूछने की उसकी हिम्मत नहीं हुई। धीरे-धीरे ये ज़रूर हुआ कि मौसी के प्रति मन में घृणा की भावना ज़मीन लेती गयी।

माँ के बिस्तर पर पड़ने का पता नहीं क्या कारण था? एक से एक डॉक्टर और उनकी पूरी प्रतिभा माँ की बीमारी नहीं पकड़ पा रही थी। पिता माँ की देखभाल में हमेशा उसके सिरहाने बैठे रहते। उनकी दिल की बीमारी अभी बहुत भयंकर रूप में नहीं बदली थी। उसे याद आया जब माँ को सीने में दर्द उठा था, उसकी मौत के ठीक तीन दिन पहले। मौसी माँ की बीमारी का सुनकर कुछ दिन पहले आयी थी और माहौल तब से तनावपूर्ण था। वह जान रहा था कि यह तनाव इसलिए ख़ामोशी की चादर ओढ़े हुए है कि क्योंकि वह इस घर में ऐसा व्यक्ति है जिससे तीनों ही अपने कोने छिपाना

चाहते हैं। वह चाहता तो बाहर जाकर इस तनाव को घुलने का मौका दे सकता था पर इस बार उसने एक बार भी इस तनाव से ख़ुद को अलग नहीं किया। कोई तो कुछ बोलेगा...कुछ तो बात खुलेगी। माँ बिस्तर पर अपनी अन्तिम साँसें गिन रही है, तनाव अन्तिम स्तर पर है...शायद खुले। उसने माँ की ज़िन्दगी पर जुआ खेला था और दांव हार गया था।

दर्द उठते ही पिता माँ के लिए दवाई लेकर दौड़े थे और मौसी पानी। माँ ने मौसी के हाथ में पकड़े पानी के गिलास को झटका दिया था और वह दूर जा गिरा था।

''इसे मेरी नज़रों से हटा दो वरना कल की मरती आज मर जाऊँगी।...तुम भी शायद यही चाहते हो कि मैं जल्दी-से-जल्दी...।'' माँ रो पड़ी थी।

तनाव सभी सीमाओं को तोड़कर सतह पर आ गया था। उसे लगा अब पिता या मौसी में से कोई माँ को समझाने या सफाई देने की कोशिश करेगा पर ऐसा नहीं हुआ। मौसी चुपचाप वहाँ से हटकर अपने कपड़े समेटने लगी। पिता उसके पास आकर धीरे-से बोले, ''इसे घर छोड़ आओ।''

घर मतलब मौसी की वह कोठरी जिसमें वह अकेली रहती थी और उसकी खोज-ख़बर लेनेवाला कोई नहीं था। मौसाजी की मौत के बाद हुए बँटवारे में यह अकेली कोठरी और इसका विरोध करने पर दुनिया की तनहाइयाँ और उपेक्षाएँ उसके हिस्से आयी थीं।

वह मौसी को उनके घर छोड़ आया। रास्ते में मौसी ने उससे कुछ बात करने की कोशिश की पर वह उदासीन बना रहा। माँ की उदास तस्वीर आँखों के सामने घूमती रही।

क्या हुआ, क्यों हुआ, कैसे हुआ जैसे अनेकों प्रश्न मन को बचपन से मथते रहते थे। वह चाहता कि वह पिता से पूछे कि आख़िर मौसी से उनका रिश्ता क्या है, माँ क्यों उनकी वज़ह से ख़ुद को तिल-तिलकर मारती जा रही है, सारी समस्या की जड़ क्या है पर वह कभी पूछ नहीं पाया। पिता ख़ुद भी तो उसे बता सकते हैं। यदि उसके सामने सब कुछ घट रहा है और पिता ने अब तक कुछ नहीं बताया तो इसका सीधा मतलब तो यही होता है कि उन्हें पता है कि पूरे प्रकरण में उनकी ग़लती है। उसने कल्पनाओं की ईंट-ईंट जोड़कर सम्भावनाओं का घर खड़ा कर लिया था जिसमें उसे साफ़ दिखायी देता कि सबसे बड़ी अपराधी मौसी है, फिर पिता। पिता को शायद पिता होने की रियायत मिली थी क्योंकि प्रत्यक्षत: सारी ग़लती पिता की ही दिखायी देती थी, फिर भी बचपन से उसके घर के इर्द-गिर्द बने रहस्यमय आवरण ने उसे यह विश्वास दिला दिया कि ज़्यादा अपराध मौसी का है।

इन सब बातों से सर्वोपरि कारण यह था कि पिता को वह सारी कमज़ोरियों के बावज़ूद बहुत प्रेम करता था और पिता के बिना जीवन की कल्पना उसके लिए कठिन

थी। एक मानसिक जुड़ाव जो कई धरातलों पर चेतनाओं की कई परतों से जुड़ा था, उसे हर समय झकझोरता। माँ के गुज़रने के कुछ दिनों बाद जब माँ की कुछ पुरानी चीज़ें एक बोरे में बन्द की जाने लगीं तो पिता ने दौड़कर बोरा छीन लिया, "उसकी कोई भी चीज़ कहीं नहीं हटेगी। सारी निशानियाँ और उसकी सारी प्रिय चीज़ें यहीं मेरे कमरे में ही रहेंगी...मेरी आँखों के सामने।" पिता आँखों में ही बिलख पड़े थे।

उसने पिता की प्रिय आसाराम बापू की तस्वीर उतारी और सख़्त नापसन्द होने बावज़ूद उसे एक कपड़े से पोंछकर यथास्थान टाँग दिया। पिता की प्रिय बाँसुरी जो उन्होंने अरसे बाद एक दिन बजायी थी, सामने की रैक पर पड़ी हुई थी। उसने बाँसुरी को उठाकर अपनी कमीज़ से पोंछा। सिरे पर लगा ख़ून जम चुका था और काला हो चुका था पर बिल्कुल ताज़ा-सा लग रहा था। उसने निश्चय कर लिया था कि पिता की सारी प्रिय चीज़ें अपनी आँखों के सामने रखेगा।

जब इस बार मौसी अपना बैग और होल्डाल लेकर आ गयी तो उसे बहुत बुरा लगा। क्या हुआ जो माँ नहीं है घर में, इस घर में वही होगा जो माँ को पसन्द था। तीन दिन तक किसी तरह मौसी की उपस्थिति को उसने बर्दाश्त किया पर माँ जैसे हर वक़्त पूछती, "मुन्ना, तुझे पता है न, मैं इसे अपने घर में बर्दाश्त नहीं कर सकती?"

उस दिन जब पिता सोकर उठे और वह सहारा देकर उन्हें उठाने लगा तो उनकी आँखें इधर-उधर भटकने लगीं। उसे लगा जैसे माँ उसके ऊपर सवार हो गयी हो और वह पन्द्रह-सोलह साल पुराने संवाद बोल रहा हो।

"मैं रात की गाड़ी से उन्हें उनके घर छोड़ आया।" पिता की आँखें यह सुनकर बुझ गयी थीं। रात की बारिश के बाद सुबह पूरी तरह धुली साफ़ सड़कों जैसी आँखें। वह चाहता था कि पिता उससे सवाल करें, "किससे पूछ के छोड़ आये तुम उसे घर?" उसे डाँटें, "तुम्हारी हिम्मत कैसे हुई मुझसे बिना पूछे उसे यहाँ से ले जाने की?" शायद कोई छिपा हुआ राज़ ही क़बूल कर लें, "उसे वापस ले आओ, मैं उसके बिना नहीं रह सकता।"

पर पिता ने सिर्फ़ अपनी थकी हुई आँखें मूँद लीं। उसे थोड़ा-सा दुख हुआ। पिता अब सिर्फ़ पिता नहीं रहे थे। वह धीरे-धीरे बादल बनते जा रहे थे। वह स्पष्ट देख रहा था उनका धीरे-धीरे करके बादल में बदलते जाना। शुरुआत ऊपर से हुई थी। उनकी आँखें कब की बादल बन चुकी थीं। जिस दिन पाँव बादल बन जाएँगे, पिता सारी थकन समेटे आसमान की ओर चल देंगे। फिर कुछ दिनों बाद उसके पास आकर बरसेंगे। उसके पास... ? अपने सबसे प्रिय के पास।

अँधेरे के अन्दर अँधेरा, सिर्फ़ सम्भावनाएँ, कोई सत्य नहीं...वह शायद ऐसे अँधेरों में घिर गया है जहाँ से उसे टटोलते-टटोलते ही गन्तव्य तक पहुँचना है। कभी ख़ूब चीखने का मन होता, कभी रो पड़ने का और कभी सोचता कि पिता को झकझोरकर

उठाए और सारे सवालों के जवाब माँगे।

जब पिता की आँखें बन्द हो जातीं तो कमरे की सारी चीज़ों का वजूद मिट जाता। उसकी आँखें पिता के निर्विकार चेहरे पर टिक जातीं। घंटों-घंटों उन्हें देखता रहता और आगे-ही-आगे निकलता जाता। समन्दर की लहरें जैसे ऊपर जाने के बाद ऊपर-ही-ऊपर चली जाती हों, वापस नीचे आने का उन्हें ध्यान ही न रहा हो। सैकड़ों घोड़े ख़ाली मैदान में आगे-ही-आगे बढ़ते जा रहे हों, उन्हें सिर्फ़ आगे की राह दिखायी दे रही हो।

"अरे, डायरी नहीं पढ़ते किसी की...चलो इधर लाओ।" पिता ने लाड़मिश्रित डाँट पिलायी थी।

"उहहूँहूँ...मैं पढ़ूँगा।" वह ठुनका था।

"नहीं, चलो अपनी पढ़ाई करो। जब बड़े हो जाना तब पढ़ना।"

"तब आप पढ़ने देंगे?"

"हाँ...।"

पिता ने आँखें खोलीं और अपनी बाँसुरी मँगाई। वह उन्हें बाँसुरी देकर पैर की तरफ़ बैठ गया। पिता बजाने लगे। एकाध बार उन्हें खाँसी आयी और थोड़ी तकलीफ़ हुई पर जल्द ही एक धीमी दर्द भरी धुन हवा में तैरकर हर अनुभूति और हर रंग को और गाढ़ा करने लगी। उसका मन बहुत भारी हो गया। उसे लगा, जैसे वह रो देगा।

"यह धुन बहुत अच्छी है...नहीं?" पिता थकी आवाज़ में उससे क्या पूछना चाह रहे थे?

उसने देखा बाँसुरी के सिरे पर ख़ून लगा हुआ था। मृत्यु...उसने सोचा। धीरे-धीरे ज़िन्दगी की तरफ़ बढ़ती मृत्यु कितनी डरावनी है, अचानक होनेवाली दर्दनाक-से-दर्दनाक मौत से भी ज़्यादा भयंकर, डरावनी और दर्दनाक।...या एक उत्सव...जिसके इन्तज़ार में पल-पल सरकती ज़िन्दगी का सफ़र बोझिल और यन्त्रणादायक लगता है। क्या वह उस क्षण का इन्तज़ार कर रहा है? पिता क्या कहेंगे उस वक़्त? मृत्यु अपने आने से पहले अपना बोध दे देती है। क्या पिता को मृत्युबोध हो जाए तो उसे कोई सन्देश देकर जाएँगे?

पिता अपनी आदत के अनुरूप गये। कोई शोर-शराबा नहीं...कष्ट सहने की अभूतपूर्व क्षमता।

"सुनन्दा की कोई ग़लती नहीं...।" उसे लगा जैसे पिता को मृत्युबोध हो गया था। पर आगे भी शायद कुछ कहना बाकी रह गया था जो वह नहीं कह पाये। पिता के कहे में उसे कुछ भी नया नहीं लगा था। न जाने क्यों उसे पहले से ही लग रहा था कि पिता अन्तिम समय में उससे यही बोलेंगे...पर सिर्फ़ इतना ही?

रात लगभग पूरी जा चुकी थी। उसने चाबी लगायी और पिता का सन्दूक खोला। पिता की डायरी उठायी। अपने अकेलेपन से तो सभी ईमानदार होते हैं। ख़ुद से सभी

सच बोलते हैं। तभी बाहर बादल गरजा। डायरी उसके हाथ से छूटकर गिर गयी। क्या पिता आये हैं?...उसके पास बरसने? उसने खिड़की से बाहर देखा। बारिश के आसार नहीं थे। नहीं, बारिश नहीं होगी...पिता अपने सबसे प्रिय के पास जाकर बरसेंगे...उसके पास नहीं। उसने देखा डायरी के भीतर से कई पत्र गिरकर इधर-उधर बिखरे पड़े हैं। उसने एक पत्र उठाया और पढ़ने लगा। पत्र पर तारीख़ दस-बारह साल पुरानी थी।

प्रिय अजीत,

एक अभागिन विधवा जैसी हो सकती है, मैं उतनी ठीक हूँ। तुम्हें मेरी चिन्ता नहीं करनी चाहिए। हर दस-बारह दिनों पर तुम्हारा यहाँ आना मुझे ठीक नहीं लगता। दीदी परेशान होती हैं तो मुझे दुख होता है। मेरी क़िस्मत में जो था वह हो चुका है। मैं ख़ुद को सँभाल लूँगी। तुम अपने परिवार पर ध्यान दो। कहीं ऐसा न हो कि तुम अपने परिवार को खो बैठो। ऐसा हुआ तो मैं अपने आपको कभी माफ़ नहीं कर पाऊँगी।

तुम्हारी,

सुनन्दा

वह फटी आँखों से इस पत्र को देख रहा था। उसकी टाँगें कँपकँपा रही थीं। मौसी का चेहरा आँखों के सामने नाच रहा था। हर वजह की कितनी परतें होती हैं। हर परत में सम्मिलित हुए बिना किसी भी वजह को पूरी तरह से नहीं जाना जा सकता। फिर भी संवेदनाओं का एक स्पर्श बिना कुछ कहे भी सब कुछ समझा सकता है। एक के बाद एक उसने सारे पत्र पढ़ डाले। उसकी आँखों से आग और पानी दोनों बरस रहे थे। सारे बादल छँट चुके थे। बाहर शान्ति थी और भीतर अँधड़ उमड़ रहे थे।

एक तेज़ हवा का झोंका आया और सारे पत्र कमरे में उड़ने लगे। वह चुपचाप खड़ा सारे पत्रों को उड़ता हुआ देख रहा था। पत्रों में लिखे शब्द और उनमें लगी इबारतें उसके दिमाग़ में नाच रही थीं।

"डॉक्टर कहते हैं कि दीदी का मानसिक सन्तुलन शादी के बाद ठीक हो सकता है।...हमें ये क़ुर्बानी देनी होगी अजीत, हमारे प्यार की ख़ातिर, मेरी दीदी और बाबूजी की ज़िन्दगी की ख़ातिर...।" "तुम इतनी लम्बी ज़िन्दगी कैसे जीओगी सुनन्दा? दस-पन्द्रह दिनों पर तुम्हें देखने आता रहूँगा, मना मत करो।...मैं तुमसे प्रेम करती हूँ पर दीदी की आँखों में अपने लिए नफ़रत नहीं देख सकती।...दीदी हमारे सम्बन्ध को ग़लत समझ रही हैं, तुम यहाँ मत आया करो।"..."मैं दीदी को देखने आना चाहती हूँ, उनकी सारी नफ़रतों को सह लूँगी।"..."सुनन्दा, मैं चाहता हूँ मैं मरूँ तो तुम मेरे सामने रहो।...मुन्ना की बेरुखी मुझे बहुत कष्ट देती है, तुम उसे सब बता दो ताकि वह मुझसे नफ़रत न करे।"

उसे लगा जैसे वह किसी घिसी-पिटी पुरानी पारिवारिक फ़िल्म की कहानी जी

रहा है। इसमें सबके संवाद भावुक होने हैं और बहुत-सी ग़लतियों को सुधारना है। मगर उसने जो ग़लतियाँ कर दी हैं वो उसकी ग़लतियाँ कहाँ हैं। और यह ग़लती कहाँ यह तो पाप है भले इसका ज़िम्मेदार वह पूरी तरह से नहीं है पर पाप तो उसके हाथों हुआ है। किसी भी मुक़म्मल चीज़ को सिर्फ़ एक आयाम से देखकर उसके बारे में जानना कितना ग़ैरमुक़म्मल है। उसने अनजाने में जो पाप कर दिये हैं उनका कोई प्रायश्चित नहीं हो सकता। उसने सोचा था कि वह इन संवादों का हिस्सा नहीं बनेगा। सब कुछ यान्त्रिक तरीके से नहीं करेगा। उसकी प्रतिक्रिया वैसी नहीं होगी। वह ठंडे दिमाग़ से सोचेगा। मगर वह न चाहते हुए भी न जाने कब फूट-फूटकर रोने लगा था, "मौसी, मुझे माफ़ कर देना।" उसने खिड़की के बाहर देखा और पूरी ताक़त से चीखा, "पिताऽऽऽऽऽऽऽऽ...तुम काऽऽऽऽऽयर थे।"

उसने पिता की और मौसी की सारी चिट्ठियाँ तह करके डायरी में रख दीं। सन्दूक बन्द करके पिता की डायरी उठायी। थोड़ी देर उसे देखता रहा फिर उसे पिता की ऐनक के पास रख दिया। पिता की सारी प्रिय चीज़ें और निशानियाँ इसी कमरे में रखी थीं। मगर क्या सारी प्रिय चीज़ें...? उसने आँखें पोंछी और घड़ी की ओर देखा। सुबह के पाँच हो रहे थे। एक शर्ट और एक तौलिया उसने बैग में डाला और मुँह धोने लगा।

बाहर मौसम अच्छा था और बारिश के आसार बिल्कुल नहीं थे पर बारिश अचानक ही धीरे-धीरे शुरू हो गयी थी और खिड़की के पास बादल का एक टुकड़ा आ गया था।

वह जो नहीं

अन्दर घुसते ही एक अलग-सी ही दुनिया नज़र आती थी। थोड़ी-थोड़ी दूरी पर सजी गोल-गोल मेज़ें और उनके चारों तरफ़ कुर्सियाँ। एक मेज़ से दूसरी मेज़वाले का चेहरा साफ़ दिखायी न पड़े, ऐसी रोशनी की व्यवस्था थी। हर मेज़ से उठनेवाला धुआँ आँखों से दिमाग़ तक पहुँचता था। हर छल्ले, हर कश, हर घूँट और हर गिलास में अपनी-अपनी कहानियाँ और मजबूरियाँ थी, कुछ बनीं, कुछ ओढ़ीं और कुछ ऐसी जो हमेशा से हैं। सामने थोड़ी ऊँचाई पर एक लड़की बेहद कम कपड़ों में नाच रही थी—आप जैसा कोई...। उसके अंग उसकी मजबूरियों के तरह काफ़ी हद तक नंगे नज़र आ रहे थे। सभी अपनी कुर्सियों से अपनी अतीत की तरह चिपके हुए थे। किसी भी क़ीमत पर छोड़ने को तैयार नहीं। जिस पर सुरूर अधिक हो जाता वह थोड़ी देर उठकर लड़की के साथ नाच लेता, उसके बदन की गर्मी से अपने बदन की तपिश शान्त कर लेता और फिर अपने अतीत से चिपक जाता।

"वेटर, कम हियर।"

"यस सर?"

"वन लार्ज व्हिस्की।"

"ओके सर।"

वहाँ से काउंटर साफ़ दिखायी पड़ रहा था। शेल्फ़ पर करीने से रखी बोतलें भी दिखायी पड़ रही थीं। काउंटर पर एक लड़की झुकी बारमैन से बातें कर रही थी। शायद काफ़ी नशे में थी। पैग-पर-पैग चढ़ाती लड़की किसी बड़े बाप की बिगड़ी औलाद लग रही थी, या फिर शायद कोई बाज़ारू...।

राखी की समझ इतनी छोटी है, ऐसा शादी के पहले तो नहीं लगता था। शक भी एक लाइलाज बीमारी की तरह होता है, लेकिन इतना बड़ा शक़...? वह भी उसके चरित्र के बारे में...।

"वेटर।"

"यस सर।"

"वन मोर लार्ज।"

अब तो घर जाने का दिल ही नहीं करता। राखी से तो बात करना भी मुश्किल है। पता नहीं उसके दिमाग़ पर ज़माने भर की गन्दगी कहाँ से छा गयी है।

"तुम कल रात किसके साथ थे?"

"किसके साथ का मतलब? सिन्हा के साथ गया था तो ज़ाहिर है उसी के साथ हूँगा।"

"नहीं, कल रात तुम नेहा के साथ थे, एक ही रूम में।"

"बको मत, मैं नेहा के साथ नहीं था।"

"तुम उसी के साथ थे। मैंने कल रात उसके फ़्लैट पर रिंग किया तो उसने फोन नहीं उठाया।"

"यार, मैं एक रूम में था और सिन्हा मेरे बगलवाले रूम में। बीच में नेहा कहाँ से आ गयी?"

"बीच में नहीं, वह तो शुरू से तुम्हारे साथ है। बीच में तो मैं आ गयी।...तुम्हें उसी से शादी करनी चाहिए थी।"

"फ़ॉर गॉड सेक, चुप रहो राखी...रोना बन्द करो।...ऐसा कुछ नहीं...।"

लड़की का स्टेज पर डांस तेज़ हो रहा था—'चोली के पीछे...' कपड़े भी कम होते जा रहे थे। बार काउंटर पर लड़की पीती जा रही थी।

चरित्र पर लगा दाग़ तब कैसे स्वीकार्य हो सकता है जब कोई चरित्र को ही अपनी सबसे बड़ी ताक़त माने और उसे ही चरित्रहीन कहा जाए। राखी ने सीधा इल्ज़ाम लगा दिया कि उसके नेहा के साथ नाजायज़ सम्बन्ध हैं, जबकि वह तो नेहा के मौन आमन्त्रणों का जवाब दोस्ती से देकर नज़रअन्दाज करता आया है।

"जीजाजी, यह मैं क्या सुन रहा हूँ?"

"क्या? मैं कुछ समझा नहीं।"

"आप दीदी के साथ ऐसा नहीं कर सकते।"

"कैसा नहीं कर सकता? क्या कर रहा हूँ मैं?" वह चीख़ पड़ा था। राखी को ये बेसिर-पैर की बातें अपने मायकेवालों तक पहुँचाने की क्या ज़रूरत थी। राजू का दिमाग़ भी बिल्कुल अपनी बहन जैसा ही है। एक बार भी यह जानने की कोशिश नहीं की कि असली बात क्या है। क्या सबके लिए वही जवाबदेह है?

"यस सर?"

"वन मोर लार्ज।"

"फाइन सर।"

सामने की मेज़ से उठकर एक आदमी नाचती हुई लड़की से लिपटने की कोशिश करने लगा है। लड़की परेशान। शायद मजबूरी ने सिर्फ़ नाचने और जिस्म दिखाने की ही इजाज़त दी है, इसके आगे इसका भी एक चरित्र है। यह बात बाउंसर्स

को भी पता है। उन्होंने उस आदमी को बाहर ले जाकर पटक दिया है। थोड़ी देर तक भुनभुनाहटें, फुसफुसाहटें। कुछ देर बाद फिर नाच व गाना शुरू—'जाओ चाहे दिल्ली, मुम्बई...'।

काउंटर के सामनेवाली मेज़ पर एक ख़तरनाक-सा दिखनेवाला आदमी एक सूटेड-बूटेड आदमी से बातें कर रहा है।

"नहीं सेठ, इससे कम में काम नहीं होगा। छोटा-मोटा काम होता, हाथ-पाँव तोड़ने का होता तो...लेकिन इसके लिए तो...।"

"अच्छा चलो साठ कर लो। अब ठीक है न?"

"चलो सेठ, आपके लिए कर लेता हूँ नहीं तो आजकल रेट तो ज़्यादा...। अच्छा सेठ चलता हूँ। कल-परसों में ख़बर पढ़ लेना।"

आज किसी की मौत होगी। ये शहर तो जैसे मौत के आगोश में ही सोता और जागता है। किसी की ज़िन्दगी सारे अरमानों और बहुत से प्लांस को अधूरा छोड़कर ख़त्म हो जाएगी। मौत पर इन्सान का कोई बस नहीं, बहाना चाहे जो भी हो। मरने की बात सोचने पर कॉलेज की कुछ बातें याद आ जाती हैं।

"और अगर मर गया तो...?" बात में बात निकलती।

"नहीं यार, अभी नहीं मरूँगा। अभी तक तो कुछ किया ही नहीं।"

"कुछ मतलब?" अगला हँसता।

"अबे, न शादी की, न मज़े लिये। कुछ भी तो नहीं देखा। शादी करूँगा, बच्चे पैदा करूँगा, पैसे कमाऊँगा, तब कहीं जाकर...।" वह भी हँसता।

लेकिन शादी तो एक समझौता बनकर रह गयी। राखी ने उसे कोई सुख, कोई सन्तुष्टि नहीं दी, न शारीरिक, न मानसिक। वह बच्चे नहीं पैदा कर सकती, इस ख़बर से वह तो परेशान हुआ ही था लेकिन राखी तो जैसे अर्धविक्षिप्त-सी हो गयी। वह बिल्कुल ही असुरक्षित महसूस करने लगी। उसका ख़ुद पर से, उस पर से, दुनिया से, भगवान से, सबसे भरोसा उठ गया। परिणाम यह हुआ कि हालात बद से बदतर होते चले गये। वह एक ऐसे आदमी के चरित्र पर शक करने लगी जिसने शादी के पहले कोई नशा तक नहीं किया था, किसी लड़की पर निगाह तक नहीं डाली थी और इसे बहुत बड़ी बात समझता था। जिसने अपने दिल के आइनाख़ाने को सिर्फ़ एक अक्स के लिए शफ़्फ़ाक रख छोड़ा था। वह जो प्यार को इबादत मानता था। उसकी कद्र करता था और प्यार के अहसास के आगे जिस्म को कुछ नहीं समझता था।

लड़की का नाच चरम पर था। बदन पर नाम मात्र के कपड़े ही बचे थे—"खल्लास...।" काउंटर पर पी रही लड़की बारमैन से उलझ रही थी। वह बहुत पी चुकी थी। वह अपनी कुर्सी से उठ गया।

"क्या बात है? यह चिल्ला क्यों रही है?"

"देखिए न सर, इनका बिल पन्द्रह सौ हो गया है। यह बिना पे किये और रम माँग रही हैं। क्लब के रूल के अनुसार हम पन्द्रह सौ के बाद क्रेडिट नहीं चला सकते और ये मैडम...।"

"ठीक है, ये लो दो हज़ार, इनके बिल में एडजस्ट करके इन्हें पीने दो।"

"वह आकर कुर्सी पर बैठ गया। आज राखी ने सारी हदें पार कर दीं। उसको राजू के सामने ऐय्याश ही नहीं कहा, बल्कि उसके पूरे ख़ानदान को गाली दी। ये औरत किस मिट्टी की बनी है,समझ में नहीं आता। हाँ वाक़ई, राखी ने आज साबित कर दिया कि चरित्र, सदाचार, आत्मसंयम सब बेकार की बातें हैं। आप कितनी पवित्रता से ज़िन्दगी बिता रहे हैं, उससे किसी को कोई मतलब नहीं है। राखी क्या, उसे स्वयं इन सब बातों में यक़ीन नहीं रहा।

"थैंक्यू मिस्टर... ?"

"अमर।"

"थैंक्स...अमर, मेरा...बिल चुकाने के...लिए। मे आई...सिट...हियर?" लड़की और उसकी जबान दोनों लड़खड़ा रहे थे।

"इट्स ओके मिस... ?"

"काजल...।"

"हैलो काजल, नाइस टु मीट यू। यू शुड गो टु योर होम नाउ। तुम लड़खड़ा रही हो।"

"तुम...जैसा हैंडसम...इन्सान सामने हो...और काजल...घर चली जाए...नेवर।" लड़की ने माहौल की गरमाहट उसके होंठों में भर दी। उसका शरीर जलने लगा। सब कुछ धुँधला-सा होने लगा था। नाच, पीना, शरीरों की रगड़, सब कुछ चरम पर था।

"कम ऑन...अमर...कम विद मी।" ऊपर के फ़्लोर पर कमरे शायद इसीलिए थे। दोनों घुसे। दरवाज़ा बन्द किया गया। उसकी बाँहों में लड़की का जिस्म झूल रहा था और यह लड़खड़ाती हुई बार-बार उसे किस कर रही थी। उसने उसे बिस्तर पर लिटाया और उसकी बगल में लेट गया। लड़की ने अपनी गुदाज बाँहें उसके गले में डाल दीं। उसने काफ़ी देर से पीछा कर रही अपनी रूह को परे धकेला और लड़की को किस करने लगा।

शराब उसके सिर पर भी असर दिखा रही थी। किस करते वक़्त उसे लड़की के चेहरे में राखी का चेहरा नज़र आने लगा। जब सबकी नज़रों में वह चरित्रहीन और ऐय्याश है तो मासूमियत का चोला पहनकर बेवक़ूफ़ों की तरह घूमने से क्या फ़ायदा? उसके हाथ लड़की के नाज़ुक अंगों पर फिरने लगे। नशे की अधिकता से लड़की की आँखें बन्द हो रही थीं।

"आई लव...यू...विशाल...आई लव...यू। डोंट...लीव मी...एलोन...।" उसके

हाथ रुक गये। कमरे में एक झिरी से उसकी रूह फिर प्रवेश पा गयी। प्यार वाक़ई एक ख़ूबसूरत एहसास है। वह सीधा बैठ गया।

"क्या...हुआ...विशाल?"

"......।"

"क्या...हुआ...विशाल...?"

"आयम नॉट विशाल। आयम अमर।" यह बिस्तर से उतरकर खड़ा हो गया।

"ओह...यू...आर नॉट...विशाल?"

"नो, आयम...। यू लव हिम?"

"या...बट ही...डजंट।" लड़की की आँखें बन्द हो गयीं। नशे की अधिकता उसके दिमाग़ और आँखों पर हावी हो गयी।

थोड़ी देर तक वह लड़की को देखता रहा। वह बाज़ारू लड़की उसे बहुत पवित्र और ख़ूबसूरत लग रही थी। उसका सोया हुआ शान्त चेहरा उसे बहुत भला लगा। उसने लड़की के माथे पर एक चुम्बन लिया और चुपके से बाहर निकल गया।

जैक, जैक, जैक रूदाद-ए-नीरस प्रेम कहानी च

कहानी शुरू करने से पहले बता दूँ, यह एक निख़ालिस प्रेम-कहानी है। मैं पूरी कोशिश करूँगा कि कोई तत्त्व ज़बर्दस्ती अतिक्रमण करके इस प्रेम-कहानी का हिस्सा न बने। यह आपको अच्छी लगे, इसके लिए मैं जान लड़ा दूँगा। श्रृंगार-रस की ज़्यादा गुंजाइश न होने के बावजूद मैं वादा करता हूँ कि जहाँ भी मौका मिलेगा, तबीयत से प्रयोग करूँगा।

प्रेम-कहानी कमसिन नायक-नायिका की नहीं है। ख़सरे की तरह प्रेम-जीवन में एक बार ज़रूर होता है और नायक का अट्ठाइस साल की उमर में यह पहला प्रेम है। उमर ज़्यादा होने के कारण इस प्रेम में कथित रूप से ठंडी हवा के झोंकें नहीं हैं, बल्कि प्रेम बुझी आग में चिंगारी की तरह मौजूद है। वैसे आजकल के प्रेम में ठंडी हवा के झोंके होते भी हैं या नहीं, यह शोध का दिलचस्प विषय हो सकता है। लुब्बेलुआब यह है कि यह मेरी पहली प्रेम-कहानी है और इसे आप पसन्द करें, इसके लिए मैं इसे सुन्दर और रोचक बनाने में कोई कसर नहीं छोड़ूँगा। आइए, कहानी की शुरुआत मुख्य पात्रों के परिचय से करते हैं।

सर्वप्रथम नायक का परिचय। नायक का नाम कृष्ण मुरारी है। प्रेम-कहानियों के हिसाब से यह नाम बहुत ग़ैर-रूमानी और ग़ैर-परम्परागत है पर नायक की मजबूरी है कि अब नाम के साथ कुछ नहीं किया जा सकता। मुझे आभास है कि पाठकों के लिए प्रेम-कहानी के नाम पर यह एक निहायत ही भौंडा मज़ाक है पर नायक की तरह मैं भी मजबूर हूँ। नायक का मुँगेर से दिल्ली (वाया बनारस, परास्नातक बी.एच.यू. से) पदार्पण पत्रकारिता की पढ़ाई के सिलसिले में हुआ है। मुँगेर में उसे अपने नाम का उतना मलाल नहीं था, पर दिल्ली आकर उसे नामों की सार्थकता का बोध हुआ है और उसने इस दिशा में ठोस क़दम उठाए हैं। शुरू में ही उसने उन मक्कार दोस्तों को ख़ूब चाय पिलायी है जो खाकर थाली में छेद करने के लिए कुख्यात हैं। यानी जिसके साथ ज़्यादा रहेंगे, जिसका ज़्यादा ख़र्च कराएँगे, उसी के नाम को बिगाड़ देंगे। इसके पीछे नायक का मन्तव्य यह था कि इस भक्तिकालीन नाम को जितना बिगाड़कर पेश करेंगे, वह मौजूदा स्थिति से बेहतर ही होगा। शुरू में नायक का नाम मुर्री हुआ, फिर मुरू। वह

निराश हुआ और कुछ दोस्तों को नयी रिलीज़ फ़िल्म 'किसना' दिखाने ले गया। कुछ काईंया दोस्त नायक की मंशा भाँप गये और नायक से बीयर-बर्गर का भोज लेते हुए उसका नामकरण 'किसना' कर दिया, हालाँकि ज़्यादातर नमकहराम उसे मुरू ही बुलाते हैं। नायक बहुत उत्साह या भीषण दुख में (जो प्राय: दारू पीने के बाद प्रकट होता है) अँग्रेज़ी बोलने लगता है। शायद अधिकतर पूरबियों की तरह अँग्रेज़ी उसका भी इनफ्रीयॉरिटी कॉम्प्लेक्स है। उसके कमरे से रेन एंड मार्टिन कृत ग्रामर और नॉर्मन लुइस द्वारा रचित 'वर्ड पॉवर मेड इज़ी' इज़ी वे में बरामद की जा सकती है। नायक का सेंस ऑव ह्यूमर अच्छा है।

नायिका भी नायक के साथ पत्रकारिता की पढ़ाई कर रही है। नायक की तुलना में नायिका का नाम साहित्यिक सौन्दर्य लिये हुए है और उसमें प्रेम की भी प्रबल सम्भावनाएँ हैं। उसका नाम वेदिका है और उसकी आवाज़ बड़ी प्यारी है। वह मूल रूप से बनारस की रहनेवाली है और पिछले चार-पाँच वर्षों से मयपरिवार दिल्ली के पास नोएडा में रह रही है। स्नातक की पढ़ाई उसने यहीं से की है। चार-पाँच वर्षों के अथक प्रयास से उसने बनारस का कस्बाई चोला उतार दिया है और दिल्ली के 'ओ शिट' चोले में घुस चुकी है। यह दीगर बात है कि कभी-कभी उसका हाथ बाहर रह जाता है और कभी पैर। गो उसे उम्मीद है कि वह जल्दी ही पूरी तरह दिल्लीवाली यानी 'डेलहाइट' हो जाएगी। (उसके बाद वह क्या करेगी, यह उससे किसी ने पूछा नहीं है।) बस थोड़ी-सी कसर रह जाती है जब वह संस्कारों से ग्रस्त होकर जींस-टॉप पर दुपट्टा या दुपट्टानुमा कोई चीज़ टाँगकर चली आती है भले ही वह फ़ैशन से बहुत बाहर की चीज़ हो।

नायक का एक मित्र भी है जिसका परिचय आवश्यक है। यह पात्र नायक के सबसे क़रीब है। नाम है विमल पांडे। वह भी बनारस से आया है। एक ही शहर का होने के कारण नायिका से उसकी अच्छी दोस्ती हो गयी है। यह कहानियाँ लिखता है। कहानियाँ इसलिए लिखता है क्योंकि और कोई काम करना, ख़ास तौर पर मेहनतवाला, इसके वश का नहीं है (उम्र अट्ठाइस साल, वज़न चौवालिस किलोग्राम)। कम बोलता है, क्योंकि जब ज़्यादा बोलता है तो अनर्गल बोलने लगता है। जब कहानियाँ पत्रिकाओं से बिना छपे लौट आती हैं तो किसी से चर्चा भी नहीं करता, पर जब दस वापस लौटने के बाद एक किसी टुच्ची पत्रिका (कृपया सम्पादकगण अन्यथा न लें) में छप जाती है तो वह पत्रिका पूरे कॉलेज में दिखाता है और अपने मित्रों को पढ़वाता रहता है, ख़ास तौर पर लड़कियों को। जब कोई लड़की उसके सामने ही कहानी पढ़ने लगती है, तो वह निर्विकार-सा चेहरे पर यह भाव लिये सिगरेट पीता रहता है कि ऐसी कहानियाँ तो वह चुटकियों में लिख सकता है, पर साला वक़्त किसके पास है। कहानी ख़त्म होने से पहले ही कहता है, ''पढ़ के किताब दे देना, अभी निधि ज़िद कर रही थी घर ले जाने

की।'' मित्रों के बीच अक़्सर ऊँची-ऊँची फेंकता रहता है। बातों में अक़्सर ज़बरदस्ती ब्रेख़्त, नेरुदा, काफ़्का, सार्त्र और देरिदा आदि का ज़िक्र ले आता है। मित्रों को बल भर आतंकित करता रहता है। चूँकि उन्होंने पत्रिकाओं में इसके नाम और चित्र देखे हैं, इसलिए चुप रहते हैं। हमेशा अपनी आज़ादख़याली की दुहाई देता रहता है। अपनी धर्मनिरपेक्ष विचारधारा और स्वभाव पर इसे गर्व है। ब्राह्मण होने के बावजूद अपने बीफ़ खाने का वर्णन गर्व से करता है (इसे पता है कि क्रान्तिकारी कहलाने के लिए और कुछ करो या नहीं, पहले अपना धर्म तो भ्रष्ट कर ही डालो)। कई स्तरों पर मित्रों में इसका आतंक व्याप्त है। कुछ आतंकित मित्रों ने इसका नाम साहित्यकार रख दिया है और कुछ मूर्ख तो यहाँ तक कहते हैं कि विमल नींद में भी लिख देगा तो सही ही होगा। यही मूर्ख इसकी ताक़त हैं। नायक के नाम के विषय में इसका मत है कि इस नाम के साथ नायक को अध्यापक बनना चाहिए न कि पत्रकार।

तो कथा शुरू होती है दिल्ली विश्वविद्यालय के दक्षिणी परिसर के लॉन से। पत्रकारिता का यह कोर्स पूरे दो वर्ष का है, जिसे पूरा कर लेने के बाद नौकरी मिलने की रही-सही सम्भावना भी समाप्त हो जाती है। पर चूँकि अभी यह इनका प्रथम सेमेस्टर है, इन्हें न इस सच्चाई का पता है, न ये जानना चाहते हैं।

पहले सेमेस्टर का दूसरा महीना ख़त्म होने को है। सभी का आपस में परिचय ताज़ा-ताज़ा है। कुछ आनन्द जैसे छात्र हैं जिन्होंने प्रवेश लेते ही कन्या फाँसने के एकसूत्री कार्यक्रम पर परिश्रम करना शुरू कर दिया है।

लॉन में आठ-दस लोग बैठे हैं। सभी आपस में धीरे-धीरे खुल रहे हैं। लड़कों में नायक कृष्ण मुरारी, नायक का मित्र विमल, विभव, आनन्द, शशि, झा जी और लड़कयों में रजनी, शीतल, बबली और निधि वग़ैरह बैठी हैं। झा जी क़रीब अड़तीस वर्ष के प्रौढ़ हैं जो विवाह न होने के कारण लड़के कहे जाते हैं। इस कोर्स के लिए उम्र की सम्भवतः अधिकतम कोई सीमा नहीं है और न्यूनतम सीमा इक्कीस वर्ष है। इसलिए विद्यार्थियों में शीतल, बबली, सुन्दर और नरेन्दर जैसे बच्चों से लेकर झा जी जैसे बुज़ुर्ग भी हैं। इनके आधे से ज़्यादा बाल सफ़ेद हो चुके हैं और दाढ़ी भी बहुमत की ओर जा रही है। इनका इंफ्रास्ट्रक्चर देखकर लगता है कि अब ये हमेशा लड़के ही रहेंगे। आप हिन्दी साहित्य से एम.ए. हैं और बोरियत की हद तक शरीफ़ हैं। ख़ास तौर पर लड़कियों से बात करते समय चुतियापे की हद तक सौम्य एवं भद्र बन जाते हैं। सभी विद्यार्थी इनका बहुत सम्मान करते हैं और इन्हें इनके पूरे नाम से न पुकारकर झा जी कहते हैं (वैसे ज़्यादातर को इनका पूरा नाम पता ही नहीं है, इनकी सौम्यता और गरिष्ठता देखकर लगता है कि बचपन से ही इनका नाम झा जी ही है)। ये कहीं अनुवादक की नौकरी भी करते हैं, इसलिए चाय अक़्सर ये ही पिलाते हैं। जब झुंड में कोई लड़की भी मौजूद हो, तब झा जी से चाय की फ़रमाइश की जाती है और ये सहर्ष

हाथ बटुए पर ले जाते हैं। यदि साक्षात् किसी लड़की ने फ़रमाइश की हो तो झा जी प्राय: समोसे भी मँगा ही लेते हैं। अभी झा जी जाने के लिए उठ खड़े हुए हैं। "अब मैं चलूँगा।"

"अरे झा जी, बैठिए न।" एक की ज़िद।

"कार्यालय जाने को विलम्ब हो रहा है।"

"झा जी, पाँच-दस मिनट बैठिए, फिर मैं भी चलूँगा। मुझे भी उधर ही जाना है।" एक का प्रस्ताव।

"आप लोग बैठें। मुझे अनुमति दें।" झा जी का निश्चय पक्का है।

ठीक इसी समय नायिका की एंट्री होती है। नीली जींस और सफ़ेद कुरते पर उसने काला दुपट्टा बेपरवाही से फेंक रखा है। वह आती है,एक नज़र सबकी ख़ाली हो चुकी चाय की प्यालियों पर डालती है और एक नज़र जाने को तत्पर झा जी पर। उसके दोनों हाथ जुड़ जाते हैं और जलतरंग-सी आवाज़ आती है।

"नमस्कार झा जी। जा रहे हैं? हमें चाय नहीं पिलाएँगे?"

झा जी इस वार से बच नहीं पाते।

"क्यों नहीं वेदिका, बैठो।" झा जी आधे दिन की तनख़्वाह प्रत्यक्ष कटती देखते हुए भारी क़दमों से चाय लाने चले जाते हैं। इस क्षण उसके मन में एक अजीब प्रश्न कौंधता है कि चाय की खोज किसने की।

पाठकों, इस क्षण को ध्यान से पकड़िए। यही वह क्षण है जब नायक के मन की प्रेमकली खिलकर फूल बनती है। नायक नायिका पर बुरी तरह आसक्त होता है। नायिका नायक के बगल में बैठने को उद्यत होती है और उससे मुस्कराकर कहती है, "मुरारीजी, ज़रा खिसकिए।"

नायक बेहाल, नायक निढाल, नायक हलाल। मुरारीजी, मुरारीजी, मुरारीजी, यह शब्द उसे इतना प्रिय लग रहा है कि उसे विश्वास नहीं हो रहा कि यह वही सड़ेला नाम है जिसे बदलने के वह सपने देखा करता है। इसके बाद वहाँ कुछ और उल्लेखनीय नहीं हुआ। क्या आप होनेवाली घटना का इन्तज़ार कर रहे हैं? साहेबान, घटना होकर ख़त्म हो चुकी है। यह मुख़्तसर-सी घटना और वह एक पंक्ति से भी छोटा संवाद "मुरारीजी, ज़रा खिसकिये" ऐतिहासिक महत्त्व पा चुका है। इस घटना के बाद ही सभी सहपाठियों ने मुरारीजी यानी नायक के हाव-भाव में क्रान्तिकारी और हाहाकारी परिवर्तन देखा है। कुछ क़रीबियों, जैसे नायक के मित्र विमल का, जो नायक की हर पीड़ा से परिचित है, कहना है कि "मुरारीजी ज़रा खिसकिये" वाली घटना के बाद से मुरारीजी ज़रा के बजाय बहुत ज़्यादा खिसक गये हैं।

नायक पांडव नगर में रहता है जो यमुनापार पड़ता है और बिहारियों का गढ़ कहा जाता है। पांडव नगर में घुसने पर पहले-पहल नायक को मुग़ालता हो जाता था

कि वह मुँगेर के बेलन बाज़ार में घुस रहा है। यहाँ जो दिल्लीवासी हैं वे भी यहाँ के बिहारियों से आक्रान्त हैं। नायक कुछ समय पहले तक अपने मुहल्ले में हुई एक घटना के कारण उदास था। उसके मकान के सामनेवाले मकान में एक लड़की रहती है, जिसे शुरू-शुरू में नायक लाइन मारा करता था और विकल्पहीनता की स्थिति में ख़ूबसूरत कहा करता था। एक दिन सुबह-सुबह न जाने किस बात पर लड़की का अपनी माँ से झगड़ा हो गया और माँ-बेटी झगड़ते-झगड़ते गली में निकल आयीं। नायक उस समय अपनी बालकॅनी में खड़ा होकर सिगरेट पी रहा था और बेरोज़गारी के बाद युवाओं की सबसे ज्वलन्त समस्या क़ब्ज़ पर चिन्तन करते हुए प्रेशर बना रहा था। लड़की की माँ चिल्लाकर लड़की को गालियाँ दे रही थी। लड़की भी नहले पर दहला फेंक रही थी। लड़की ने अचानक ज़ोर से चिल्लाकर अपनी माँ से कहा, ''गौर से सुन ले, अब जो तूने मुझे गालियाँ दीं तो मैं किसी बिहारी के साथ भाग जाऊँगी, हाँ।''

माँ बेटी के ब्रह्मास्त्र से पराजित होकर चुप हो गयी और अन्दर चली गयी। कहने की ज़रूरत नहीं कि भाग जाना गौण धमकी थी और बिहारी के साथ भाग जाना मुख्य धमकी। माँ के अन्दर जाने के बाद लड़की ने नायक की ओर एक क़ातिल मुस्कान फेंकी और वह भी अन्दर चली गयी। नायक का सुबह-सुबह सिगरेट का ज़ायजा बिगड़ गया। उसने सिगरेट फेंकी और लैट्रिन में चला गया।

नायक इस घटना के बाद कई दिनों तक विरक्त-सा रहा पर क्लास में जब उसका सबसे परिचय हुआ तो उसकी निगाहें नायिका पर अटक गयीं। उसने नायिका से बात करने की बहुतेरी कोशिशें की पर नहीं कर पाया। इसी बीच वह ''खिसकिये'' वाली घटना हो गयी।

नायक अब अपने मित्र विमल से नायिका का दिल जीतने की तरक़ीब जाना चाह रहा है। उसका मानना है कि साहित्यकार होने के नाते विमल के पास नायिका का दिल जीतने का कोई तरीक़ा ज़रूर होगा। विमल की समस्या इधर दूसरी है। अधिकांशतः साहित्यिक पत्रिकाओं में लेखक के परिचय के साथ चित्र छापने का भी प्रावधान है। उसके अब तक जो फोटो छपे हैं, उसमें उसका पिचका बदरंग चेहरा और उड़े-उड़े खिचड़ी बाल पहले दिख रहे हैं (फोटो वैसी ही खिंच गयी है जैसा वह है)। उसकी इच्छा एक सुन्दर फोटो खिंचवाकर अगली कहानी के साथ भेजने की है, जो कि असम्भव है क्योंकि परिचय के साथ केवल और केवल लेखक की ही फोटो छापने का नियम है।

समस्या की वजह यह है कि उसकी कहानी पढ़कर तो उसे एक भी पाठक ने आज तक प्रशंसा-पत्र नहीं लिखा और उसे महत्वाकांक्षा है पाठिकाओं के कोमल, नरम, पुचकारते पत्रों की। तो उसकी समस्या भी नायक से कम विकराल नहीं है पर वह नायक की सहायता के लिए सहर्ष तैयार हो जाता है क्योंकि नायक अभी-अभी कैंटीन

से चाय और समोसे लेकर आया है। इस मामले में वह ज़रूर साहित्यकार है। जिसका खाता है, उसका गाता भले न हो, उसकी सहायता के लिए ज़रूर तत्पर रहता है।

चूँकि यह सत्य गाथा कहानी के रूप में प्रस्तुत की जा रही है न कि उपन्यास के रूप में, इसलिए हर जगह वार्तालाप के मुख्य और सम्पादित अंश ही दिये जा रहे हैं। प्रस्तुत हैं वार्तालाप के मुख्य अंश।

"मुझे आजकल रातों को नींद नहीं आती।" नायक की गम्भीर समस्या।

"घर से पैसे नहीं आये क्या?" साहित्यकार का वाज़िब प्रश्न।

"नहीं, वह बात नहीं है। हर समय उसी का ख़याल आता रहता है।" नायक का रहस्योद्घाटन।

विमल गम्भीर होकर सोचने लगता है। गम्भीर होकर सोचने के लिए गम्भीर दिखना भी पड़ता है। इसे ध्यान में रखते हुए विमल एक सिगरेट भी सुलगा लेता है। एक हाथ में चाय और दूसरे हाथ में सिगरेट लेकर शून्य में देखने लगता है (बीच में उसने कुशलता से समोसे का भी संयोजन कर लिया है)। समोसा खाता है, चाय सुड़कता है, कश लगाता है और शून्य में घूरता हुआ कुछ सोचता है। सिगरेट आधी से ज़्यादा ख़त्म हो गयी है पर विमल अभी तक कुछ बोला नहीं है। नायक व्यग्र कि अब इतनी सिगरेट तो उसे मिलनी ही चाहिए पर वह ख़तरा नहीं उठाना नहीं चाहता। क्या पता सिगरेट ख़त्म होने से ठीक पहले कोई आयडिया आ जाय। बहुत-से साहित्यकार एक से एक क्रान्तिकारी विचार, कहानियाँ और कविताएँ शून्य में ही घूरकर पैदा करते हैं, नायक यह बात भली-भाँति जानता है।

आख़िर विमल अन्तिम कश लेकर सिगरेट दूर फेंकता है। नायक सिगरेट की दिशा में गर्दन घुमाता है और सिगरेट को गिरकर सुलगते देखता रहता है। साले ने एक कश भी नहीं लगाने दिया। ख़ैर, अब किसी क्रान्तिकारी विचार के लिए विमल की ओर देखता है।

"मेरा ख़्याल है कि अब हमें फ्रीलांसिंग के लिए कुछ अच्छे अख़बारों में बात करनी चाहिए।" विमल का क्रान्तिकारी विचार।

नायक क्रोध से भन्ना उठा है। विश्वविद्यालय की शब्दावली के अनुसार कहें तो उसकी सुलग गयी है। वह गालियों से नवाज़ते हुए विमल को चाय पीने से पहले का छिड़ा हुआ मुद्दा याद दिलाता है। विमल भूल जाने के लिए क्षमायाचना करता फिर से सोचने लगता है। वह गम्भीर होकर सोचना चाहता है कि नायक झपटकर सिगरेट जला लेता है और ख़ुद पीने लगता है। अब दोनों अलग-अलग शून्यों की तरफ़ देख रहे हैं और समस्या पर विचार कर रहे हैं। विमल बीच-बीच में कनखियों से नायक के हाथ की तरफ़ देख ले रहा है कि सिगरेट आधी रह जाए तो वह माँग ले और गम्भीर से गम्भीरतर होकर सोच सके। वैसे उसे पता है ऐसी समस्याओं में गम्भीरतर होकर सोचने

से काम नहीं बनता बल्कि गम्भीरतम होकर सोचना पड़ता है। और सिगरेट के साथ भी कोई भला गम्भीरतम होकर सोच सकता है? कभी नहीं।

तो गम्भीरतम होकर सोचने के लिए दोनों अपने मित्र शशि के कमरे पर पहुँचते हैं। शशि और विभव क्रमशः बिहार और उत्तर प्रदेश से हैं और हरिनगर में एक शानदार कमरा लेकर रहते हैं। इनके मकान-मालिक दिल्ली के मकान-मालिकों के विपरीत बहुत अच्छे और उदार दुर्लभ क़िस्म के जीव हैं। कमरे के साथ टेबल-कुर्सी, पंखा और बिस्तरा उन्होंने फोकट में दे रखा है। कमरा बहुत अच्छा, सुविधायुक्त और हवादार है। वरना विभव और शशि पूरी दिल्ली में अच्छा कमरा खोजते-खोजते अवसाद से इतना भर गये थे कि ख़ाली कमरों के बाहर लगे 'टू लेट' के बोर्ड पर 'टू' और 'लेट' के बीच 'आई' लिखकर अपनी निराशा दूर करते थे।

कमरे पर सभी एकमत से सहमत हैं कि नायक की समस्या का समाधान होना इस समय सबसे ज़रूरी है। तो आज की रात पीते हुए विचारणीय ज्वलन्त मुद्दा न तो इराक़ पर अमेरिकी आक्रमण है, न सेंसेक्स चढ़ने के पीछे की वजह बल्कि नायक की प्रेम पीड़ा सब पर भारी है। तो उस रात छककर पीने के बाद नायक कृष्ण मुरारी के प्रेम पर व्यापक चर्चा हुई और उसी रात यह रहस्योद्घाटन हुआ कि नायक का मित्र शशि भी क्लास की एक सुन्दर छात्रा निधि पर जी-जान से मर मिटा है। ध्यातव्य है कि यह वही निधि है जो न्यूज़ रायटिंग की कक्षा में एंटी करप्शन ब्यूरो को ग़ैर-भ्रष्टाचारी विभाग लिखकर अध्यापक का विशेष आकर्षण और कक्षा में अपार ख्याति अर्जित कर चुकी है। वह खोजी पत्रकार बनना चाहती है क्योंकि उसके दादा खोजी पत्रकार थे और पिता भी। अपनी ख़ानदानी पत्रकारिता पर उसे गर्व है।

यदि आप जानना चाहते हैं कि उस रात क्या-क्या बातें हुईं तो आप को निराशा होगी। मेरा मक़सद रोज़ की लम्बी-चौड़ी बातें सुनाकर आपको बोर करना नहीं है। उस रात पीने के बाद तीनों में गहरी छनी और महसूस किया कि पीने के बाद वे ज़्यादा विद्वतापूर्ण तरीके से समस्याओं का विश्लेषण कर पा रहे हैं फलतः वे हर दो-तीन दिन पर समस्याओं का विश्लेषण कर उनका समाधान निकालने लगे। न गम्भीर समस्याओं की कमी थी, न धन की। धन विमल और नायक के लिए समस्या हो सकती है शशि के लिए नहीं। शशि के पूज्य पिताजी लोक-निर्माण विभाग के मुख्य अभियन्ता हैं और उसके घर से पैसे तकिये के खोल में भर के आते हैं। तो तीनों ने पीकर ''प्रेम में सफलता कैसे पायें'' नामक गोष्ठी को घंटों चलाया। तीनों, यानी नायक, शशि और विमल। यहाँ यह बताना भूल जाने के लिए क्षमाप्रार्थी हूँ कि विभव नहीं पीता। उसका कहना यह है कि जिस दिन वह इस लायक हो जाएगा कि रोज़ ब्लैक डॉग का ख़र्च वहन कर सके, उस दिन पीना शुरू करेगा। (न पीने वालों के तर्क पीने वालों के तर्कों से कमज़ोर थोड़े ही होते हैं।) पीने के बाद उस रात क्या बातें हुईं, यह जानने के लिए

किसी भी एक रात की बातचीत देख लीजिए, चित्त शान्त हो जाएगा। चूँकि बिल्कुल यही तस्वीर दूसरे सेमेस्टर तक खिंच आयी यानी नायक–नायिका की बातचीत औपचारिक स्तर से आगे नहीं बढ़ पायी, इसलिए पेश है दूसरा सेमेस्टर ख़त्म होने के कुछ दिनों पहले की दारू पीने के बाद चली गोष्ठी के मुख्य एवं यथासम्भव सम्पादित अंश।

पहला आधा घंटा

शशि : यार मुरारी, कब तक आँखों ही आँखों में बातें करते रहोगे? अब उसको बता दो।

नायक : यार, उसके सामने जाते ही ज़बान बन्द हो जाती है।

विमल : अरे यार, डरना क्या, एक बार प्रपोज तो करो उसे। जो होगा, देखा जाएगा।

शशि : अच्छा, उसने हाँ कर दी तो... ?

नायक : (मुस्कराहट ऐसी, जैसे हाँ कर दी हो) तो क्या... ? प्यार को अन्जाम तक पहुँचाएँगे। कोर्स ख़त्म होते ही किसी बढ़िया चैनल में नौकरी ज्वाइन कर लूँगा...फिर शादी।

दूसरा आधा घंटा

नायक : आइ लव हर हिक्...वेरी मच यार।

विमल : तो बताओ उसे हिक्...यह काम तो तुम्हीं करोगे हिक्...कोई दूसरा थोड़ी...।

नायक : एवरी नाइट आइ सेंड हिक्...एस एम एस टु हर...इन विच आइ राइट दैट आइ हिक्...लव यू बट...

शशि : बट क्या, ...हिक् (शशि अक़सर पीकर आपे से बाहर होने लगता है)।

यहाँ विभव का हस्तक्षेप होता है। इन पीनेवालों के बीच इस न पीनेवाले का काम यही है कि वह बाउंड्री वॉल तोड़नेवालों को डाँटकर सीमा में रखे। कोई गालियाँ देने या मार–झगड़े में न पड़े। पीने के बाद सब उससे डरते भी हैं। वह डाँटकर कड़े शब्दों में चेतावनी देता है, "शशि, संसदीय भाषा का प्रयोग मत करो। यह संसद नहीं है। अगल–बगल शरीफ़ लोग भी रहते हैं।"

विमल : बट क्या यार हिक्...थोड़ा नमकीन हिक्...इधर करना।

नायक : बट फेल्ड...माई मोबाइल शोज़ दैट मैसेज सेंडिंग फेल्ड...।

तीसरा आधा घंटा

शशि : यार निधि भी मुझे हिक्...बहुत पसन्द करती... है हिक्।

नायक : एवरी नाइट हिक्...आइ सेंड...हिक्...टु हर...हिक्...बट फेल्ड हिक्...।

विमल : बी बोल्ड...हिक् बोथ ऑफ यू।...एक-एक हिक् लाल...गुलाब हिक् लो...और हिक् कह दो...आइ लव हिक् यू...शशि मेरा थोड़ा लार्ज बनाना हिक्...।

शशि : केवल मैं ही नहीं...हिक्...उसे नहीं चाहता। वह भी मुझे हिक् चाहती है। आज उसने मुझसे...पूछा हिक्...कि आज तारीख़ क्या है...हिक्...?

नायक : एवरी नाइट हिक्...आइ...सेंड हिक्...बट फेल्ड...।

विमल : फ़िल्म दिखाने हिक्...ले जाओ...हिक्...दोनों को और दिल की बात हिक् कह दो...। थोड़ा हिक्...नमकीन इधर करना...।

शशि : मुझसे ही तारीख़ हिक्...क्यों पूछी...और लोग भी तो...हिक् थे वहाँ...हिक् हिक्।

नायक : एवरी नाइट हिक्...आइ सें...हिक्...बट फेल्ड...।

विमल : प्रपोज हर...हिक्। मेरा हिक्...थोड़ा लार्ज बनाना...यार।

शशि : मुझसे हिक्...ही क्यों हिक्...? शी...हिक् लव्स मी...हिक् मी।

नायक : एवरी नाइट...आइ हिक्...बट फेल्ड...।

ये बातचीत के मुख्य अंश आपके सामने हैं। क्या केवल बातचीत सुनकर आप यह अन्दाज़ा लगा सकते हैं कि तीनों में से लेखक कौन है? ख़ैर, उसका कहानी से कोई सरोकार नहीं। आपकी जानकारी के लिए बता दूँ कि निधि ने आगेवाली पंक्ति से सिर घुमाकर पीछे की तीसरी पंक्ति में बैठी बबली से समय पूछा था जो ठीक शशि के पीछे बैठी थी और शशि प्रसन्नता से इतना फूल उठे थे कि छाती फटते-फटते बची थी। भरसक सौम्य मुस्कराहट (जो कि बहुत अश्लील लगी थी) चेहरे पर लाकर बोले थे—नौ अप्रैल। रही नायक के मोबाइल से नायिका के नम्बर पर मैसेज न पहुँचने की समस्या, तो पता नहीं यह हरकत वह रोज़ क्यों करता है। शायद उसे यक़ीन है कि सच्चे प्यार में चमत्कार भी हो सकता है, वरना उसे अच्छी तरह पता है कि एम.टी.एन.एल. के लैंड लाइन फोन पर मैसेज पहुँचे, यह सुविधा अभी प्रकाश में नहीं आयी है, अस्तु।

अब चलते हैं तीसरे सेमेस्टर में। नायक के घर से आजकल फोन बहुत ज़्यादा आ रहे हैं। नायक आजकल रोज़ अपने पिता से बात करता है। बात क्या करता है, दोनों सुपरहिट सार्वभौमिक फ़िल्म 'बाप और बेटा' के सुपरहिट संवादों का अभ्यास करते हैं।

बाप : पढ़ाई कैसी चल रही है?

बेटा : जी, अच्छी चल रही है।

बाप : पैसे हैं या ख़त्म हो गये हैं?

बेटा : 'जी अभी हैं' या 'जी ख़त्म हो गये, भेज दीजिए'।

बाप : ये कोर्स पूरा करने पर नौकरी तो मिल जाएगी न?

बेटा : हाँ, हाँ, दिल्ली विश्वविद्यालय का नाम ही काफ़ी है।

बाप : चैनल में या अख़बार में... ?

बेटा : उहूँ, अख़बार में कौन जाना चाहता है अब ?...चैनल में।

बाप : चलो, जल्दी किसी अच्छे चैनल में नौकरी लग जाए तो तुम्हारी शादी कर दी जाए।

बेटा : अभीऽऽऽऽऽऽऽऽ कहाँ शादी... ?

बाप : अरेऽऽऽऽऽ अब उमर सरक रही है बेटा...।

लगभग रोज़ उनके संवादाभ्यास यहीं पर समाप्त हो जा रहे हैं। नायक अपनी शादी के बारे में सोचकर चिन्तित हो जा रहा है। जब चिन्तित हो जा रहा है, तो रात को मित्रों के साथ शराब पीने लग रहा है। जब पी रहा है, तो नायिका के लैंड लाइन पर अपने मोबाइल से 'आइ लव यू' के मैसेज भेजने लग रहा है...बट फेल्ड।

एक और अति महत्त्वपूर्ण घटनाक्रम के दौरान नायक के मित्र विभव का यह पर्दाफ़ाश हुआ है कि वह शादीशुदा है ओर उसकी पत्नी गाँव में रहती है। इस बार विभव जब गाँव गया था तो पत्नी से समागम के दौरान उसे शीघ्र स्खलन की समस्या का सामना करना पड़ा। हर बार पत्नी के फॉर्म में आने से पहले विभव बाबू आउट हो चुके होते थे। इस समस्या से बचने के लिए उन्होंने बुज़ुर्गों के कहे अनुसार समागम करते हुए किसी और विषय पर ध्यान लगाने की पद्धति अपनायी और 'आज की पत्रकारिता' पर गहन चिन्तन करते हुए सेक्स करने लगे। मगर ऐसा करते ही समस्या अप्रत्याशित रूप से बढ़ गयी।

यहाँ आने के बाद उसकी समस्या ने बड़ा अजीबोग़रीब रूप ले लिया है। पत्रकारिता के विषय में चर्चा होते ही पत्नी की निर्वसन देह आँखों के सामने नाचने लगती है। आज की पत्रकारिता पर विचार करते ही निवर्सन देहों का झुंड कल्पना में कल्पातीत ढंग से विचरण करने लगता है, जिसका ख़ामियाज़ा वह कई बार सपनों में भुगत चुका है।

नायक की आयु के हिसाब से उसके प्रेम का ढंग निहायत ही बचकाना है। यह संकोचपूर्ण अभिव्यक्ति-अनाभिव्यक्ति उन किशोरों के पहले प्रेम के लिए (या भूमंडलीकरण के कठिन दौर को देखते हुए ज़्यादा-से-ज़्यादा दूसरे प्रेम के लिए) मान्य होती है, जिनकी मूँछें उगने के प्रथम चरण में होती हैं। हालाँकि अब प्रेम इन सब बातों से इतना ऊपर उठ चुका है कि अब प्रेम में पड़ने के लिए मूँछें उगने की अघोषित शर्त बेमानी हो चुकी है। मगर नायक के बचकाने प्रेम और उसकी मिली-जुली हरकतों वाला उसका समूह इसके बावज़ूद बुद्धिजीवियों का समूह कहा जाता है। अट्ठाइस-उन्तीस की उमर होने के बावज़ूद अगर वे पढ़ाई कर रहे हैं और इसके लिए बाक़ायदा घर से पैसे भी खींच रहे हैं तो यह उनकी बुद्धि का ही कमाल है, जिसके बल पर वे जी

रहे हैं (बुद्धि+जीवी=बुद्धिजीवी)। मित्रों द्वारा बुद्धिजीवी सम्बोधन दिये जाने के गहरे कारण हैं। वैसे कक्षा के कुछ डेलहाइट जो जन्म से लेकर आज तक दिल्ली से बाहर नहीं गये (गये भी तो सोनीपत या गुड़गाँव), इस समूह को 'बिहारी समूह' कहते हैं, जबकि विमल, विभव और आनन्द क्रमशः बनारस, कानपुर और भोपाल से हैं। इन महात्माओं के लिए दिल्ली छोड़कर पूरा हिन्दी भाषी क्षेत्र बिहार है।

कारण से पहले संक्षिप्त इतिहास। नायक हो, नायक का मित्र विमल, विभव या शशि, सबने स्नातक होते ही ढेर सारे सपने पाल लिये थे। इन सपनों को वे अपना ख़ून पिलाकर पाल रहे थे और स्नातक होते ही वे आइ आइ एम से प्रबन्धन का डिप्लोमा लेने के लिए चिन्ताजनक रूप से गम्भीर हो गये थे। किसी को एक ही प्रयास में औक़ात पता चल गयी और किसी की आँखें खुलने में दो प्रयास लगे। बकौल नायक, उसकी रीज़निंग थोड़ी कमज़ोर थी और साली अँग्रेज़ी ने धोखा दे दिया वरना अहमदाबाद या बंगलौर नहीं तो इन्दौर तो कहीं नहीं गया था। इसके बाद बकौल विभव, वह भौतिकतावादी महत्वाकांक्षाओं से बाहर निकल आया। इस दौरान वह देश की नकारात्मक परिस्थितियों से दो-चार हुआ और ठीक इसी दौरान उसके मन में देश के लिए कुछ करने का जज़्बा जागा। इसी के थोड़ा आगे-पीछे सबने प्रशासनिक सेवाओं में जाने की तैयारी की और देश-सेवा के इस रास्ते में प्रतिद्वन्द्विता और संघर्ष ज़्यादा पाने पर लोकतन्त्र का चौथा स्तम्भ बनकर देश-सेवा करने की सोची। ईश्वर की लीला देखिए कि ये टकराये भी तो देश की राजधानी में जहाँ से देश की सेवा करना कितना आसान है। (आपस में बहुत कम समय में इनकी इतनी बनने लगी कि इतनी मिलती-जुलती कहानियाँ देखकर इन्हें आश्चर्य हुआ कि ये अकेली मेधा नहीं हैं जिनकी प्रतिभा को नहीं पहचाना गया)। लुब्बेलुआब ये कि प्रशासनिक सेवा के बारे में कुछ समय के लिए गम्भीर होने के कारण इनका सामान्य ज्ञान कक्षा के अन्य बच्चों से काफ़ी अच्छा है और वे इनकी बौद्धिक चर्चाएँ सुनकर दहशत में रहते हैं।

विमल की कहानी पढ़कर एक पाठिका ने उसे प्रशंसा-पत्र क्या, भेजा है। प्रशंसा-पत्र क्या, छोटा-मोटा प्रेम-पत्र लिखा है। कहानी के बारे में सिर्फ़ एक वाक्य लिखा हुआ है—आपकी कहानी अच्छी लगी। विमल के भेतर का लेखक उत्साहित होकर जानना चाहता है—कौन-सी कहानी, किस पत्रिका में पढ़ी, कहानी में क्या अच्छा लगा, क्या बुरा, लेकिन आगे कुछ नहीं लिखा है। अलबत्ता शेर बहुत लिखे हैं—"लिखती हूँ ख़ून से स्याही न समझना, मरती हूँ तुम्हारी याद में ज़िन्दा न समझना।" यह शेर ख़त्म होते ही लाइन खींचकर दूसरा शेर लिखा है—"पत्र मेरा जा रहा है दिल के तार-तार से, पसन्द अगर ना हो तो फाड़ देना प्यार से।" फिर तीसरा—"दोस्ती करते हैं ये लोग क़सम खाते हैं, प्यार हमसे करते हैं गले किसी और को लगाते हैं।" विमल औचक ही भौंचक हो गया है। किससे दोस्ती, किसकी क़सम, किसे गले

लगाया, ये कौन पाठिका है यार, ऊपर से मात्रा की इतनी ग़लतियाँ...। विमल का मूड हत्थे से उखड़ गया है। सारा कार्ड "चलती है गाड़ी तो उड़ती है धूल" के शायर के शाहकारों से भरा हुआ है। ले-देकर यही एक प्रशंसक का पत्र आया है जिसकी चर्चा इसने न किसी से की है, न करेगा।

तीसरे सेमेस्टर की यही कुछ घटनाएँ हैं। कुछ प्रक्रियाएँ भी हुई हैं, जैसे नायक-नायिका की बातचीत अब कुछ हद तक अनौपचारिक स्तर पर आ चुकी है। शशि ने अपना प्रेम प्रस्ताव निधि के सामने रख दिया है जो अभी तक पारित नहीं हुआ है। आनन्द ने कक्षा की ही एक छात्रा शीतल को फाँस लिया है और दोनों हर शाम एक साथ शीतल पेय पीते, आनन्द करते देखे जा रहे हैं। विभव को किसी ने, उसके तर्कों से ऊबकर, 'ब्लैक डॉग' पिलाने का कलेजा दिखा दिया था और अब उसका यह कहना है कि वह पीना तब शुरू करेगा जब रोज़ शैंपेन का ख़र्च वहन करने लायक हो जाएगा। झा जी आजकल इस ग्रुप के पास नहीं फटकते, जबकि भावी खोजी पत्रकारों का यह ग्रुप उनको खोजी कुत्तों की तरह सूँघता फिरता है। वैसे झा जी पत्रकारिता का क्षेत्र छोड़ने के विषय में कहते सुने गये हैं क्योंकि उनकी अतिशुद्ध हिन्दी के कारण उन्हें हिन्दी अख़बारों में नौकरी मिलने में बड़ी बाधा आ रही है।

चौथा सेमेस्टर आ गया है। सभी एकाएक बड़े हो गये हैं। सबको अपनी ज़िम्मेदारियों का अहसास है। मस्ती करने के दिन अब चले गये। अब नौकरी ढूँढ़ना शुरू कर दो। अब सीरियस हो जाओ। कहीं इंटर्नशिप के लिए प्रयास करो। ऐसे जुमले ग्रुप में क्या पूरी कक्षा में तैरने लगे हैं। पत्रकारिता पाठ्यक्रमों का अलिखित नियम सभी जानते हैं कि पाठ्यक्रम समाप्त होने से पहले-पहले कहीं व्यवस्थित हो गये तो ठीक वरना पाठ्यक्रम समाप्त करके आप खाली बैठे हैं तो सम्भावनाएँ धीरे-धीरे शून्य होती जाती हैं।

चौथे सेमेस्टर में ग्रुप एक चैनल द्वारा संवाददाता के पद के लिए आयोजित साक्षात्कार में शिरक़त करके लौटा है। साक्षात्कार में नायक से पूछे गये प्रश्नों में से कुछ निम्नलिखित हैं :

प्रश्न—अच्छा, तो आपकी रुचि अन्तर्राष्ट्रीय सम्बन्धों में है? यह बताइए, अमरीका से जो रक्षा समझौता हो रहा है, उसमें क्या-क्या शामिल है?

नायक ने ख़ुश होकर उत्तर दिया। विषय पर उसकी पूरी पकड़ है।

प्रश्न—अगर यह रक्षा समझौता हुआ तो बोलिविया से हमारे सम्बन्धों पर क्या असर पड़ेगा?

नायक ने कुछ उत्तर दिया पर विषय पर उसकी पकड़ ढीली हो रही है।

प्रश्न—इथोपिया और इरिट्रिया में ख़राब सम्बन्धों की वजह क्या है?

नायक ने कुछ उत्तर तो ज़रूर दिया पर समझ लिया कि मामला पहुँच से बाहर

जा रहा है।

प्रश्न—अच्छा, यदि इथोपिया में हमास जैसा संगठन होता और इरिट्रिया में एडवर्ड सईद होते तो स्थिति कैसी होती? पचास शब्दों में लिखकर बताइए।

मामला ख़त्म। नायक जानता है चैनलों में नौकरी के लिए ज्ञान से ज़्यादा ज़रूरत है अच्छी यानी मिश्रित अशुद्ध भाषा और स्वच्छ उच्चारण की। नायक का व्यक्तित्व तो अच्छा है, पर भाषा और उच्चारण उसे मार दे रहे हैं। भाषा का बिहारी टच उसका पीछा नहीं छोड़ रहा। साक्षात्कार देकर निकलते समय चैनल के एक प्रकांड पत्रकार से नायक की मुलाक़ात हो गयी। नायक ने जब उससे इथोपिया और इरिट्रिया के ख़राब सम्बन्धों की वजह तस्दीक करनी चाही तो वह सिगरेट सुलगाते हुए दार्शनिक अन्दाज़ में बोला, "इथोपिया देश का नाम तो मैंने सुना है, पर यह इरिट्रिया कहाँ हैं बन्धु?"

लगे हाथ विमल के साक्षात्कार के भी कुछ अंश देख लेते हैं।

प्रश्न : अच्छा, तो आप कहानियाँ लिखते हैं...बहुत अच्छे। आप तो साहित्य के आदमी हैं, आपका पत्रकारिता में क्या काम?

कोई उत्तर नहीं।

प्रश्न (जो कि प्रश्न नहीं, विचार है) : क्या आपको पता नहीं कि साहित्य में रुचि पत्रकारिता के लिए विष के समान है?

कोई उत्तर नहीं (हालाँकि उत्तर था विमल के पास, पर आत्मविश्वास नहीं था)।

प्रश्न : किन पत्रिकाओं में छपी हैं आपकी कहानियाँ?

उत्तर बहुत ही बुझे मन से दिया गया।

प्रश्न : कोई फ़ायदा नहीं होता पांडेजी, इनमें लिखने से। वहाँ आप बड़े लेखक भी बन जाएँगे तो भी यहाँ छोटा-सा टी.वी. पत्रकार बनने के लिए आपको नाक रगड़नी पड़ेगी। अरे, कौन जानता है आपको लिखने की वजह से पांडेजी...?

उत्तर तो कोई नहीं पर जातिसूचक शब्द वाकई अपमानजनक होते हैं (भले ही क्यों होते हैं इसका सन्तोषजनक उत्तर विमल ढूँढ़ नहीं पा रहा), यह विमल को बड़ी शिद्दत से महसूस हुआ है। जानने का ज़िक्र आते ही उसे उस पाठिका द्वारा भेजा गया कार्ड याद आ गया है और उसका रहा-सहा मानसिक सन्तुलन भी बिगड़ गया है।

प्रश्न : अच्छा आप चिली में चुनावों की पूरी प्रक्रिया को समझाते हुए पिछले पाँच राष्ट्रपतियों के नाम बताइए।

उत्तर : जी, मुझे ठीक से पता नहीं।

प्रतिक्रिया : तो, छीलो। (ऐसा साक्षात्कार कर्ता ने मुँह से नहीं भाव-भंगिमाओं से कहा)।

ऐसा नहीं कि वहाँ किसी की नौकरी लगी ही नहीं। निधि को एंकर की नौकरी उसी चैनल में मिल गयी। दस दिन के भीतर ही उसका बुलावा आ गया। चूँकि वह

बारोज़गार हो गयी है, उत्सुकतावश उससे पूछे गये दो-चार प्रश्न भी देख लेते हैं।

प्रश्न : जर्मनी के चांसलर कौन हैं?

उत्तर : सॉरी सर, आइ डोंट नो। (प्रश्नकर्ता की ओर ऐसी निगाहों से देखते जैसे वह उत्तर के लिए विकल्प देगा)

प्रश्न : अच्छा बताइए, अमरीका के राष्ट्रपति कौन हैं?

उत्तर : सर क्लिंटन। सॉरी-सॉरी जॉर्ज बुश।

प्रश्न : यू.पी.ए. का अध्यक्ष कौन है?

उत्तर : सोनिया गाँधी, आइ थिंक।

प्रश्न : श्योर?

उत्तर : सोनिया गाँधी या मनमोहन सिंह।

प्रश्न : सोनिया गाँधी या मनमोहन सिंह?

उत्तर : मनमोहन सिंह।

प्रश्न : आपको पूरा विश्वास है?

उत्तर : यस सर, आयम श्योर।

प्रश्न : हंड्रेड परसेंट श्योर?

उत्तर : यस्सर, हंड्रेड परसेंट श्योर।

प्रश्नकर्ता : वेरी गुड, आपका यह उत्तर तो सही नहीं है, पर आपका आत्मविश्वास काबिल-ए-तारीफ़ है। यदि संवाददाता का पद न मिले तो क्या आप एंकर की नौकरी करना चाहेंगी?

उत्तर : या सर, श्योर।

तो निधि शर्मा, जिनकी लम्बाई पाँच फीट सात इंच है, जो काफ़ी ख़ूबसूरत हैं और जिनकी आवाज़ बहुत मधुर है, आजकल उस चैनल में एंकर हैं। ग्रुप में नौकरी की बात करें तो कुछ दिन बाद एक चमत्कार की तरह आनन्द की भी कॉल आ गयी। उसके पीछे की राजनीति यह है कि आनन्द किसी सत्तारूढ़ केन्द्रीय मन्त्री के नाम का पत्र लेकर साक्षात्कार में आया था। एक, अणे मार्ग और दस जनपथ के मधुर सम्बन्धों का उसने पूरा लाभ उठाया और नायक व उसका पूरा ग्रुप उसकी सफलता से उत्साहित व प्रसन्न है। नायक अपनी कमज़ोरी जानता है। वह आनन्द के लिए मित्र धर्म के कारण प्रसन्न है वरना अपनी असफलता उसे ख़ुश नहीं होने दे रही है। निधि का चयन भी उसे खिन्न कर गया है। जिस रात निधि का चयन हुआ, नायक दारू पीकर कहते सुना गया—एंकर...हुँह, यही वो एंकर होती है जो संवाददाता द्वारा यह सूचना दिये जाने पर कि जगुआर दुर्घटनाग्रस्त हो गया है, सवाल पूछती है हमारे दर्शक जानना चाहते हैं उसमें कितने यात्री सवार थे?

कुछ भी हो, नायक निराश नहीं है। हाल ही में उसे साक्षात्कार वाले दिन नायिका

के पास बैठ अन्तरंगता से बातें करते देखा गया है। पास जाने पर पता चला कि दोनों इंटरव्यू कला पर चर्चा कर रहे थे। नायिका का भी साक्षात्कार अच्छा नहीं रहा। ख़ैर, अभी तो मंज़िलें और भी हैं। राज़ की बात यह है कि नायक ईश्वर से अपनी नौकरी के लिए प्रार्थना नहीं करता, उसकी विनती है कि नायिका को जल्दी नौकरी मिल जाए, क्योंकि नायिका नौकरी के लिए बहुत परेशान है। अपने पर पता नहीं कैसे उसे विश्वास है कि जब भी वह नौकरी के लिए गम्भीर हो जाएगा, नौकरी मिल जाएगी। बल्कि कुछ लोगों ने उसे यह तक कहते हुए सुना है कि अगर उसका किसी चैनल से बुलावा आया और एक ही स्थान हो तो वह ख़ुद नहीं जाएगा बल्कि नायिका को भेज देगा (इसी पर बनारस में एक कहावत प्रचलित है—फलानी में गू नाहीं, नौ सियार के नेवता)

इसी बीच उसे पता चला कि निधि को नौकरी ऐसे ही नहीं मिल गयी, उसने बहुत तगड़ा जैक लगवाया था।

"ये जैक क्या होता है बे?" नायक ने बस में खड़े-खड़े आनन्द से पूछा था।

"भक्साले, जैक नहीं जानते? अबे जुगाड़,सोर्स, पउआ, भौकाल...अबे पैरवी यार। जैसे मैंने करवायी थी।" आनन्द ने समझाया।

'जैक' के इतने सारे पर्यायवाची सुनकर नायक को यह शब्द भगवान कृष्ण के अनन्त नामों की तरह सुहावना और चमत्कारिक लगा, पर इसके विषय में थोड़ा सोचते ही यह शब्द भगवान शंकर के अनन्त नामों की तरह ख़तरनाक और प्रलयंकारी लगने लगा।

"बिना जैक के किसी का कुछ उखड़नेवाला नहीं है बे।" आनन्द ने कड़े शब्दों में फ़ैसला सुना दिया था और तभी सामने स्पीड ब्रेकर आ गया था और नायक का सिर बस की छत से जा टकराया था।

चौथा सेमेस्टर समाप्ति की ओर अग्रसर है। सभी चैनलों और अख़बारों के दफ़्तरों में चक्कर काटते नज़र आने लगे हैं। नायक-नायिका थोड़ा और निकट आ गये हैं पर निकटता देखकर अन्धा भी बता देगा कि इसमें प्रेम नहीं दोस्ती का ही तत्त्व है। नायिका हर बार नायक को अभिवादन करते हुए मुस्कराती है और नायक हर बार पीछे देखकर आश्वस्त हो लेता है। नायक का अमर और पवित्र प्रेम जो समय की आँच पाकर और पवित्र हो गया है, उसके चेहरे से दिखायी नहीं देता। जब नायिका आसपास बैठी होती है, चेहरे से वह उतना ही मूर्ख और निरीह दिखायी देता है, जितना पहले सेमेस्टर में, जब वह अपना प्रेम छिपाकर रखता था। अब उसका प्रेम छिपा नहीं है। पूरी क्लास को पता है। कारण हैं विमल और विभव। दोनों बड़े मुँहफट क़िस्म के इन्सान हैं और ख़ुलेआम नायक का नाम लेकर नायिका को छेड़ते रहते हैं। उनकी मंशा ये है कि नायिका के मन में नायक के लिए प्रेम अंकुर फूटें, पर मज़ाक ज़्यादा हो जाने पर नायिका गुस्से में कहती है, "ये क्या स्टूपिड-सी हरकतें करते रहते हो तुम लोग?

विमल तो राइटर है, पर विभव तुम भी... ?'' विमल समझ जाता है कि चूँकि वह राइटर है, लिचड़ई पर उसका तो हक़ है,पर विभव की छेड़खानी से ग़लत असर पड़ सकता है। आजकल वह अकेला ही नायिका के मन में नायक के प्रति प्यार जगाने की कोशिश कर रहा है।

दो दिन बाद नायिका का जन्मदिन है। पिछली बार तो जन्मदिन बीतने के बाद नायक को पता चला था और उसी दिन यह तारीख़ उसके मानस पटल पर जम गयी थी जिसे ई-मेल आई डी बनाते समय नायक ने पासवर्ड बनाया था। नायिका क़िताबों की बड़ी शौक़ीन है, इसलिए उपहार में क़िताब ही दी जाएगी पर कौन-सी? विभव बहुत मेहनत से विमल की बातों से अन्दाज़ा लगाकर बताता है कि नायिका को गोर्की की 'मदर' देनी चाहिए। दरअसल नायिका को हिन्दी के लेखकों के आत्मविश्वास के बारे में पता नहीं है। वह यह मानकर कि विमल लेखक है तो ज़रूर बहुत पढ़ता होगा, उससे दुनिया भर की क़िताबों के बारे में बताती रहती है जिसे पढ़ने की ज़हमत वह कभी नहीं उठाएगा क्योंकि ऐसी तो वह जब चाहे तब लिख दे। तो इधर नायिका मदर पढ़ने की इच्छा जता रही थी। नायक दरियागंज से 'मदर' ख़रीदता है, सुन्दर-सी पैकिंग कराता है और एक लाल गुलाब के साथ समय से पहले कॉलेज पहुँच जाता है। भले ही आज नायिका का जन्मदिन हो, वह आएगी अपने नियत समय पर ही। तब तक नायक कैंटीन के बाहर खड़ा होकर चाय पीते हुए समय काट सकता है।

कैंटीन के सामने वही रोज़ का मंज़र है। कुछ झुंड खड़े हैं और चाय-नाश्ते के साथ अपने मित्रों से गपशप कर रहे हैं। जिस झुंड में लड़कियाँ ज़्यादा हैं उसमें से चिड़ियों के चहचहाने की आवाज़ें आ रही हैं। कुछ अध्यापक भी खड़े हैं। इनमें से कुछ को नायक पहचानता है। ये हिन्दी-विभाग के अध्यापक हैं जो अपने छात्रों के सौजन्य से चाय पी रहे हैं और बदले में उन्हें 'राम की शक्तिपूजा' में हनुमान के अतिमानवीय कार्यों की व्यंजना समझा रहे हैं। कुछ के चेहरों से टपकती बेचारगी देखकर लगता है कि यदि छात्र कुछ नाश्ता भी करा दें तो ये 'अँधेरे में' के काव्यगत वातावरण को मूर्त बनानेवाले अँधेरे की पूरी पोल खोलकर रख दें (पर समस्या यह है कि ये शोधछात्र न होकर साधारण छात्र हैं इसलिए गुरु-वन्दना मौखिक ज़्यादा है)। इसी समय नायिका का गुलाबी रंग के कपड़ों (जिसके बारे में मिथक है कि यह लड़कियों का पसन्दीदा रंग होता है और जिसे देखकर नायक ने उसी दिन जनपथ से तीन गुलाबी टी-शर्टें ख़रीदीं) में आगमन होता है और नायक का ध्यान अध्यापकों से हटकर इधर आकर्षित होता है।

'जन्मदिन की ढेरों बधाइयाँ।' सबने नायिका को मुबारकबाद दी है। 'जन्मदिन मुबारक हो वेदिका।' 'थैंक्यू मुरारी।' अब नायक कृष्ण मुरारी नायिका वेदिका को गोर्की कृत 'मदर' उपहार में देने ला रहा है। कैसा अर्थवान उपहार है यह? कैसा महान प्रेम है यह? इस प्रेम में एक महाकाव्य पनप सकता है बशर्ते यह प्रेम सफ़ल हो जाए...आमीन।

नायक के आगे बढ़ते ही शॉट फ्रीज़ हो गया है। सबकी निगाहें नायक पर हैं। नायक जैसे चाँद पर क़दम उठा रहा है। उसका भार छठवाँ हिस्सा ही बच रहा है।

'यह तुम्हारे लिए वेदिका।' 'नहीं, नहीं मैं नहीं ले सकती।' नायक थोड़ा निराश हो गया है। साहित्यकार मित्र दिमाग़ लगाता है। 'रख लो वेदिका, तुम्हारी फ़ेवरिट क़िताब है।' 'नहीं विमल, प्लीज़ सॉरी।' नायिका तैयार नहीं है, उसे डर है उपहार रख लेने पर उसकी तरफ़ से प्रेम की स्वीकृति मान ली जाएगी। 'अरे रख लो, हम सबने मिलकर ख़रीदा है,' विभव का मास्टरमाइंड। मिलकर ख़रीदा है वाला हथियार काम कर गया है। 'ओके थैंक्यू।' नायक फूल देता है, लाल गुलाब। 'थैंक्यू मुरारी।' नायिका फूल लेकर सूँघती है। नायक अति प्रसन्न है। फूल सूँघना मतलब नायक की विजय। वह ख़ुशी ज़ाहिर करना चाह रहा है पर नायिका के सामने नहीं, कहीं दूर जाकर। वह विमल को लेकर लाइब्रेरी के सामनेवाले झंखाड़ की तरफ़ जाता है जहाँ 'कॉलेज के सौ मीटर के दायरे में तम्बाकूजनित पदार्थ न बिकने का आदेश' पारित होने के बाद से सिगरेट भी मिलने लगी है। दोनों झंखाड़ में घुसकर सिगरेट ख़रीदते हैं और सुलगाकर देर तक बातें करते रहते हैं। इस समय नौकरी–फौकरी जैसी वाहियात बात किसी के दिमाग़ में दूर–दूर तक नहीं है।

नायक कॉलेज से निकलता है तो ऐसा लगता है उसे थोड़ा–थोड़ा नशा हो आया हो। नायिका ने जाते वक़्त नायक को दुबारा थैंक्यू कहा है और उसे एक चाबी का रिंग उपहार में दिया है। अब वह इस चाबी रिंग का क्या करेगा? पूछिए मत, वह इस समय उसके लिए दुनिया की सबसे क़ीमती वस्तु है। हो सकता है वह एक कार ख़रीदे और उसकी चाबी इस रिंग में लगा दे या फिर एक बंगला ख़रीद ले और उसकी चाबी इस रिंग में फँसा दे। कुछ भी...कुछ भी...कुछ भी।

रास्ते से गुज़रते हुए वह 392 नम्बर की बस देखकर रुक जाता है (इसी नम्बर की बस से नायिका रोज़ अपने घर नोएडा जाती है)। सभी मित्र उसे रुका देख रुक जाते हैं। वह बस को इस क़दर प्यार से देखता है गोया इससे कुचलकर जान दे देगा। यही सवाल पूछने पर वह अँग्रेज़ी में जवाब देता है कि इस बस से कुचलकर वह सीधा स्वर्ग पहुँचेगा। अँग्रेज़ी में... ? पर अँग्रेज़ी तो नायक दारू पीने के बाद बोलता है, नशे में। ये दूसरा नशा है पाठकों। ये इतनी जल्दी नहीं उतरनेवाला जितनी जल्दी दारूवाला उतरता है। ये प्रेम का नशा है।

यहाँ से प्रेम–कहानी में एक दुखद मोड़ आता है जो हर सफल प्रेम–कहानी के लिए आवश्यक है। मुझे आशा है मेरी प्रेम–कहानी भी एक दुखद मोड़ से गुज़रकर सुखद परिणति को प्राप्त कर एक सुपरहिट कहानी बनेगी। मैं दावे से कह सकता हूँ कि आप इस कहानी को पढ़ने के बाद मेरे लेखन के कायल हो जाएँगे और मैं प्रेम–कहानी विशेषज्ञ के रूप में प्रतिष्ठित हो जाऊँगा।

नायक ने उसी रात नायिका को फोन किया। शाबाश नायक। सभी मित्रों की ओर से उसे फ़िल्म देखने के लिए आमन्त्रित किया पर नायिका ने उसे दूसरी ही ख़ुशख़बरी सुना दी। उसने एक चैनल में साक्षात्कार दिया था, वहाँ से उसका बुलावा आया है, साथ ही कल शाम उसे शादी के लिए लोग देखने आ रहे हैं। नायक दहल गया। अभी तो प्रेम धीरे-धीरे परवान चढ़ना शुरू हुआ था, अभी इतना बड़ा झटका...? क्या नायिका ने उसे संकेत किया है कि..? क्या नायिका भी उससे...? क्या...? क्या...?

सभी ने मिलकर चर्चा की। काफ़ी देर चर्चा के बाद यह निष्कर्ष निकला कि नायक जल्दी-से-जल्दी किसी समाचार चैनल में नौकरी पकड़े और अपने पिता को घिसे-पिटे संवादों से इतर नये संवाद दे। नायक को आनन-फानन में नौकरी पाना बहुत ज़रूरी है ताकि आगे की कार्रवाई की जा सके। नायक एक अनोखे जोश से भर गया है।

सभी मित्रों ने एक-एक करके सभी समाचार चैनलों के दफ़्तर जाना शुरू कर दिया है। हर जगह आवेदन-पत्र मुख्य द्वार पर ही जमा कर लिये जाते हैं। जमा कौन करता है, जानना चाहते हैं तो दिल थाम के बैठिए। इन भावी पत्रकारों के आवेदन मुख्य द्वार पर तैनात गेटकीपर लेता है। वे कुछ निराश हुए। एक चैनल ऑफ़िस के गेटकीपर ने तो ये दया भी नहीं दिखायी। ''आप लोग एप्लीकेशन कूरियर से भेजिए, बाइ हैंड नहीं लिया जाएगा।'' उसने खैनी मलते हुए फ़रमान सुनाया।

''अच्छा, यहाँ हो सकता है हमारा?'' नायक ने पूछा था। हैरानी होती है सोचकर कि नायक कुछ समय पहले तक इतना अपरिपक्व था कि ऐसे प्रश्न पूछता था।

''जैक-वैक होगा तो हो ही जाएगा।'' गेटकीपर मुस्कराकर बताता है।

जैक, जैक, जैक...हर जगह जैक। नायक आवेदन करता रहा और हर जगह से बुलावे का इन्तज़ार करता रहा। कहीं से कोई बुलावा नहीं आया जैसे किसी अन्धे कुएँ में पत्थर फेंका गया हो। सभी इन्तज़ार में थे कि बुलावा आएगा पर नायक के पास वक़्त नहीं। ठीक है, उसकी कुछ कमज़ोरियाँ हैं, उसका कोई जैक भी नहीं, पर चैनल में ही जाना कोई ज़रूरी तो नहीं। वह प्रिंट की पत्रकारिता करेगा जो असली पत्रकारिता होती है (ऐसा उसके उन सीनियरों ने बताया है जो हर चैनल से दुत्कारे जाने के बाद प्रिंट में काम कर रहे हैं।)

नायक ने पहले राष्ट्रीय स्तर के अख़बारों की खाक छानी फिर राष्ट्रीय स्तर की पत्रिकाओं की। सवाल वही था, यदि कोई जैक हो, किसी मन्त्री-वन्त्री से सोर्स लगाओ तो बात बने। नायक हैरान था। मीडिया में तो उसने सुना था अभी बहुत मौके हैं। रोज़ नये चैनल खुल रहे हैं, अख़बार छप रहे हैं, पत्रिकाएँ निकल रही हैं, फिर ये हर जगह जैक...? बिहार से आये नायक और यू.पी., एम.पी. से आये मित्रों के लिए इस बूमिंग इंडस्ट्री की हालत बहुत धक्का पहुँचानेवाली और स्वप्न तोड़ू थी।

नायक छोटे-छोटे क्षेत्रीय अख़बारों के ऑफ़िस पहुँचने लगा। वह 'सच्चाई की

ताक़त', 'दैनिक सच्चाई', 'झूठ को जला दो', 'सान्ध्य बारूद', 'दैनिक तोप' जैसे अख़बारों में भी गया जो प्रथम बार में धर्मेन्द्र की हिंसात्मक फ़िल्मों के टाइटिल लगते थे। इन अख़बारों में उससे कहा गया कि वह दो महीना बिना पैसे लिये काम करे, दो महीने उसकी योग्यता को परखने के बाद कोई फ़ैसला लिया जाएगा। 'सान्ध्य सच्चाई' और 'सनसनीखेज़ खुलासा' जैसे चार पन्ने के अख़बारों में, जिनका दफ़्तर एक कमरे का था, उससे कोई सनसनीखेज़ खुलासा करके लाने को कहा गया। उसके सामने सबसे सनसनीखेज खुलासा यह हुआ कि हर हफ़्ते चार विज्ञापनों की व्यवस्था करने से इन अख़बारों में नौकरी मिल जाती है। जैसा कि नाम से ही ज़ाहिर है, ये अख़बार पत्रकारिता को व्यवसाय नहीं मिशन मानकर काम कर रहे थे और इनके एक कमरे के छोटे दफ़्तरों में भी कई गणेशशंकर विद्यार्थी और बाबू पराड़कर खैनी मलते या बीड़ी सुलगाते प्रायः दिख जाते थे।

वह ग़लती से कुछ ऐसे अख़बारों के ऑफ़िस भी चला गया जो किसी व्यक्ति ने अपने पड़ोसी से बदला लेने के लिए निकालना शुरू किया था। पड़ोसी के पास शायद कोई तोप रही होगी जिसके मुक़ाबले में यह अख़बार निकला होगा। इन अख़बारों में ऊपर ऐश्वर्य राय या रानी मुखर्जी सरीखी सुन्दरियों की कम कपड़ों में मोहक तस्वीरें होतीं और नीचे बलात्कार की ख़बर एक डरावने शीर्षक के साथ होती। चित्र व शीर्षक का ख़बर से ऐसा सुन्दर सामंजस्य बैठाया जाता कि एकबारगी तो रानी या ऐश्वर्य के बलात्कार होने का भ्रम हो जाता। अगले पृष्ठों पर अपने शत्रु पर ऐसी भाषा में कीचड़ उछाला गया होता जिसमें प्रूफ़ की बहुत गलतियाँ होतीं। यहाँ काम करने के लिए उपरोक्त शर्तों के साथ एक मौलिक शर्त यह भी थी कि हर रोज़ एक बलात्कार की ख़बर लेकर आओ। कोई ख़बर न हो तो ख़ुद बलात्कार करो और ख़बर बनाओ लेकिन अख़बार का नियम नहीं टूटना चाहिए। नायक धीरे-धीरे हताश होने लगा था। उसकी नाक के नीचे दुनिया में इतना अँधेर हो रहा है और वह कुछ नहीं कर सकता। उसे वो नौकरियाँ याद आयीं जो उसने मात्र इसलिए ठुकरा दी थीं कि उसे सिर्फ़ और सिर्फ़ पत्रकार ही बनना था।

ऊपरवाले के घर देर है, अँधेर नहीं। नायक को बिल्कुल ऐसा ही लगा जब एक समाचार चैनल ने उसे इंटर्नशिप पर रख लिया। व्यवसायिक मंडी ने शोषण का नया पर्यायवाची शब्द ढूँढ़ निकाला है, इंटर्नशिप। यह इंटर्नशिप भी उसे एक जैक लगाने पर मिली है। इंटर्नशिप के लिए बड़े नहीं छोटे जैकों की ज़रूरत होती है (कथा लिखे जाने तक सत्य तथ्य) जैसे प्रोडक्शन असिस्टेंट या संवाददाता। नायक के दूर के एक भाई ने, जो काफ़ी समय से इस चैनल में संवाददाता है, उसका जैक लगाया है। नायक अपने इस दूर के भाई का जो नायक के स्कूल के दिनों में अक़्सर उससे 'गिलहरी नमक खाती है' का संस्कृत अनुवाद पूछा करता था, इंटर्नशिप दिलवाने के तहेदिल से शुक्रगुज़ार है।

नायक प्रसन्न था कि दो महीने की इंटर्नशिप के दौरान वह इतनी मेहनत करेगा कि चैनलवाले उसे निकाल ही नहीं सकेंगे बल्कि प्रभावित होकर नौकरी दे देंगे। वहाँ वह ऐसे कई लोगों से मिला जिनकी मेहनत देखकर चैनल उन्हें निकाल नहीं सका था और इंटर्नशिप दो महीने और बढ़ा दी गयी थी। कुछ अति मेहनती लोगों से चैनल दो-दो महीने पर तीन-चार बार प्रभावित हो चुका था। ख़ैर...नायक ने पूरी हिम्मत से काम शुरू किया। हिम्मत-ए-मर्दा, मदद-ए-ख़ुदा।

क्या आपको भी लग रहा है कि प्रेम-कहानी रास्ते से भटक गयी है, शुष्क और नीरस हो गयी है? क्षमा करें, सब कुछ इतनी जल्दी हो गया है कि मैं स्वयं हतप्रभ हूँ। ऐसे प्रश्न कहानी में आने ही नहीं चाहिए वरना मैंने देखा है कि एक समय ऐसा आता है जब पात्र इतने बेचैन हो जाते हैं कि कहानीकार की क़लम की नोक से फिसल जाते हैं अपना प्रारब्ध ख़ुद लिखने लगते हैं। मैं निसन्देह आपका अपराधी हूँ कि आपको विश्वास में लेकर इस प्रेम-कथा का हिस्सा बनाया और इस समय मैं ही पूरी तरह नहीं अन्दाज़ा लगा सकता कि आगे क्या होगा। पात्र मेरी पहुँच से बाहर हो गये हैं। वे क्या सोच रहे हैं, उनकी मनःस्थिति में कैसे बदलाव हो रहे हैं, शर्मिन्दा हूँ कि ये सब मैं नहीं पकड़ पा रहा हूँ। फिर भी पात्र हैं तो मेरे सामने ही। आपको आश्वस्त करता हूँ कि उनकी गतिविधियों को मिलाकर आपके समक्ष इस प्रेम-कथा को पूरा तो करूँगा ही।

नायक आजकल बहुत परेशान है। इस चैनल में उससे कम-से-कम बारह घंटे काम लिया जाता है। सुबह नौ बजे पहुँचने के बाद वह रात नौ के बाद ही खाली हो पाता है। एक महीने पूरे होने को हैं और वह अपने दोस्तों के साथ एक बार भी फ़ुर्सत से नहीं बैठ पाया है (फ़ुर्सत से यानी मयबोतल) हालाँकि बीच में मुलाकातें हुई हैं। बातें भी हुई हैं। दुःख के साथ कहना पड़ रहा है कि प्रेम से सम्बन्धित कम बातें हुई हैं। जिन तथ्यों के इर्द-गिर्द बातें हुई हैं उनमें से मुख्य निम्नलिखित हैं—

1. मीडिया (ख़ासकर इलेक्ट्रॉनिक मीडिया) में लड़कियाँ (ख़ासकर सुन्दर लड़कियाँ) प्रतिभावान छात्रों के पेट पर रोज़ लात मार रही हैं।

2. मीडिया पूरे समाज पर नज़र रखता है। मीडिया की धाँधलियों पर नज़र रखने के लिए कोई तगड़ा संगठन होना चाहिए।

3. चूँकि सत्ता का केन्द्र दिल्ली है, यहाँ मीडिया में जगह पाना सबसे कठिन है।

4. यदि पत्रकारों पर स्टिंग ऑपरेशन किया जाए तो अस्सी प्रतिशत पत्रकारों को भूमिगत होना पड़ेगा।

5. मीडिया में चमचागिरी और भाई-भतीजावाद ज़्यादा है।

6. मीडिया में आश्चर्यजनक रूप से ऊँचे पदों पर ज़्यादातर तथाकथित सवर्ण हैं जो भयंकर रूप से जातिवाद फैला रहे हैं।

7. पत्रकार बनने का मतलब सुन्दर चेहरा और साफ़ आवाज़ बनकर ही क्यों रह

गया है? हम पत्रकार बनना चाहते हैं, एंकर नहीं।

8. नायक ने नायिका को प्रपोज़ कर दिया है शालीन तरीके से, नायिका ने मना कर दिया है शालीन तरीके से, अब दोनों में बड़ी अच्छी दोस्ती पल्लवित हो रही है, शालीन तरीके से।

अन्तिम तथ्य के बारे में जानकर नायक के मित्रों को भी आश्चर्य हुआ। नायक ने हिम्मत कर दी, इस पर तो उन्हें एक बार विश्वास भी हो जाए, पर इसके बाद भी दोनों की दोस्ती परवान चढ़ रही है, इस पर विश्वास करना थोड़ा कठिन है। पर कहते हैं न कि प्रत्यक्षं किं प्रमाणं। उन्होंने देखा, सुना, महसूस किया और ईश्वर की लीला मानकर इसे स्वीकार कर लिया। हालाँकि इसके बावज़ूद उसके सच्चे दोस्तों ने उसे विश्वास दिलाया कि इन्कार ही इक़रार की पहली सीढ़ी है और अच्छी दोस्ती से ही प्यार की शुरुआत होती है। इसलिए नायक हिम्मत न हारे और अपनी मंज़िल-ए-मक़सूद को प्राप्त करके ही रहे।

इस बीच कई घटनाएँ हो चुकी हैं। कक्षा की तीन और लड़कियाँ नौकरी पा चुकी हैं। नायक के लिए एक अच्छी ख़बर यह है कि उसके क़रीबी मित्र शशि की मेधा और चाचा का जैक काम आया है उसे एक अच्छे चैनल में नौकरी मिल गयी है। यह शशि का आदर्श 'सबसे तेज़' तो नहीं है पर इसके स्लोगन पर विश्वास करें तो यह भी कम तेज़ नहीं है और इसे सच दिखाने का जुनून है। मगर नायक ये सुनकर दुखी हुआ कि शशि ने नौकरी पाते ही अपने उन उसूलों से समझौता कर लिया है जिनके कारण नायक उसकी बहुत इ़ज़्ज़त करता था। आनन्द को अपराध जैसी प्रमुख बीट दे दी गयी है और नायक पुनः यह जानकर दुखी हुआ है कि आनन्द जिस हिम्मत से व्यवस्था की ख़ामियाँ दूर करने की बात करता था, उसकी जगह व्यवस्था की चाटुकारिता करने लगा है।

नायक को रिपोर्टिंग के दौरान ऐसी कई घटनाओं का सामना करना पड़ा है जिसने उसे हिलाकर रख दिया है। उस दिन एक नृशंस बलात्कार की रिपोर्टिंग करने के बाद नायक सीधा विभव के कमरे पर चला आया। वह बहुत परेशान था। विभव और विमल पहले से ही मौजूद थे। शशि कुछ देर में आनेवाला था और आनन्द को फोन करके बुला लिया गया। मैकडॉवल का एक खम्बा और एक अद्धा लाया गया। सभी पीने बैठे। नायक बहुत देर से ख़ामोश था। ख़ामोश तो विमल भी था पर नायक से कम। हर बार की तरह विभव को भी न्यौता दिया गया और उसने शैम्पेनवाला तर्क देकर मना कर दिया।

रात गहराने लगी है। आनन्द ने फ्रेंच कट दाढ़ी की नींव डाली है और रह-रहकर दाढ़ी पर हाथ फेर ले रहा है। सभी तीन-तीन पैग ले चुके हैं पर कोई कुछ बोल नहीं रहा है। घूम-फिरकर बात गिलास में कम या ज़्यादा पानी डालने को लेकर हो रही है। विभव भयभीत है। उसे चिन्ता है कि कहीं यह तूफ़ान के पहलेवाली शान्ति तो नहीं।

वह बात शुरू करने के लिए सबकी ओर देखकर कहता है, ''एक बात पता है तुम लोगों को? विमल की एक अख़बार में नौकरी लग गयी है।''

सभी आश्चर्य से विभव की ओर देखते हैं फिर विमल की ओर। विमल सकपका गया है। उसे उम्मीद नहीं थी कि विभव यह राज़ अचानक बता देगा जिसे वह सबसे छिपा रहा था। पर आख़िर ख़ुशी की बात वह सबसे छिपा ही क्यों रहा है?

''किस अख़बार में?'' शशि पूछता है।

विमल चुप।

''किस अख़बार में बे?''

विमल चुप जैसे बताने और न बताने में से निर्णय ले रहा हो।

''कौन-सा अख़बार पकड़ा है लेखक महोदय?'' नायक का कटाक्ष।

''...पाञ्चजन्य।'' विमल के जवाब से सन्नाटा छा गया है। सभी उसे ध्यान से देख रहे हैं कि यह वही विमल है या दूसरा।

''सारी आइडियोलॉजी हिक्...घुस गयी साले।'' और ये शशि हुआ आपे से बाहर।

''ऐ...संसदीय भाषा नहीं। संसद में नहीं, मेरे कमरे में बैठे हो।'' विभव की फटकार।

''क्या करता...? छोटे-बड़े, हर चैनल, हर अख़बार में गया। सब जगह... एक ही समस्या...। जैक लगाओ, जैक लगाओ...हिक् अरे नहीं है मेरा हिक् जैक...तो क्या करूँ? कहीं-न-कहीं हिक् तो...समझौता करना ही पड़ेगा हिक्...। मेरे पिताजी अब पैसे नहीं भेज सकते हिक्...। उनकी पेंशन घर के लिए ही हिक्...कम पड़ रही है। मैं घर का हिक्...बड़ा बेटा हूँ...आइडियोलॉजी का क्या हिक् अचार...डालूँगा। ये कम-से-कम हिक् ढाई हज़ार तो हिक्...दे रहे हैं। तीन महीने मेरा काम देखेंगे...हिक्...पसन्द आया तो स्थायी नियुक्ति कर पाँच हज़ार कर देंगे...हिक् हिक्।'' विमल ने बोलना बन्द कर दिया है। ऐसा लगता है थोड़ी देर और बोला तो रो पड़ेगा।

सभी ख़ामोश हो गये हैं। ऐसा लगता है वे काफ़ी बातें बिना कहे ही समझ गये हैं। नायक की आँखों की कोरों की तरफ़ किसी का ध्यान नहीं जाता। वे थोड़ी गीली हैं। दो पैग और ख़त्म हो चुके हैं। सन्नाटा क़ायम है।

''अच्छा मुरू...ये बताओ...मेरी दोनों तरफ़ की मूँछों में क्या अन्तर है?'' आनन्द का परम उल्लुयापे वाला बेतुका सवाल सन्नाटे में देर तक तैरता रहता है। नायक कभी उस सवाल को देखता है, कभी आनन्द को, बोलता कुछ नहीं।

''अरे यार हिक्...यही अन्तर है कि दायींवाली दाढ़ी में मिल गयी है और बायींवाली नहीं मिली...हिक्।'' आनन्द ख़ुद अपने बेतुके सवाल का जवाब देता है और अँगूठे व तर्जनी से दोनों तरफ़ की मूँछों को खींचकर नीचे दाढ़ी की तरफ़ ले जाता

है।

“तुमने लाठी चार्ज वाली घटना में हिक्...पीड़ित पक्ष को ही दोषी दिखा दिया... ऐसा क्यों आनन्द?” नायक का प्रश्न।

आनन्द अवाक् है। वह इन्हीं मुद्दों से बचना चाह रहा था।

“क्या करूँ यार...न्यूज एडीटर का यही ऑर्डर था।” आनन्द के स्वर में हताशा है।

“तुम्हारी नौकरी दो साल के कांट्रैक्ट पर है ना? तुम्हें कोई हिक् निकाल...थोड़े ही सकता है। सच्चाई को क्यों दबाया तुमने? हमने तय किया था कि मीडिया में आएँगे तो इसकी गन्दगियाँ साफ करेंगे और हिक्...तुम साले ख़ुद...गन्दगी का हिक् हिस्सा बन गये। साले, झूठे...यही करने आये थे हम इस लाइन में...?”

आनन्द चुप है। शशि हस्तक्षेप करता है।

“जाने दो यार मुरू। टी.वी. पत्रकारिता में हिक्...यह सब चलता है हिक्...। हम अकेले क्या कर हिक्...सकते हैं?”

“क्या जाने दो...क्या जाने दो...क्या चलता है हिक्? तुम साले दिखाते हो कि हिक्...पुलिस एक्सीडेंट के तुरन्त बाद पहुँची थी जबकि...हिक्...पुलिस पैसे लेकर बाद में पहुँची थी। ...बिकने लगे हो तुम लोग हिक्...बिकने लगे हो। यार विभव...मैं नहीं कर सकता हिक्...ऐसी गन्दी पत्रकारिता...।”

विभव उसके पास आता है। उसे लगता है नायक ने बहुत ज़्यादा पी ली है। वह पत्रकारिता के सन्दर्भ में एक वाक्य कहता है जो उस दिन के बाद से दक्षिण परिसर के प्रांगण में एक कोटेशन की तरह से प्रयोग किया जाता है।

“जाने दो मुरारी। आज की पत्रकारिता को शीघ्रपतन की बीमारी हो गयी है।” विभव ने अपनी समस्या अब तक किसी को नहीं बतायी। पर इसका पत्रकारिता के पतन से क्या ताल्लुक...?

“क्या हुआ यार, तुम रो क्यों रहे हो?” विभव नायक की गीली आँखें देख लेता है।

“मैं तंग आ गया हूँ विभव...। कभी क़त्ल...कभी बलात्कार...मगर हिक् कहीं सही रिपोर्टिंग नहीं। हर जगह वही टी.आर.पी. की लिचड़ई...। मैं जान गया हूँ यार...मैं भोसड़ी का पत्रकार बनने के हिक्...लायक ही नहीं हूँ मैं हिक् बहुत कमज़ोर इन्सान हूँ यार। आज हम एक बलात्कार हिक् की...रिपोर्टिंग करने गये थे। लड़की और उसके घरवाले कैमरे के सामने नहीं आना चाहते थे और हिक्...हम लोगों ने उससे ऐसे-ऐसे हिक् सवाल पूछे कि वह हिक् हिक्...। यार हम लोगों ने उसका हिक् दुबारा बलात्कार...हिक् कर दिया और हिक् उसे प्रसारित भी हिक् किया। बड़े बलात्कारी तो...हिक् हम हैं यार। मैं बहुत कमज़ोर हूँ यार...हिक्। मुझसे नहीं हिक् होगी...ऐसी

पत्रकारिता।''

''जाने दो मुरारी, दुनिया में बहुत गन्दगी है। तुम यह क्षेत्र ही छोड़ देना। पर इसमें रोनेवाली क्या बात है?''

''रो कौन रहा है साले...अँउढ़े हो क्या? मुझे तो बस गुस्सा आ रहा है।'' नायक सामान्य दिखने की कोशिश में बहुत असामान्य दिखने लगा है। वह बहुत देर तक कुछ-न-कुछ बकता रहता है। विभव चूँकि नहीं पीता, सबसे बाद में टुन्न होनेवाले से सिर चटवाना उसकी मजबूरी है। नायक सबसे बाद में सोया, विभव उसके बाद।

अगली सुबह जब नायक सोकर उठा तो आनन्द व शशि ऑफ़िस जा चुके थे। विभव चाय बना रहा था और विमल अख़बार पढ़ रहा था। उसका मूड अप्रत्याशित रूप से ताज़ा और अच्छा था।

''क्यों मुरू, नौकरी नहीं करोगे चैनलवाली... ?'' विभव ने चाय छानते हुए हँसी उछाली। हँसी में एक सवाल लिपटा था।

''वाकई नहीं, कल रात मैं सीरियस था। ये टी.आर.पी. वाली गन्दगी मुझसे नहीं झेली जाएगी। प्रिंट में कोई अच्छा अख़बार मिला तो...मगर पाञ्चजन्य नहीं।'' नायक ने सवाल पकड़ लिया और हँसी वापस विमल की तरफ़ उछाल दी। विमल भी हँसा।

''अगर अख़बार न मिला तो... ?'' विभव ने चाय थमाते हुए पूछा।

''तो क्या, टीचिंग लाइन में मेरे बहुत से दोस्त हैं। मास्टर डिग्री किस दिन काम आएगी? कहीं किसी प्राइवेट कॉलेज में पढ़ा लूँगा पर विचारधारा से समझौता...कभी नहीं।'' अन्तिम लाइन बोलते हुए नायक फिर विमल की ओर देखकर हँसा है।

''कोई नयी कहानी लिखी है इधर लेखक महोदय?'' नायक पूछता है।

''अब मैंने कहानियाँ लिखना बन्द कर दिया है।'' विमल का इतना कहना है कि नायक ज़ोरों से हँसने लगा है, ''अबे शुरू कब की थीं जो बन्द कर दीं? साले चार कहानियाँ क्या छप गयीं, चले हैं...।''

दोनों हँसते हैं। विभव बाथरूम में घुस गया है। दोनों तैयार होकर अपने-अपने ठिकानों के लिए निकल जाते हैं। विभव भी किसी जैक के जुगाड़ में निकल लेता है। कहानी ख़त्म।

मुझे कहानी को जारी रखने में वाकई कोई दिलचस्पी नहीं है, क्योंकि यह प्रेम-कहानी जिस ख़ूबसूरती से मैं ख़त्म करना चाहता था, वह अब सम्भव नहीं। कहानी मेरे हाथों से फिसल चुकी है। सभी पात्र मेरी बनायी लीक को तोड़कर जाने कहाँ-कहाँ भटकने लगे हैं। पर चूँकि आपके मन में नायक की नौकरी और प्रेम के विषय में थोड़ी बहुत जिज्ञासा ज़रूर है, इसलिए मैं थोड़े बहुत तथ्य बताकर आपकी जिज्ञासा तो शान्त कर ही दूँ हालाँकि कहानी के सफल होने के अवसर तो अब डूब ही गये हैं।

देखिए, प्रेम प्रसंग का तो ऐसा है कि लड़केवाले नायिका को पसन्द कर चुके हैं।

नायक को जब यह बात पता चली तो वह हल्के से मुस्कराया। आप विक्रम की तरह इस प्रश्न का उत्तर ढूँढ़ते रहिए कि नायक क्यों मुस्कराया। क्या उसे किसी पीपल-बरगद के नीचे बैठकर जीवन के सत्य का पता चल गया है? क्या जीवन के थपेड़ों ने उसकी समझ को अचानक बहुत प्रौढ़ कर दिया है? क्या यह प्रेम नहीं आकर्षण मात्र था? क्या...? क्या...?

रही बात नौकरी की, तो आजकल मीडिया विशेषकर इलेक्ट्रॉनिक मीडिया में किसी को काम तो आसानी से मिलता नहीं, ऐसे में कोई भला मिला-मिलाया काम छोड़ता है? पर नायक चूँकि नायक है, वह छोड़ सकता है। सचमुच हिन्दी फ़िल्में देखकर आपकी आदतें बहुत बिगड़ गयी हैं और अपेक्षाएँ बहुत अवास्तविक हो गयी हैं। नायक टी.आर.पी. की लड़ाई में मानवता भूल चुके इन चैनलों में काम करने में घुटन महसूस करता है, पर वह ये क्षेत्र ही छोड़ देगा, इसमें मुझे सन्देह है। और क्या यह सही होगा कि अव्यवस्था और अराजकता की वजह से इन्सान पलायन की राह पकड़ ले? क्या इसकी जगह ये ठीक नहीं होगा कि नायक वहीं बना रहे, कुछ स्वयं को बदले और कुछ व्यवस्था को बदलने का प्रयास करे। अपनी भावुकता को थोड़ा कम करे और सच्चाई के लिए लड़े। मैं वाक़ई कहानी को यहीं ख़त्म कर देना चाहता था क्योंकि इतना लम्बा लेक्चर देने के बावजूद मुझे यह अन्दाज़ा नहीं कि नायक आगे क्या करेगा। पर कहानी सिर्फ़ आपके लिए आगे बढ़ा रहा हूँ कि आपको ये प्रेम-कहानी थोड़ी तो पसन्द आये वरना मेरी पूरी मेहनत बेकार जाएगी।

कहानी चूँकि आपके लिए आगे बढ़ा रहा हूँ, यह आपको थोड़ी पसन्द आये, यह दबाव भी मुझ पर है, इसलिए यह स्वाभाविक है कि कहानी का यह अंश ऊपर से थोपा हुआ लगे,पर इसे असली अंश मानना ज़रूरी भी नहीं। यह मैं नहीं लिख रहा हूँ, आप वही देख रहे हैं जो देखना चाहते हैं, वरना कोई लेखक अपने नायक को परिस्थितियों से हारता हुआ दिखाकर अपने पैर पर कुल्हाड़ी मारेगा?

कुछ महीनों बाद नायक अचानक कनॉट प्लेस पर विमल से मिल रहा है। बीच की काफ़ी सारी औपचारिक बातें आपसे इजाज़त लेकर काट देता हूँ।

विमल—तो क्या चैनल छोड़ दिया? तुम्हारी नौकरी तो दो महीने बाद स्थायी हो गयी थी न?

नायक (मुस्कराते हुए)—हाँ, हो गयी थी, पर छोड़ दी।

विमल—यार तुम्हारे हिम्मत की दाद देनी पड़ेगी। अब क्या कर रहे हो? (इसी बीच विमल ने शीतल पेय की दो बोतलें ख़रीद ली हैं)

नायक—एक डिग्री कॉलेज में अस्थाई तौर पर पढ़ा रहा हूँ। तुम्हीं कहते थे न कि मेरा नाम अध्यापक बनने के लिए सर्वोत्तम है। (नायक ने अपनी बोतल नायिका के दिये हुए चाबी रिंग से खोली है जिसके पीछे ओपनर लगा है और रिंग विमल की ओर बढ़ा

दिया है)

विमल (उसी रिंग से बोतल खोलते हुए)—बहुत अच्छे यार। कितने पैसे मिल जाते हैं?

नायक—लगभग नौ हज़ार।

विमल (उसकी आँखें इतनी फैल गयी हैं कि पुतलियाँ बाहर चू जाने का ख़तरा हो गया है) नौऽऽऽऽऽऽऽऽऽ हज़ार????

नायक (मुस्कराते हुए)—पूरा कैश नहीं। साढ़े चार हज़ार तनख़्वाह है और लगभग उतने की ही इज़्ज़त। दिन भर लड़के-लड़कियाँ सर-सर कहके प्रणाम करते रहते हैं। तुम क्या कर रहे हो? पाञ्चजन्य में ही हो? कहानियाँ फिर से लिखनी शुरू कर दो। एक-से-एक घूरहू कतवारू लिख रहे हैं। तुम भी हाथ-पाँव मारते रहा करो।

विमल (अब मुस्कराने की बारी उसकी है)—पाञ्चजन्य छोड़ दिया गुरु। एक साप्ताहिक लोकल अख़बार पकड़ा है और दो ट्यूशन्स। कहानी तो लिख ही रहा हूँ। उसके बिना जी ही नहीं सकता। बल्कि तुम्हें जानकर ख़ुशी होगी कि आजकल जो कहानी लिख रहा हूँ वह अपने मतलब हमारे जीवन के ऊपर है।

नायक—सच? छप जाए तो पढ़वाना।

विमल—हाँ, हाँ बिल्कुल। अच्छा वेदिका की शादी तय हो रही थी। क्या हुआ?

नायक—हाँ, दो महीने बाद है। कार्ड पहुँचाने का ज़िम्मा मेरा ही होगा। उसने पहले ही कह दिया है। हम अच्छे दोस्त हैं आख़िर...।

विमल (हँसते हुए)—यानी साले, तुम्हारा प्रेम असफल और अधूरा ही रह गया?

नायक (उससे भी तेज़ हँसते हुए)—अरे तुम्हीं तो कहा करते हो कि असफल प्रेम ही जीवित रहता है। लैला-मजनूँ, शीरी-फ़रहाद, हीर-राँझा की तरह शायद मुरारी-वेदिका का नाम भी...।

दोनों हँसते हैं। उसके बाद दोनों अपने-अपने रास्ते निकल गये होंगे।

अब शायद आपको अच्छा लगा होगा। ओह...अब भी नहीं। मैं पहले ही समझ गया था कि पूरी कहानी पढ़ने के बाद आप यही कहेंगे—छछेः, ये भी कोई प्रेम-कहानी है?

□□□